Über den Autor

Helmut Krausser, geboren 1964 in Esslingen, war u. a. Spieler, Nachtwächter, Zeitungswerber, Opernstatist, Sänger einer Rock 'n' Roll-Band und Journalist. (Halb-) freiwillig verbrachte er ein Jahr als Berber. Nebenbei studierte er provinzial-römische Archäologie. In der Reihe der rororo-Taschenbücher liegen vor seine Romane «Fette Welt» (Nr. 13344), verfilmt von Jan Schütte, und «Könige über dem Ozean» (Nr. 13435) sowie «Spielgeld. Erzählungen & andere Prosa» (Nr. 13526) und «Mai. Tagebuch des Mai 1992/Juni. Tagebuch des Juni 1993» (Nr. 13716). Im Rowohlt Verlag erschien 1997 sein Roman «Der große Bagarozy»: «Ein buntschillerndes Satyrspiel voller überraschender Wendungen, genauso bissig wie amüsant.» («Süddeutsche Zeitung»)

Helmut
Krausser

JULI

Tagebuch des Juli 1994

AUGUST

Tagebuch des August 1995

SEPTEMBER

Tagebuch des September 1996

rororo
Rowohlt

Veröffentlicht im
Rowohlt Taschenbuch Verlag GmbH,
Reinbek bei Hamburg, Juli 1998

Umschlaggestaltung Walter Hellmann
(Illustration Gaby Bonn)
Satz Meridien PostScript (PageOne)
Gesamtherstellung Clausen & Bosse, Leck

Printed in Germany
ISBN 3 499 22335 X

JULI

Tagebuch des Juli 1994

Die Unternehmung, nur einen Monat pro Jahr Tagebuch zu führen, gewinnt eigenartige Dynamik, vor allem wenn man weiß, das Produkt dieser viereinhalb Wochen wird veröffentlicht werden. Man ist versucht, Geschehnisse und Alltag im Sinne eines attraktiveren Inhalts zu verschärfen, zu verfälschen, dort, wo nicht viel vor sich ging, etwas hinzuzuerfinden. Auch projiziert sich das Phänomen auf die Umgebung. Deutlich festzustellen war, daß sich viele Leute, im Wissen um das Tagebuch, anders zu mir verhielten als üblich. Obwohl mir diese Prozesse zu Beginn des Projektes bewußt waren, überraschten sie mich in ihrem Ausmaß. Vielleicht wäre es klüger gewesen, die Tagebücher heimlich zu führen und erst nach Ablauf aller 12 Monate zu publizieren. Einiges spricht dafür, vieles dagegen. Folge jener Dynamik ist sicher gesteigerte Reflexion beim Schreiben, draus resultiert eine gewisse Selbstzensur, gegen die man sich kaum wehren kann. Die Notate werden unpersönlicher. Man will Freunden nicht weh tun. Man taktiert, hält vieles zurück, anderes formuliert man um, hebt es vom Besonderen ins Allgemeine. Selbstschutzmechanismen setzen ein, gerade wo es um literarische Stellungnahmen geht. All dies ist menschlich, darum nicht zu verwerfen, mögen es auch manche schade finden.

Nachtrag zu Juni: Die Übersetzung des Gedichtes von Wilhelm v. Aquitanien besorgte Raoul Schrott.

1. Juli, Freitag

Traum:
In wechselnden Lichtverhältnissen sah ich die Schuhe der Menschen jener, meiner, Stadt. Sie alle bewegten sich in schnellem Rhythmus fort, hatten zu tun, oder wenigstens zu hoffen, mein Neid begleitete sie Schritt auf Schritt.

Das Kellergitter mußte sehr einladend wirken, unzählige Passanten schmissen ihre unvollendeten Zigaretten hindurch – so hatte ich zu rauchen.

—

Zweite Biertischgarnitur gekauft für den Balkon.
Eine Seite Thanatos. Konrad E. Johansers Hodenpinakothek.

—

Der Lichtschalter befindet sich hinter der Tür. Johanser haßt Zimmer, bei denen man sich erst ein Stück weit durchs Dunkel tasten muß, bevor man sie erleuchten kann. Immer ist da die Vorstellung, im Dunkel könne sich etwas auf die Lauer gelegt haben und ihn anfallen.

—

Semele – Blättern in den Sagen.
Die Schändung des Marsyas – schwärzester Moment der Mythologie – wenn ein Gott spaßunverständig

Rache nimmt, dem Künstler Flötentöne beibringt, wo das Grammophon längst noch nicht erfunden war – das hat was kleinbürgerlich Blockwärtiges. Als Kind, beim Lesen der Schwabschen Ausgabe wurde ich auch zornig beim Lesen des sinistren Kapitels, da Achill den Hektor um die Mauern Trojas schleift, zu dieser Tat nur durch Apolls heimliche Hilfe fähig.

—

Was ich alles machen könnte, würde ich nicht verschrobenen Ideen nachjagen, die mir kaum jemand lohnen wird, die ihr Scheitern vielleicht schon beinhalten. Thanatos – das gewagteste Experiment – völlige Entfremdung. Mein Ich ist ausgeschaltet, nicht einmal als Negativprojektion vorhanden.

—

Das Zurückliegende entgleitet meinem Gedächtnis immer leichter, als gehörte es zu einem anderen Leben. Manchmal blitzen Sekunden auf, wie Anekdoten, die jemand in die Überlieferung gerettet hat. Ihnen haftet Fälschung an, da atmet nichts mehr. Sekunden, schwer von ihrer Etikettiertheit. Ein überteuerter Preis steht auf dem Bleischild, krümmt jede Sekunde zu Bögen.

Leute, die behaupten, sich erinnern zu können, lügen. Zwar kann jeder Moment zurückgezwungen werden, von der richtigen Musik oder einem Duft unterstützt – aber zusammen wollen die Momente nie mehr, sind Standbilder eines zerstückelten Filmes.

—

Eine Kunst, die nicht fähig ist, ihre Gegenwart zu besiegen, hat jeglichen Sinn verloren.

—

Es existiert ein feiner Unterschied zwischen Bös-Artigkeit, also böser Kunst, und Zynismus – dem Zynismus ist die Wahrheit egal, das Böse will sie befördern, subterran.

—

Ein Stahlhelm mit innehaftender Schädeldecke erzielt unter Militariasammlern Spitzenpreise.

—

Hinausstarren in die Nacht, Lichtgirlanden sind in den Bäumen, 19 Grad noch um Mitternacht, der Kellner der Pizzeria faltet Tischtücher zusammen, und aus der Kneipe dringt amerikanische Musik, ich weiß nicht, ob das noch Soul ist oder schon Blues, aber da ist das Gefühl, mit so einer Nacht ließe sich ungeheuer viel anfangen, wenn sich nur irgendwo anfangen ließe … Ich muß ein Valium schlucken, weil ich grundlos zittere, grundlos bedeutet – ich weiß nicht, warum.

2. Juli, Samstag

Hitze, beim Aufstehen bereits vierunddreißig Grad.

—

Wer sich selbst in einer Tradition sieht, erlebt das Phänomen der Verwandtschaft – man ist nicht mehr allein, Tausende Ahnen lugen einem über die Schulter, sind Last und Hilfe zugleich. Die Kunst wird vom solitären Veitstanz zum verantwortungsvollen Mannschaftssport, in der Kabine muß man Rechenschaft ablegen gegenüber Vorgängern und Nachläufern.

—

Man summt bergauf andere Musik als bergab. Der Rhythmus der Schritte zwingt ein Pendant herbei. Auf waagrechtem Weg herrscht oft Schweigen, oder Musik wird nachgeschleift im Hinterkopf.

—

Zu Semele: Selbstverständlich erzeugt Zeus' Verwandlung in den Blitz einen Orgasmus, einen Liebestod, grelles Aufglühen, brodelndes Verseufzen.

—

Maxim behauptet im Gespräch regelmäßig, «wir Deutschen» fühlten uns so schuldig, daß wir wie B. Strauß den Normalzustand bei den Reaktionären suchten, um unserer Depression ledig zu werden. Ich halte das für Quatsch. Welcher junge Deutsche fühlt sich schuldig? Die Wahrheit ist viel furchtbarer, daß nämlich mit der Zeit eine Art Stolz auf den Holocaust entstehen wird. Natürlich will das niemand so sagen, vielleicht sich nicht einmal bewußt machen. Die Einzigartigkeit des Holocausts (ständige Betonung erinnert an fromme Wunsch- und Bannformel) macht das Volk, das ihn beging, zu etwas Einzigartigem, darin liegt die Gefahr, die schon immer im herostratischen Willen zur Einzigartigkeit bestand. Die Historisierung des zwanzigsten Jahrhunderts begann mit der Popkultur, alles Drumrumreden hilft nichts. Stolz ist ein gefährliches Wort, Faszination würde man mir eher durchgehen lassen. Der Genuß der Täterkinder, niemand will das laut sagen, die mythische Hyperkonstellation – alles, was jemanden zu etwas Besonderem macht, wird am Ende abgefeiert.

Auschwitz ist wiederholbar, an jedem Ort, zu jeder Zeit, allerdings ist Auschwitz *unvergleichbar*, da stimme ich zu, und wenn ein Diktator im nächsten Jahrhundert zwanzig Millionen in seinen Lagern vergasen würde, es bliebe, mythisch gesehen, ein Abklatsch.

—

Walkürenritt findet bei Sonnenuntergang statt. Hintergrund: galoppierende Scherenschnittpferde, Filme laufen ab, gelb, blau, rot, schwarz. Die Bewegungen der Walküren sind voll kultischer Gesten, priesterinnenhaft, zugleich wie junge Mädchen verschwörerisch zusammenhaltend, zum synchronen Gestus greifend. Der

Tempel der toten Helden wird hereingeschoben, die Särge aufgefüllt. Man schiebt die Leichentücher in gestanzte Patronen wie Munition. Hort der militärischen Heroen, von denen außer Namen nichts bleibt.

—

«Die Sonne geht weiter unter im Westen –
die Mehrheit von uns hielt das für am Besten»

So John Hurt in *Heaven's Gate*. Von wem ist das Gedicht?

—

In den Abend hinaussehen, verlorengegebene Schlacht, wie wär's? – Wieder die Gefühle fühlen, die artesisch Worte pumpen aus dem Abgrund. Welch tolles Blau der Dämmerung! Aber das ist falsch, dieses Blau existiert nicht wirklich, es muß heißen, welch tolle Augen der Mensch hat, die ein solches Blau in seinem Gehirn zusammenzumischen fähig sind. Frage: Sehen wirklich alle Menschen alle Farben gleich, ich meine, abseits irgendeiner Sehschwäche, erzeugt nicht jedes Augenpaar eine andere Nuance?

—

L., W., K. und B. zum Fußballgucken, Deutschland – Belgien 3:2. K. geht früh, hatte an allem was auszusetzen, wirkte sehr gehemmt und gelangweilt. B. war dagegen sehr lieb, fast fürsorglich. Ahnt er, daß er mir letzthin auf die Nerven gefallen war? Ziemlich betrunkenes Gespräch über Frauen, von B. als Gefäße definiert, in platonischem, teils plattem Gleichnis – Gefäße der Lustbestrebung, der Schwangerschaft, der Projektionen. Die rein biologische Aufgabe der Frau ist nach der Menopause erfüllt, Männer können noch in hohem Alter zeugungsfähig sein. In dieser seltsamen Diskrepanz der Natur liegt viel unterbewußter Konfliktstoff, der bislang unterschätzt bzw. nur auf erotischer Ebene verhandelt wurde, wenn man älteren Männern Attraktivität zugesteht, Frauen aber nicht. W. ist sehr besoffen, als ich um 3:15 das Taxi bestelle, natürlich zahle ich, wie immer, seit Geld im Haus ist. Wie lang noch? Spanien gegen die Schweiz ging 3:0 aus. Der Wettpool bleibt voll, niemand hat gewonnen. Heute kamen zwei Fanbriefe an einem Tag. Luxuriös. T. P. lobt The Bells, verdammt Reeds jüngste Meisterwerke, New York, Songs for Drella, Magic and Loss. Das zeigte mir wieder überdeutlich, daß ungeteilter Beifall unmöglich geworden ist. Eine Kultur aber, die sich nicht mehr zu feiern, die sich nicht mehr auf ein Fest zu einigen, die ihren Glanzstücken keinen Respekt mehr darzubringen weiß, geht an Serotoninmangel zugrunde, stirbt an Austrocknung, an Nüchternheit.

—

Apropos Austria: Ein bekannter Österreicher namens Arnold Sch. Man denkt zuerst an den Warzenegger, dann den Önberg.

Adern des Textes zum Blutkreislauf knüpfen. Willkür und Zufall besitzen ein unterbewußtes, zu entdeckendes System.

—

Spitzes Kinn, aber breiter Mund, mit sinnlich ausgeprägten Lippen. Makelloses Lächelgebiß, geschwungene Nase, übergroße, wasserblaue Augen. Das unter einer dunkelbraunen Glockenfrisur, die, von der frischen Spannkraft getragen, wippt, wenn sie sich bewegt. (Nicole)

—

Kapitel 14 des zweiten Buches Thanatos. Zwanzigmal den Anfang geschrieben. Keine Anrufe. Liste fürs Fest: Wird jemand uns helfen? Hitze, kühles Gras, Überblick über den Roman völlig verloren. Dem Aussehen nach schönes altes Kinderbuch auf dem Flohmarkt gekauft: ‹Karlchen Knirps und sein Storch-Gespann› von Ludwig Hynitzsch, Ludwig-Verlag, Charlottenburg, 1915. Band 1: Die Errettung des großen Christoph aus der Fremdenlegion. Am Schluß des Buches folgendes Nachwort:

Karlchen Knirps hat uns, als ich ein Junge war, noch viele derartige Geschichten von seinen Abenteuern in fremden Ländern erzählt. Ich will sie auch noch alle aufschreiben, wenn ich mal wieder Zeit habe. Vorläufig muß ich aber erst mal wie-

der hinausgehen, um nach den Franzmännern zu gucken. Hoffentlich haben sie es nun bald satt und halten Ruhe, damit ich wieder an das Schreiben komme.

Der Verfasser

Würde mich interessieren, ob Hynitzsch gefallen ist.

—

Saudi-Arabien – Schweden 1:3; Rumänien – Argentinien 3:2

—

Der Trivialkritiker RR ist ein momentan weltweit singuläres Phänomen, das so auf Jahrzehnte hin unwiederholbar bleiben wird. Er stellt eine leibgewordene Machtphantasie dar, lebt aus, was viele in sich tragen und mit knirschenden Zähnen in sich belassen: tyrannische Apodiktik, diktatorische Willkür, die dunkle Seite des Kunstschaffens. Anregend, jene Macht bröckeln zu sehen – den Wendepunkt bildete RRs Auftritt in ‹Wetten, daß› – das literarische Quartett als ordinär zu empfinden, darf inzwischen ausgesprochen werden, ohne daß man durch den Papst und seine Klone kaltgestellt wird. Irgendwann war der Bogen überspannt, die Strukturen so mafiös, daß sie an sich selbst zerbrachen.

—

Ich sah mich selbst im Fernsehen. So fern war ich mir nie. Das Gefühl, noch am Anfang zu sein, aber bereits vereinnahmt. Ich frage mich nachts, ob noch Götter schweben unter der Zimmerdecke. Der Mensch als Produkt seiner PR-Abteilung, seltsam – je populärer das Subjekt, desto lächerlicher wirkt die Inszenierung. Ich fliehe, indem ich mich nicht mehr darstelle, Figuren erfinde, die mir fernstehen, es hat etwas in verschrobenem Sinne Profilneurotisches, auch etwas Sportives, wie elitäres Leistungsblech, das man an die Brust hängt, denn es könnte einmal nützlich sein, die Pistolenkugel abzufangen.

—

Die Götter waren niemals außer Kraft und Amt. Sie nahmen zwischendurch nur in sehr anfälligen Bildnissen Wohnung. («Ich glaube an Gott, Mozart und Beethoven», schrieb Richard W. aus D. vor langer Zeit. Den ersten kenn ich nicht, muß ein heut Vergessener sein.) Spricht man mit Künstlern über Götter, stößt man fast immer auf Verständnis. Das Wort wird begriffen als Synonym für die persönlichen Idole und Heroen, was keine Trivialisierung bedeutet und der Religiosität eine gute, individuelle Note verleiht. Fragt man einen Schriftsteller nach seinen Göttern, wird man Namen anderer Schriftsteller zu hören bekommen, Namen von Menschen, die, wie Bukowski sagt, unter uns weilten und Götter wurden. Menschen, deren Existenz vom Verehrer als Theophanie begriffen wird, von deren menschlicher Biographie jeglicher Makel abfällt. Manche gehen, zumeist nur im Privatgespräch, sogar so weit zu behaupten, jene titanischen Meilensteine der eigenen Entwicklung seien mehr als Menschen gewesen, seien der Lust eines Gottes entsprungen, sich wieder einmal kreativ unter die Welt zu mischen. Diese verklärende Affinität zum Kultischen war mir früher verhaßt; stets reagierte ich mit einer Aufzählung aller Mängel und Schwächen des Idols – aus irgendeinem Grund habe ich in einer Schrift behauptet, von keinem Künstler gäbe es mehr als vier (!) wirklich großartige Werke, ob es sich um die Romane Dostojewskis, die Opern Wagners und Mozarts oder die Bilder irgendwelcher Leinwandmeister handle, alles andere seien nur Versuche auf dem Weg dorthin, Näherungen, Adnoten, Paralipomena. Ich weiß, ich fand die Zahl vier, die numerologisch erklärt werden müßte, aber nicht könnte, großzügig bemessen, ist doch ein Diktum Nietzsches vervierfacht, der nur von einem einzigen Werk sprach. Er meinte damit jenes Werk, in welchem man das einem Innerste und Wichtigste zu formulieren bestrebt sei, wohingegen mir heute jenes Innerste und Wichtigste fremd und unwichtig geworden ist. Man kann über so vieles schreiben, das nicht das geringste mit einem zu tun hat, und dennoch Schönheit erschaffen. Nun stellt Schönheit ein leeres Wort dar, mit dem kaum noch etwas anzufangen ist, sei denn als quasi religiöses Etikett der eigenen Zielsetzung. Es besagt, daß man einem wie auch immer gearteten ästhetischen Prinzip unterworfen ist, das sich über alle anderen Kategorien der Zielhaft erhoben hat.

Wer etwas als schön in die Welt stellt, will es der Ewigkeit vermachen, selbst wenn er gelernt hat, die Ewigkeit kulturpessimistisch als eher kurzfristig zu veranschlagen. Die Ewigkeit aber ist ein Raum, an dem der Künstler mit den Göttern zusammenkommen will. Die

Insel der Seligen, eine postmortale Datscha für den verdienten Krieger-Funktionär der Kunst. Schönheit ist, als Geschenk für die Nachwelt, ein hochmoralischer Begriff, weit entfernt von der Selbstsucht des L'art pour l'art. Schönheit bedeutet: Exemplarik. Bedeutet: einen Wert. Sinnstiftung. Für die Adepten immerhin ein Rezept. Wo es einen leitfaden Geschmack annimmt, hat das Raffinement der Religiosität versagt. Die Götter haben die Vorteile der Verborgenheit erkannt, bestehen nicht mehr auf Opfer und Altäre. Die Götter sind elitär, ihr Betteln um Anbetung äußert sich in vorgetäuschter Eremitage.

Die Götter gefallen sich nicht mehr in Holz geschnitzt oder in Stein gehauen, sie genügen sich als vage Idee, die ihnen immerwährende Anwesenheit garantiert. Denn die Sehnsucht des Menschen begreift sich stets als Gegensatz zum Numinosen, ob dieses sich zeigt oder nicht, ob es zerstört oder erfunden wird. Jünger hat recht, wenn er behauptet, die Kultur habe nur Zukunft, wo sie sich fähig erweist, neue Götter zu erfinden. Dies ist sogar so selbstverständlich, daß es anzuecken vermag. Das zu Ende gehende Popzeitalter produziert stündlich Wegwerfgötter, von mehr oder minder absehbarer Haltbarkeit, eine Art ideelles Pendant zur Fabrikfertigung, ein heiter-ironisch-zynisches Spiel der Hybris. Nun tendiert man wieder zur Größe, zur ‹echten› Größe, was die Forderung nach einem komplexen, sich der schnellen Kommerzialisierung verweigernden Werk beinhaltet.

‹Echter› und ‹größer› ist also, was länger hält, länger *unter*hält. Der Dreiminutensong wird goutiert, die Operntetralogie verlangt. Fordert man aber die Künstler auf, sich solchen Mühen zu unterziehen, trotz des im Abseits stehenden Sinnbegriffs, müssen neue Verträge erstellt werden auf allen Seiten, wird das Verlangen laut, beispielsweise der Uneinigkeit der Rezension ein Ende zu setzen. Irgendein verbindendes Qualitätsparadigma muß her, auf das sich alle, auch unter Umgehung der subjektiven Vorliebe, einigen können. Der Pluralismus der Meinungen ist gottungefällig. Die ipsistische Tendenz jeglichen Kultes wird auf Außendienst gehen, wird diktatorische Züge gewinnen. Säuberungsaktionen werden im Deckmantel der Selbstreinigung entstehen; die Bewegung ist in vollem Gange, revolutionär, restaurativ – es hängt vom Blickwinkel der Geschichte ab. Sich gegen sie zu stemmen, wäre anmaßend und sinnlos, sinnvoll kann aber sein, in ihrem Innern dämpfend zu agieren. Man lernt aus dem vergehenden Jahrhundert vor allem, daß die Führer führen zu wollen, akademischer Traumtanz bleibt. Viel effektiver scheint, dem Kommenden im eigenen Werk vorzugreifen, um, von vornherein, oder doch im gefährlichen Moment, relativierend zu wirken. Es gibt Götter und Götter. Welche leibhaftig und den Massen übereignet werden, entscheidet sich schon bald.

Nachtrag: Der junge Heinrich Heine wußte um den Wert von reanimierten Göttern für eine sensualistische Ästhetik, und es gibt überhaupt nichts dagegen zu sagen, so lange dieser quasi abstrakte Polytheismus fiktional bleibt. Ich gebe meinen Göttern weder Namen noch Form.

4. Juli, Montag

Einkäufe erledigt. Runde Geburtstage sind eine Tortur. Das Kräuterweiblein vor dem Kaufhauseingang – wenn es stirbt, kommt dann ein neues, Meerrettichsenf zu verkaufen, den es sonst kaum irgendwo gibt, wie vermehren sich Kräuterweiblein, ab welchem Alter kann man Kräuterweiblein werden, wo meldet man sich da?

—

Die VG Wort schickt einen Scheck über DM 299,–, das erste Mal seit 1989, daß ich von denen was höre. Michael hat mir auch erklärt, warum: Angeblich hatten die alle Akten in einem riesigen Regal gestapelt, das irgendwann umfiel. Und weil niemand fähig gewesen sei, dieses Chaos wieder in Ordnung zu bringen, habe man einfach den Raum zugesperrt und darauf gehofft, daß niemand irgendeinen Antrag stellt. M. schwört, daß die Geschichte wahr ist.

—

Niederlande – Irland 2:0, lausiges Spiel; USA – Brasilien 0:1. Thanatos 14. Kapitel; jetzt hab' ich schon vierzig Seiten Material, für einen Extrakt von zehn. Beatrice sagt etwas Selbstverständliches über W. und treibt mich damit zur Rage, die ich grade noch rechtzeitig hinunterschlucke. Danach sehen wir einen Tierfilm zusammen, über Tiger, Spinnen, Gemsen und Frösche. Der Eisfrosch friert ein und taut im Frühling wieder auf, ohne Schaden zu nehmen. Wahrscheinlich könnte er gefroren Jahrhunderte lang lagern. Nimmt der stark diskutierten Mode, sich in irgendeinem Kühlhaus in Arizona bei minus hundertneunzig Grad einfrieren zu lassen, viel ihres utopischen Charakters. Das Problem sind die Eiskristalle, die sich im Hirn bilden und es so schädigen.

Um dreiundzwanzig Uhr heftige Niederschläge, dann ein Hagelsturm. Beatrice wollte auf den Balkon rennen, um einige Pflanzen in Sicherheit zu bringen. Ich hielt sie halb gewaltsam zurück, die Hagelkörner waren daumengroß.

—

Thanatos, ein Buch, das sicher nicht arg viel gekauft werden wird, mit dem ich aber recht glücklich sein könnte – zum ersten Mal nach langer Zeit glaub ich wieder dran. 300 fertige Seiten wollt' ich schon dem Müllmann anvertraun, jetzt glimmt ein Funke Hoffnung, seh ich das Weiter, fühle mich wunderbar, trinke mir Prost zu, schöner kann keine Nacht sein.

—

Alle romantischen Motive, auch deren Hybris, vom Schönheitskult bis zur Ästhetik des Untergangs, sind vorhanden, aber unaufdringlich, unscheinbar, in soz. ‹privater› Atmosphäre. Wieder geh' ich in die Grauzone, bin advocatus diaboli.

Mitten in der Polternacht zur neuromantischen Bewegung versteht sich das Buch als Warnung, als respektvolle Warnung, die ohne zu heucheln eingesteht, selbst romantisch infiziert zu sein.

«Ich habe Schönheit gesehen und das Furchtbare auch.

Je länger ich hinsah, um so schöner wurde das Furchtbare auch.

Je länger ich hinsah.»

Dieser Schlüsselmonolog Johansers aus dem vierten Buch beinhaltet im Grunde den gesamten Diskurs.

Ich weiß nicht, ob ich mit Vorwürfen fertig würde, mit meinem Buch jene Neoromantik erst heraufzubeschwören, vielleicht möchte ich ja nur nicht, daß dieses von vielen herbeigesehnte ‹Neue› ausschließlich der Rechten überlassen wird, verunstaltet von deren widerwärtigen (Tot-)Schlagwerten, Kirche und Heer, Volksgeist und Familie, Sauberkeit, Prüderie, Vaterlandsgehorsam.

—

Bedenklich ist die verharmlosende Haltung vieler Intellektueller zur Hausse des Islams. Mein Denken entstammt einer Tradition der Aufklärung, die sich jahrhundertelang gegen das Christentum gestemmt hat, erfolgreich. Nun eine virilere, fast ebenso menschenfeindliche Religion wie den Islam auf europäischem Boden zu hofieren, ihr gegenüber Toleranz zu zeigen, wo sich im Hintergrund Fanatiker und Fundamentalisten dafür bedanken, da sträubt sich mir alles. Religionsfreiheit darf kein Basiswert an sich sein. Religion ist Gewalt, und Gewalt steht nicht frei.

Thanatos – eine Auseinandersetzung mit tiefdeutscher Wesenstradition, von der Prämisse ausgehend, daß alle relevanten Kunstparameter des zwanzigsten Jahrhunderts Entwürfe und Relikte aus der Romantik waren, oder zumindest Auflehnungen gegen jene Epoche, also auch wieder Annäherungen.

5. Juli, Dienstag

Dem Jahrhundert Aufgeschwätztes stirbt langsam an Gleichmut – so nennt man den Mut zur Gleichgültigkeit inmitten muezzinesker Suggestionen, den Mut zum Bildersturm, der nicht mehr niederreißt, sondern verrotten läßt.

—

Common sense im Pop-Diskurs ist stets von rasanter Halbwertzeit. Kaum etwas, worauf man sich längerfristig einigt. Die Zerstörung der Idole ist Teil des Programms. Das ‹Ewige› wird stündlich reduziert, bis man vom Zurückliegenden wie von einem lauen Unwohlsein spricht: «Es war fast nichts.»

—

Keine Anrufe. Neue Schreibmaschine gekauft: DM 500,–. Mit Display. Ich glaube, das lohnt sich. Geld wird immer knapper, Konto in die Vierstelligkeit geschrumpft. Was haben wir im letzten Jahr verschwendet. Und plötzlich waren so viele Freunde da ...

Beatrice wirkt melancholisch, hat mit ihrem Rentnerdasein noch Schwierigkeiten. Manchmal fahren wir einkaufen, nur um überhaupt die Wohnung zu verlassen. Bei den Getränkehändlern. Nirgends ist mehr eine zu leihende Biertischgarnitur aufzutreiben, alles auf Wochen hin reserviert. Nigeria – Italien 1:2, grad noch so, 87. Minute. (Mein Endspieltip für den Pool ist Brasilien – Italien 2:0, wobei die Italiener im Halbfinale die Deutschen rausschmeißen.) Bisher fast alle Achtelfinale richtig getippt, nur Argentinien – Rumänien nicht. Tja, ohne Maradona … eine Ära ist zu Ende.

Bulgarien – Mexiko 4:2 nach Elferschießen. Grausiges Spiel, nach der ersten Halbzeit hatten beide Mannschaften genug, dabei müßten die Mexikaner doch langsam wissen, daß sie für Elfmeter keine Nerven haben, ihre ersten drei Spieler, es reimt sich, vergaben. Wann sieht man sowas?

—

Für Thanatos: Alles ist Wirklichkeit und alles Fiktion, aber in jedem Moment immer nur eines von beiden, so wie Schrödingers Katze tot ist oder lebt. Man könnte sagen, die Ecosche Texttheorie (derzufolge das Buch den Autor gebiert) wird um eine Volte bereichert, das laufende Buch vom Protagonisten verfaßt, zu Ende gebracht. Er nimmt seine Sage selbst in die Hand, wo der Autor, des Trennstrichs müde, die Zügel schleifen läßt.

Der Autor entwirft einen Protagonisten, der schreibt (in dessen Namen) das Buch, gibt es dann als eigenes aus. Erklären Sie das mal einem Verlagsvertreter!

—

Man möchte einen Stein fragen, was von all dem zu halten sei, aber der Stein blickte wohl zu Boden und gäbe keine Antwort, oder die, er sei ja nur ein Stein, von keinem Herz gefallen, in keinen Ring geschmiedet.

Ich habe in diesem Zimmerchen schon alle führenden Orchester der Welt dirigiert, mit gutem Erfolg, was zweifle ich an mir herum?

—

Das Unaufhaltsame mit Gelassenheit be*circen*. Meint: Verhausschweinung des Todes.

Thanatos ist Teil Johansers, ist, was ihm vorauseilt. Unbewußter Trieb, der überall, wohin Johanser gelangt, ihm Bett / Bühne schon bereitet hat. Der Todestrieb, der sich gegen sich selbst wie gegen alles andere richtet, eine Macht, aber kein mythisches Etwas, kein antiker Gott. Vielleicht auch nur das Schwarz des Kaffees, das man jeden Morgen trinkt und niemals auspißt, das also im Körper drinnenbleibt.

—

Idee für Stück: Rückkehr des Geretteten. Art Parodie auf Schindlers Liste. Sie, bäuerliche Frau, versteckte einen polnischen Zwangsarbeiter (jüdisch), zwang ihn zu sexuellen Gefälligkeiten. Die Heldentat überwiegt das Verbrechen – oder nicht? Springende Punkte: Kein Mensch weiß, ob sie ihn verraten hätte, hätte er sich ihr verweigert. Oder ob sie ihn nur deshalb nicht verraten hätte, weil er schon eine Zeitlang versteckt bei ihr lebte. Schwieriger Fall, auch mißt die Geschlechterbrille mit zweierlei Maß – für einen Mann gibt es Schlimmeres, als widerwillig eine Frau zu besteigen. Glatteisiger Problemfall, das genau ist ja das männliche Denken, das Vergewaltigung so lange heruntergespielt hat. Der Versteckte kehrt nach vierzig Jahren zurück, unter Blitzlichtgewittern, die Retterin soll dekoriert werden, doch während einer besoffenen Feier kommt die ganze Wahrheit heraus. Sujet böte allerhand dramatische und komische Seiten. Und jede Menge bitteren Nachgeschmack. Als Zuspitzung könnte dienen, daß sie ihn nicht nur begehrt, auch geliebt hat. Problem: Die Motivation des Mannes, zurückzukommen und die Frau, inzwischen Greisin, wiederzusehen. Sicher keine Rache. Er will ihr eigentlich, trotz allem, danken, treibt sie aber in Schande und Unglück. Welche Moral (keine ist auch eine) sollte das haben?

6. Juli, Mittwoch

Heute genossen: ‹Stille›, einsätziges Werk eines verschollenen Komponisten, von dem aber Tausende mehr oder minder travestierende Bearbeitungen im Umlauf sind.

—

Viel gearbeitet, dank der neuen Schreibmaschine. Das häufige Vertippen kostet nicht mehr so viel Zeit. Kein Fußballspiel heute. Thanatos entwickelt sich anders, als ich ursprünglich wollte, wobei mir jenes Ursprüngliche aber noch klar vor Augen steht: Vielleicht mach ich eine Variation von hundertfünfzig Seiten?

—

Habe glücklicherweise entdeckt, daß bei einer der unangenehmsten Zwangslagen – erkältet zu sein, aber aus Suchtgründen rauchen zu müssen – Nelkenzigaretten helfen, die, wiewohl hohe Nikotin- und Kondensatwerte, auch etwas die Kehle Betäubendes enthalten, wie man Nelkenöl auf schmerzendes Zahnfleisch träufelt.

—

Sind wieder rumgefahren, haben Kleinigkeiten eingekauft, wie Servietten, Besteck, Saucen. Gesehen: ‹Alice› von W. Allen. Er hat schon gute Filme gemacht,

‹Broadway Danny Rose›, ‹Verbrechen und andere Kleinigkeiten›, ‹Ehemänner und Ehefrauen› – aber berühmt geworden ist er mit einem Haufen Scheiße.

—

Das ästhetische Prinzip unter dem Joch der praktischen Paradigmen, zum Beispiel eine Diskussion über McDonald's: Jemand sagt, global erfolgreich, weil überall Gleichschmeck, also Erwartungsgewißheit. Die Entgegnung, weshalb ein Immergleichschmeck wünschenswert sei, wird äußerlich benickt, innerlich aber belächelt; jeder weiß, daß die Reproduzierbarkeit eines Genußzustandes allein über dessen Kommerzwert entscheidet.

—

Heute Tannhäuser-Premiere, wurde im Radio übertragen, ich hab's ganz einfach vergessen. Mehta dirigierte, wahrscheinlich war das der Grund des Vergessens. Heute auch die Nekrologe zu Bukowskis Tod sortiert, über zwanzig Stück, den ergreifendsten brachte die Bildzeitung. Lutz sandte mir freundlicherweise die neue Übersetzung von ‹Chez de coté du Swann› – würde im Handel sechsundneunzig Mark kosten! Und als ich drin rumblättere, fällt mir schon der erste Druckfehler ins Auge: S. 69 war, statt wahr(-nehmen). Viel Puccini gehört zur Nacht. Spät noch Leserpost beantwortet.

—

Viele tragen ihre Überzeugung als Perücke auf dem Kopf, politisch korrekt frisiert, Paradeuniform, die sie nur im engsten Kreis beiseite legen. Dann aber wird unter großem Gestöhne die Kopfhaut gekratzt – unheimliche Näherungen werden möglich, wie seit der Kindheit nicht mehr. Freundschaften knüpfen sich aufgrund gegenseitig entglittenen Geheimniskrams, remisträchtiger Entblößungen.

Wir brauchen mehr Wundertüten. Plaudertaschen, Sauertöpfe und Spruchbeutel gibt's genug.

Fühle mich ohne Energie, ohne Ziel. Der Wille, die nächste Stufe zu betreten, fehlt. Richte mich zugrunde ohne viel Sinn, außer dem der Bequemlichkeit, des routinierten Genusses.

Was unsere Zeit am meisten entbehrt, ist die Souveränität des Denkens und die Heiterkeit der ehrgeizlosen Ästheten. Nie war Intoleranz so berufsmäßig gutgemeint, nie die Äußerung so sehr auf Publikum bedacht.

Die Hälse verfallen, unter aller Augen zeichnen sich Jahresringe ab. Die verhärmten Wangen der Freundinnen, Haut, die von junger Haut eigentlich so wenig – und doch so viel – unterscheidet. Ich bin sicher, in Kürze schon werden die Menschen, zwar nicht viel später, aber mit jugendlichem Antlitz sterben.

—

An irgendwelchen Flüssen sitzen immer irgendwelche Leute und singen irgendwas. Nichts Besonderes. Das Wasser nimmt es schweigend hin.

Zehn Jahre mit Beatrice. Uns zu Ehren lief mehrmals das Liebesduett aus ‹La Rondine›, wir lagen uns lange schweigend in den Armen. Danach, ausgerechnet heute, Spannungen. Bogen's aber wieder hin. Wenn man sich die Intensität einer solchen Beziehung deutlich macht, das Glück, das nötig ist, so etwas zustande kommen zu lassen, müßte man Götter erfinden, um ein Dankgebet zu sprechen. Aber der Tag verlief wenig feierlich. Kauften für das Fest 20 Messer, 20 Gabeln, nur, weil es anscheinend zu kompliziert ist, eine Leihe zu organisieren. Nachmittags ins Kino – ‹Hudsucker›, das Neueste von den Coen-Brüdern. Erbärmlich schwach. Beispiel dafür, daß es gute Ideen gibt, die sich zur Realisierung nicht eignen.

Li Peng, der Schlächter, ist auf Deutschlandtournee. Man raubt den Demonstranten die Transparente, rät dem Gast, die Proteste zu ignorieren. Li Peng bricht die Besuche in Berlin und Weimar ab und reist nach Bayern weiter. Trotz allem – vielleicht sind die Wirtschaftsbeziehungen zu China gerechtfertigt. Das Land, wenn es zum Umsturz aus eigener Kraft nicht fähig ist, muß rigoros verwestlicht, muß in Coca-Cola ertränkt werden.

In der WOCHE eine Kurzkritik zu Zerstörung:

«Krausser (...) entgleist in diesem Erzählungsband gelegentlich schwer. Dann schreibt er wieder mit wunderbar sicherer poetischer Lakonie. Merkwürdig.»

Als Beispiel einer Entgleisung wird der Anfang von Kubikminuten zitiert, eine der gelungensten Erzählungen des Buches. Wird als Kitsch diffamiert. Als wäre es so schwer, sich noch länger in der Lakonie zu suhlen, dieser kleinmütigen Haltung, die ich für überlebt halte, die mir auf die Nerven fällt.

Was wird man mir erst bei Thanatos vorwerfen? Darf mich nicht drum kümmern. Muß meine Eitelkeit überwinden. Der Autor, der die Erwartungen seiner Zeitgenossen wie Löcher im Gebiß füllt, stopft sich rektal den Gehörgang voll.

—

Also, ob das was taugt oder nicht, überlasse man bitte mir – *ich* bin der Künstler.

—

Abends in ARD und ZDF zur gleichen Zeit Filme, die ich aufnehmen möchte: *Schloß des Schreckens* (The Turn of the Screw; 1961) und *Die Nacht des Jägers* (The Night of the Hunter; 1955).

Im Briefkasten wieder Fanpost, dazu ein Brief von Dirk. Freue mich sehr auf seinen Besuch.

—

Daß es peinlich sein soll, auf dumme Kritiken zu antworten, ist eine perfide Erfindung der Kritiker.

—

Der ständige Zweifel, eine Nähmaschine ohne rotes Garn – und selbst wenn da auch ein Faden wär' –, der Zweifel behauptete sogleich, da würde nur routiniert was abgespult.

Wenn's aber durchs Labyrinth hilft? Der Zweifel grinst gemein und meint, es sei ein Labyrinth ohne Minotaurus, an dessen Ausgang keine Ariadne wartet.

—

Um Probleme einfacher Leute sollen sich einfache Leute kümmern, die wissen da besser Bescheid.

8. Juli, Freitag

Heute fiel mir stellenweise Nähe von Strauss' *Vier letzten Liedern* zu den *Nuits d'Eté* von Berlioz auf. Kaum zu glauben, daß dazwischen fast ein Jahrhundert liegt.

—

Wir begannen damit, die Wohnung aufzuräumen. Besorgten letzte Kleinigkeiten fürs Fest. Ging schon um 15 Uhr in den Club. Mein Spiel ist schwach geworden. Ab 18 Uhr 30 zu Hause.

—

Ich lese: Man läßt einem Häftling Wasser auf den Kopf tropfen, Wassertropfen auf den kahlgeschorenen Schädel. Nach vierundzwanzig Stunden jener Folter soll der Häftling erst wahnsinnig, dann tot sein. Das wirft einige Fragen auf. Kann man sich vielleicht mit Kopfmusik retten, indem man zum Takt der Tropfen eine Musik entwirft oder paraphrasiert, ein Brucknersches Adagio etwa, voll ‹himmlischer Längen›? Außerdem interessiert mich, woran stirbt der Häftling zuletzt? Ruft der Wahnsinn einen Herzstillstand hervor, oder was? Man sagte früher ja auch den Indianern nach, sie würden in Gefängniszellen keine drei Wochen überleben – aber auch hier gibt niemand eine medizinische Todesursache an. Neugeborene, die man bestens versorgt, aber ohne Hautkontakt und Zuspruch läßt, sterben. Friedrich II. stellte das im Großversuch fest. Auch hier dieselbe Frage: woran genau? Wen frag' ich danach?

—

20 Uhr 50: Eintreffen von Dirk und Anna. Bestellten Pizzas, spielten Darts, alle warn etwas müde, die beiden von der langen Autofahrt, wir von – ich weiß nicht, was. Muß dem Hedonistenschwein in mir schnellstens eine Epikur verordnen, Ataraxia pur ... Mit Meyers ‹Hommage à Canaletto› konnte Dirk wenig anfangen. Unsere Unterhaltungen verlaufen meist sehr vorsichtig, sehr auf das Gegenüber bedacht, eine Art Abtasten. So verschieden wir sind, desto mehr freuen wir uns, wenn wir auf Gemeinsamkeiten stoßen. Anna ist kein Mensch, der sich schnell öffnet, sehr scheu, aber ohne diese Reserviertheit nach außen zu tragen.

Um 1 Uhr ins Gartenhaus. Noch einen Leserbrief beantwortet, das ist ein Placebo gegen die Leere, nicht ‹im Wort› gewesen zu sein.

Zeitungsmeldung: *In Tokio geht der Slip-Räuber um.* Paßt hervorragend in Thanatos.

Gelesen in ‹Wittgensteins Neffe› von Thomas Bernhard. Sagt mir nichts, macht keinen Eindruck, verstärkt den Verdacht, da ist zu hoch gehandelt worden.

—

Anhand von Thanatos denk' ich mitunter, *Stil* wäre eine Abkürzung von *steril*. Das Feuer, wo ist das Feuer hin?

Je nachdem, welche Musik ich gerade höre, gefällt mir mein Roman mehr oder weniger. Ich spiele mit dem Gedanken, zu jedem Kapitel eine Begleitmusik vorzuschlagen. Wär's Attitüde? Anmaßung? Vielleicht.

9. Juli, Samstag

Früh noch letzte Besorgungen, schweißtreibend. Habe viel zu viele Leute eingeladen. Leider sagt A. ab. Albert O. schickt sein Stück und Gedichte.

Nachmittags mit Dirk und Anna in, na wo wohl – Andechs. Schwankendes Wetter. Dirk gefällt die Fünfseenlandschaft wenig. Nordischer Typ, den es nach Schweden eher als nach Italien zieht. Ähnlich verschieden unsere Temperamente. Spaziergang in der Andechser Schlucht, danach am Weßlinger See. Ich fragte Beatrice nach einem floristischen Namen, erfuhr, es handelte sich um ordinäre Clematis. Der Rollbraten gelingt mir gut.

Italien – Spanien 2:1. Mein Endspieltip bleibt weiterhin möglich.

Fuhren zu viert aufs Germeringer Volksfest, das hatte aber noch nicht eröffnet, fuhren deshalb weiter in den Kreuzlinger Forst, zeigten, weil D. und A. es wünschten, Tempel, Amphitheater und Altar aus ‹Wege des Brennens›. Wie sich der Weg dorthin verändert hat! Der Großteil des Waldes ist von den 93er Märzstürmen umgelegt worden. Statt düsterer Fichten-Monokultur nun eine bunte Heidelandschaft, voll roter Zwergebereschen und gelbem Johanniskraut. Hier und da ein paar Eichen, in zwei Meter hohem Riedgras. Ich fand mich in ‹meinem eigenen› Wald nicht mehr zurecht, das war mir etwas peinlich. Aber er ist jetzt nicht mehr meiner, gehört anderen.

Nach Sonnenuntergang zurück. Die beiden haben den Platz kaum kommentiert, das war gut, ich hätte nicht gerne viel darüber geredet.

Nostalgie ist gepolstertes Erinnern. Glück bedeutet: Nichts wiederhaben wollen, doch froh sein, daß es da war.

Von der Ironie und Selbstpersiflierung in ‹Wege ...› (eine Parodie auf den weltabgewandten Elitarismus eines ‹Clubs der dichtenden Toten›) will Dirk übrigens nichts gemerkt haben, findet die Geschichte grade deshalb gut. Vielleicht sind wir uns nichts als ein wohlwollendes Mißverständnis? Er der sehnsuchtsvolle Krieger, ich der konfliktscheue Papiertiger. Herbeigeführte Gefährdung als literarisches Stimulans lehne ich ab. Ganz anders Dirk: sucht sich ständig auszutesten, sucht die eigenen Grenzen. Bitte, soll er. Ich bin auch grenzenlos glücklich. Und wie heißt's so schön im Ruhrpottfußballdeutsch: «Entscheidend is' aufm Platz.» Das Papier nickt mir geduldig zu.

Brasilien – Holland 3:2. Gut!

Soll auch in Bayern Demonstranten gegen Li Peng gegeben haben. Vermutlich Schlachtenbummler aus dem Norden.

D'n A – unser Kürzel für Dirk und Anna – sind sehr witzig, geben ein gutes Bild ab. Sie tranken heute zum ersten Mal Retsina. Kannten keinen Rollbraten. Kannten auch das Wort «Weiher» nicht, ebensowenig «Weiler». Ist das so spezifisch süddeutsch? Sie wiederum schenkten uns den schönen Begriff «Winkelement» = ein in der DDR verteiltes Fähnchen zur Beifallskundgebung bei Paraden z. B.

Marcel rief an. Kommt erst morgen. Schade, wo ich ihm unbedingt die Flipper im Skorpion zeigen, endlich mal den Heimvorteil nutzen wollte.

—

Das Fest kostet uns fast zweitausend Mark, wenn man den zweiten Kühlschrank dazuzählt. Man muß sich drastische Sparmaßnahmen überlegen, sonst kommt im Dezember die Pleite. Und Thanatos macht mich ganz gewiß nicht wieder flüssig.

Morgen würde – wird! – Carl Orff 99 Jahre alt. Waren wie immer, wenn wir in Andechs sind, an seinem Grab. Der «Sonnengesang» nach Franz v. Assisi ist immer noch nicht auf Platte eingespielt. Ich hoffe, dies ändert sich im nächsten, im Jubiläumsjahr.

—

Gedächtnis, Brille, Teleskop der Zeit. Kann nicht alles auf einmal sein. Man hält sich zuviel mit Unwichtigem auf, hält sich für zu vieles zuständig. Man *hält* sich zuviel, wo man sich loslassen müßte.

—

Für Schweine:
An den Wänden perlt Kondenswasser herab. Es ist finster bis auf den blau verrauchten Streif, der durch die Lücke im Rollladen fällt. Warum ich nicht hinausgehe, in eine der Kneipen mit Spätlizenz? Hinaus aus dieser in eine andere Beklemmung, die Gründe für sich anzugeben weiß.

10. Juli, Sonntag

Um halb drei kommen D'n A, helfen uns in anbetungswürdiger Opferbereitschaft beim Tischetragen, Obstschälen, Gläserspülen usw. Ich wüßte nicht, wie wir's ohne die beiden geschafft hätten. Um halb sechs Wolfgang. Er raucht nicht mehr, trinkt nicht mehr und hat sich dem Buddhismus zugewandt. Haben uns wenig zu erzählen. Beatrice holt Professor B. von der S-Bahn ab. Barbara schenkt mir nichts als einen Brief, der magisch wirkt:

Lieber Helmut,
ich hätte dir so gern was richtig Schönes zum Geburtstag (und dem dreißigsten!) geschenkt. Hab überlegt und überlegt und eingefallen is mir: nix. Aber ich war immer sicherer, daß ich dir nur was wirklich Schönes schenken will, einen Akkord aus dem Ravel-Klavierkonzert, das grad läuft – aber wenn er dem Stück dann fehlt??
Also ist mir nur das Wünschen geblieben …
alles, was ich dir nicht schenken kann.
B.

Es ist nicht lang her, daß ich in Thanatos schrieb: *Es gibt das Glück, o ja, und es macht* pling. *Höchste Note der Klaviertastatur. Klimax eines langen Glissandos im Ravelschen G-Dur-Konzert, macht* pling *– und ward nie mehr gehört.*

Nebenbei ist es das Lieblingskonzert von Beatrice.

—

Thomas mit Elke. Marcel u. Birgit, Franz und Lemmy, schließlich H.R. Schwab. Alle wollen Fußball gucken: Deutschland – Bulgarien 1:2. Die Stimmung ist geknickt, ich habe Mühe, die Gäste auf den Balkon zu komplimentieren, die Grillkohle glüht erst nach langem Zureden, es ist zu eng, alles viel zu eng. Michael und Susanne, später Beatriz und Eberhard, die einen sonderbaren Ami mitbringen, der greift sich gleich meine Trompete und versucht, ihr Töne zu entlocken, geht allen auf die Nerven. B. S. kommt und wirft im vollbesetzten Raum mit meinen Dartpfeilen, ziemlich ziellos, ich laufe dauernd von einem zum anderen, bediene hier, bediene dort, keiner kapiert, daß man dem Kühlschrank nicht nur Flaschen entnehmen, sondern ihn auch auffüllen kann. Lars und eine Blondheit namens Anne, die beiden schenken mir einen Guglhupf mit Lichterkette. Barbara in angeregter Unterhaltung mit Professor B. und H.R.S., zu der ich mich gern gesellen möchte, aber nichts da, kann gerade mit jedem ein paar Worte wechseln. Thomas G. schenkt mir eine Platte mit Songs von Charles Manson, H.R.S. eine Carl-Schmitt-Biographie (was soll ich damit?). Hmm, das gibt zu denken. Um halb elf fährt Anna zum Bahnhof, muß nach Berlin zurück. D. unterhält sich mit kaum jemandem, was nicht auffällt, viele sehen sich auch das zweite Spiel an: Schweden – Rumänien, das die Schweden unverdient gewinnen. T. – Die Schnelligkeit in der Abfolge seiner Affären – es wirkt wie eine ständig erneuerte Schutzimpfung gegen die Liebe. Liebe – ein Wort, das er bis zum Überdruß im Mund herumträgt, aber nie herunterschluckt. Um elf stößt Bernhard zu uns, produziert sich in fragwürdiger Weise, wühlt im

Erdbeergelee, mit obszönem Gestöhne – «So weich und warm und rot!» –, scheint eine neue Frau dringend nötig zu haben. Er und Petra – Herzen mit zehn Pferdestärken, aber das Lungenvolumen eines Mäuschens. Jedem Tiefendruck verständnislos, so endete das.

Einige aschen in die Blumen, und, was schlimmer ist, ins Terrain der Wasserschnecken, die in einem kleinen Balkontümpel hausen. Niemand geht ans Telefon, wenn's klingelt. B. S. hat das Luftgewehr entdeckt und will es, im nun noch viel volleren Raum – ausprobieren. Heute sind einige neben sich. E. macht einen relativ teuren Wein auf – plötzlich wollen alle Wein trinken, bin darauf nicht vorbereitet. Irgendjemand öffnet eine wirklich teure Flasche und läßt sie nach kurzem Nippen in einem dunklen Winkel stehen. Um Mitternacht wird dreimal Happy Birthday gesungen, für Michael, Beatriz und mich. Franz schenkt mir einen Fußball, auf dessen Fünfecken sich alle Gäste verewigen. Beatrice schenkt mir eine Armbanduhr. Elke und Thomas schenken mir die genau gleiche Uhr. Danach beschämt mich Dirk mit der sehr seltenen Erstausgabe von Brechts «Eduard II». Karl und Isabella fehlen. Warum das? Hermann W. ruft an, wünscht alles Gute. Eberhard berichtet, daß man in Argentinien eine gute Literaturkritik kaufen kann, für ca. 400 Dollar. Die Kritiker veröffentlichen sogar Anzeigen, in denen sie ihre Dienste anbieten und ihren Preis nennen. Das ist immerhin ein ehrliches System.

24 Uhr: ‹Today I am thirty,
tomorrow I'll be just dirt.›

Die Party plätschert lustlos dahin, kein Vergleich zu letztem Jahr. Schon um halb zwei lichten sich die Reihen, ich trinke mit D. noch ein paar über den Durst, komme ins Räsonieren, was er mir zum Glück nicht krumm nimmt. Bin völlig erschöpft. 30 Jahre.

Im Eck steht, abgestanden, eine sauteure Flasche Wein. Die Wasserschnecken leben noch.

—

Herzeingeweide, hirneingemeindet. Bauland, verspekuliertes.

Alles, was in Sachen Ästhetik über leichte Anstöße hinausgeht, gilt primär als anstößig.

Warum so verurteilenswert vorsichtig sein?

11. Juli, Montag

Karl reißt mich um 10:30 aus dem Schlaf, entschuldigt sein Fernbleiben mit «totaler körperlicher Erschöpfung». Ich benutze dieses Argument meinerseits und lege auf, sage nur, er hätte wenig verpaßt. Manieren hält er offensichtlich für Manierismen.

27 Leute waren da, auf einer Fläche von 30 Quadratmetern. Beatrice hat, als ich rüberfahre, fast schon alles aufgeräumt, bin ihr unendlich dankbar. Die Leute sind nicht sehr hungrig gewesen. Was alles weggeschmissen werden muß …

—

Das Gefühl, man könnte viel mehr erreichen, wenn man wollte, ist sehr beruhigend. Menschen, die an ihre Grenzen gehen, haben in meinen Augen etwas Masochistisches an sich. Ich muß streng darauf achten, nicht zur Schreibfabrik zu werden. Würde gerne mal Pause machen, die Zeit verschwenden, ein halbes oder ein ganzes Jahr. Zwei, drei Stipendien – mehr benötigte es dazu nicht.

—

Betrifft Rollenspiele: Ich glaube, viele Menschen würden den Wunsch nach Berühmtheit schnell zurückziehen, bedächten sie die Konsequenzen. Ich rede von Berühmtheit, nicht von Geld, Erfolg, Respekt. Wäre man wirklich gern Ikone? Wäre man gerne Casanova, Einstein, Hitler? Callas, Gandhi, Hölderlin? Ginge dadurch nicht grade die Lust verloren, von jedem, je nach Laune, ein bißchen zu sein? Niemand kann die Rollen wechseln wie der Niemand.

—

Setze mich vor den Fernseher und guck mir die absurdesten Sachen an, *Mila* z. B., Zeichentrickserie über eine japanische Volleyballmädchenmannschaft, die dreißig Minuten lang über eine trickreiche Variante des «Dreierangriffs» plaudert. So ziemlich das Bizarrste, was ich in der Kiste seit langem gesehen habe. Der Tag trudelt aus in völliger Leere. Ich möchte ein Blatt Papier nehmen und aufschreiben, was für ein Gefühl das ist, dreißig zu sein. Das Blatt bleibt leer. Abends in Premiere: «Hitlerjunge Salomon». Einfach nur peinlich. Und das war die deutsche Oscarnominierung?

—

Zur Ikonographie: Die Rückkehr des urchristlichen Ichthys-Zeichens auf den Autos – das ist, wie die giftige Kreuzotter zum niedlichen Fischotter umzumodeln.

—

«Man ist immer so gut, wie das Schlechteste, das man macht.» Diesen Satz bringt Joachim Kaiser an, wo immer sich ihm eine Möglichkeit bietet, und ich habe trotz langen Nachdenkens noch immer keinen Berufsstand entdeckt, an dem er Sinn machen würde, schon überhaupt nicht in der Kunst. Wagner wird nach dem Liebestod beurteilt, nicht nach dem Liebesverbot, nur das Beste bleibt übrig.

—

Man kann unsrer Zeit vieles nachsagen, nicht, daß sie unbewußt oder unwissend ist, o nein, man schlage eine Zeitung auf, sofort ist man umgeben von Wissenden, die sagen einem alles – und jeder hat recht, das ist das Schlimmste, das kommt erschlagend hinzu –, nie war die Dummheit so wertvoll wie gestern.

Ich hingegen lauf im Sommer gern ohne Meinung, komme damit durch, mich fragt ja keiner viel.

Ich suchte ein Wesen, in dessen Gegenwart ich dumm sein durfte und zärtlich, albern, nicht zitierfähig, peinlich bis zur Ehrlichkeit, kitschverdächtig, in unverstellter Liebe, unmaskiert, wahrhaftig, häßlich. Unter den Ohren der Geliebten furzen zu dürfen, ohne auf der Schmachtskala abzufallen – diesen Grad der Vertraulichkeit erreichen ...

—

Spät am Abend suchte ich die lateinischen Differenzierungen der Lebensalter zusammen: Infantia (1–6), Pueritia (6–12), Adolescentia (12–26), Juventus (26–40), Virilitas (40–65), Senectus (65–)

—

Vielleicht am ehesten so: Man ist dankbar, nicht mehr 20 zu sein, und hat Angst vor den 40.

—

Beim Hören von Tristan und Isolde erschlug ich kurz hintereinander Stubenfliegen, die sich damit jene Namen redlich verdient haben sollten, denn wirklich erwischte ich die erste zufällig, nach mühevoller Jagd, die zweite aber bot sich daraufhin mir gradezu dar, saß still auf dem Notizblock und erwartete den Tod. Ich wünsche beiden den siebten Stubenfliegenhimmel; ich werd' rührselig bei sowas, obgleich es mir peinlich wäre, als jemand zu gelten, der nicht mal zwei Fliegen etwas zuleide tun kann.

—

An Cosima ist schon Thomas Mann gescheitert – große, politisch falsche Frau. Anekdoten des Todes mischen ins «Monatsbüchlein», wie Monsieur X es benennt – ich will ja ungern Feinde haben, was kann ich dafür, daß heutzutage selbst Geschmeiß sensibel tut, humorlos, rachelüstern, Sumpfcharaktere in Callotscher Drastik. Meine Überlegenheit schwillt an, arztlos glücklich, Eiterbeule, aus Brachäckern gewellt, schrundiges Tier, hat gelernt, in Urin zu keimen. Soll man Speichel aufhängen zum Trocknen? Weinerliche Scheiße. (Man ist halt nie zufrieden.)

Kaugummi mit Bananenschmeck – ob's das auch hier schon gibt? Ich kau auf Cocawörtern rum – Schatulle z. B., Amethystschatulle – das braucht kein Mystifikat, keinen semantischen Beipack – Händel war sehr fett – und hat doch zeitlebens Himmelsmusik versport – dies zum Klischee der leidenden Artisten. Ungedecktes Scheckvieh! Würdig, neu behörnt zu werden. Unter so viel schönen Frauen leidet die Welt! Man wird zur Spendierhose. Zum Korrepetier.

Die Kunst soll Pilgerfahrt bleiben. Philosophie außerhalb einer Klassengesellschaft ist sinnlos.

Die Luft ist voller Glasnudeln – labbrige Prismen – Regenbogenforellen haben sich im Element geirrt, schlagen mit ihren Schwanzflossen um sich – drüber schwebt eine zartrosa Wolke – eine Mädchenwolke – im lichtblauen Himmel. Notzuchtszenario – unsingbares Wort, falls jemanden die Idee anspränge, dies zu veropern als Dithyrambus delirii (ich rechne auf Widerspruch und Ehrgeiz!).

Skulpturen meißeln aus dem Fels – für nix und wieder nix – (das *da capo* – feierlich verlogen – einmal nix genügte auch). Sein wir, da wir am Leben sind, großzügig!

—

Wachsmalkühe. Die Taucherbrille stutzt.

12. Juli, Dienstag

Arbeit an Thanatos in zwei Sonderschichten. «Spielgeld», das im Dezember als Taschenbuch erscheint, muß auch noch redigiert werden; die Erstausgabe war voller Fehler.

—

Beatrice sagte, sie habe das Gefühl, D'n A schon lange zu kennen. Ich fürchte, sie täuscht sich.

—

Immer wieder lief dieselbe Cassette, mit den Polowetzer Tänzen, Strawinskys Pastorale, dem 3. Akt Fidelio, Yes – ‹Turn of the Century›, Musik aus ‹Twin Peaks›, Schuberts Notturno in Es – die Musik färbt auf den Text ab.

Die Tage gehen vorbei wie alte Männer an leeren Schaufenstern.

Ungeachtet der Tagebuchpflicht sehe ich nichts, das sich aufzuzeichnen lohnte.

Ich gelange ins Wort, und das ist gut, aber –

Was ist so schlimm daran, daß die Tage belanglos bleiben?

Schräg über mir (multipler Wortsinn) lebt ein altes Geschwisterpaar. *Sie* geht mittags zum Supermarkt, wir grüßen uns freundlich. Und sie lächelt aus ihrem roten, zerrissenen Gesicht, zieht einen Handwagen hinter sich her. *Er* verläßt so gut wie nie die kleine Wohnung. Beide tragen tagsüber Sonnenbrillen, in der Nacht trinken sie und fluchen, halblaut, unverständlich. Beide sehen Geister, begegnen denen mal mit Angst, mal mit Spott. Mehr weiß ich nicht, mehr zu wissen drängt mich nichts. Sie haben meinen Respekt. Kein Nachbar sonst kann das behaupten.

—

Wer hat wohl die geniale Metapher von den ‹hochgeklappten Gehsteigen› erfunden? Beispiel für eine herrliche Wendung, der der Alltagsgebrauch alle Poesie geraubt hat.

—

Der Dreck, den man frißt, wird der Steinbruch, den man klopft. Sagt man deshalb: ‹Sprüche klopfen›?

—

Am Grab eines spät verstorbenen Hamsters

Hat länger geradelt als alle zuvor.
Haben ihn drum länger liebgehabt
als jeden anderen.
War schon ein Hamster,
wie sonst keiner.

—

Weil ihr Schreien so laut und schrecklich war, gab man ihr Morphium, sie wurde im Nu vom schmerzentstellten Etwas zum glückseligsten Menschen, und so starb sie, im Glauben, Gott nah zu spüren, mit einem unbeschreiblich einzigartigen Lächeln.

—

Mündet die Romantik, wie Lukács behauptet, in die Auschwitzrampe? Mündet die Erfindung des Buchdrucks in ‹Mein Kampf›? Dennoch birgt die Romantik mehr Gefahren als jeder andere Sinneszustand, da sie gar nicht mehr auf die Hybris warten muß, sie *ist* ihre Hybris, beherbergt die eigene Pervertierung von Anfang an im Gepäck, im Programm. Das Thema wie ein rohes Ei behandeln. Bedeutet in Salmonellenzeiten: abkochen.

Wieder gut gearbeitet. Das Nibelungenprojekt aufs nächste Jahrtausend verschoben – bedeutet vermutlich: aufgegeben. Das Thema scheint abgegrast.

—

Thanatos ist ein Buch, das den Leser in einer gewissen Stimmung antreffen muß, ansonsten es an ihm vorübergeht. Wird Liebhaber finden und kaltgelassene Heerscharen.

Wäre so einfach, korrupt zu sein, Johanser mit mehr Sympathie auszustatten ... Nein! Die Forderung danach muß schon im Anhauch abgetötet werden.

—

Arabella Kiesbauer lädt mich in ihre Talk-Show ein. Um Gottes willen. Wie immer abgesagt.

—

Grandios: *Tremors*. Der abschreckende deutsche Titel: *Im Land der Raketenwürmer*. Eine witzige, präzise getimte Monstergeschichte voller Spannung und einem überbordenden Reichtum an Detaileinfällen. Knapp skizzierte, gut veranschaulichte Charaktere. Hervorragende Spezialeffekte. Sicher eines der besten Produkte des Genres.

—

Fuhr in die Stadt, kaufte Schachzeitungen, setzte mich ins Café im Müllerschen Volksbad. Vor der Muffathalle werden die Fußballspiele auf Großleinwand übertragen. Traf Bernhard, Bubi und Peter, später Lars, der sich bei Luchterhand als Verlagsassistent beworben hat. Italien – Bulgarien 2:1

Schweden – Brasilien 0:1. Mein Finale-Tip ist wahr geworden. Hätt ich bloß Geld drauf setzen sollen! Wir fuhren noch zu Bernhard, tranken Bier bis vier Uhr früh. Taxifahrt nach Hause, in der Morgendämmerung. Unwirkliche Farben vor Sonnenaufgang, so fett und plastisch, zugleich gebrochen. Ich wäre beinah auf halber Strecke ausgestiegen, aber im stärker werdenden Licht verlor sich der Zauber binnen Minuten. Vielleicht ist es genau das, was mir fehlt in letzter Zeit: Sonnenaufgänge erleben, Nächte im Wald, mit Bäumen sprechen, mit Bäumen schweigen. Ist mein Sicherheitsbedürfnis zu groß? Warum zieht es mich nicht mehr in die Absturzkneipen? Hab ich Angst? Oder geht mich das einfach nichts mehr an? Weil ich es literarisch auch gar nicht ausschlachten könnte? Weil es Fake wäre, vom Bodensatz der Städte zu erzählen, wenn man selbst längst in der Nische hockt? Ich vergreise. Ich sollte verreisen. Wohin und wozu? Eine leidenschaftliche Affäre haben? Mit wem und warum? Heute habe ich Leute beneidet, die ein Attentat planen. Das muß eine Spannung sein, ein Hochgefühl, der Zwang zur Konzentration, dazu eine Angst, die angenehm sein dürfte, denn noch ist ja nichts geschehen, man lebt in der Freiheit, sich im letzten Moment noch umentscheiden zu können. Erst mit der Tat wird alles entsetzlich.

—

Der Bildungskanon hat sich völlig verändert. Die Löffler hat irgendwann im literarischen Quartett gesagt, man müsse heute nicht mehr Peter Weiß gelesen haben, um als gebildet zu gelten. Mußte man dieses Zeug denn jemals lesen? Um Himmels willen, was für Zeiten sind das gewesen? Die alten Kritiker wie Reich reden über die junge Literatur ganz einfach deshalb nur Unsinn, weil sie sie mit obsoleten Parametern bemessen. Wir haben andere Helden, andere Filme. Und Comics. Wenn ich zu entscheiden hätte, welches Tandem verschwinden müßte – Joyce und Proust – oder Reiser und Goscinny –, die Entscheidung fiele leicht wie eine halbe Entendaune.

—

Die für diesen Sommer geplanten Studien zu den Sophisten werden unter den Tisch fallen. Hab' mich entschieden, sogenannten ‹unnützen› Beschäftigungen soviel Platz zu gewähren, wie meine Lust es mir vorschreibt. Flipper spielen, mit Freunden über Unwichtiges reden, Mittelmäßiges im TV sehen, alles, was zur Zeitverschwendung, Zeit*ermordung* (so muß es statt Totschlag richtig heißen) zählt.

Nach einem halben Jahr Pause wieder Monteverdis Marienvesper. Enthält in nahezu jedem Moment den Zauber eines verklärenden Resümees – einer Rückschau auf die Vielfalt des Lebens und seiner Weichlichtmomente. Die Aufnahme unter Andrew Parrot betont die Rolle der practica prima, rückt ins 16. Jahrhundert, was ins 17. gehört. Das aber besitzt seltsame Überzeugungsschönheit, der man leicht zu verfallen geneigt ist. In jeder Art Schönheit liegt Wahrheit.

Ich sah vergessenste Bilder. Sie hatten ihren Schmerzgehalt gegen ein Lächeln eingetauscht.

14. Juli, Donnerstag

Um 12 Anruf einer Barbara Neu / Fischer Verlag, die neue Lektorin. Bringt gute Nachrichten: Lederfresse wird in Nürnberg, Stuttgart, Kassel und Brandenburg gespielt werden, vom Freien Schauspielensemble Frankfurt sowie vom Jungen Theater in Göttingen – da soll angeblich schon Premiere gewesen sein, was ich nicht glauben kann, die müßten mich doch eingeladen haben, oder nicht? Dänische und niederländische Rechte sind auch schon verkauft. Ist doch gut, werde im Herbst rumreisen können.

—

Die Zeit scheint abgesessen, Geschichte retardierendes Moment, Redundanz. Reminiszenz. Re-Mini-Szene, zur Auffrischung des kollektiven Geheimnisses, dem jedes Erinnern erynnienverseuchtes Gedenken ist.

—

Im Hugendubel Marienplatz, erzählt Bernhard, sei eine Wand – drei Meter lang, zwei Meter hoch, nur mit Könige und Fette Welt ausgepflastert. Da scheint ein Fan von mir am Werk. Die Böhm-Aufnahmen von Daphne und Capriccio sind im Preis deutlich herabgesetzt gewesen, ich nahm beide mit, dazu die Manon, mit Alfredo Kraus und der Cotrubas. Meine LPs könnten eigentlich mal verkauft oder verschenkt werden, nehmen nur Platz weg.

—

Heute ist mir aufgefallen, daß bei vielen Opern-CD-Gesamtaufnahmen zwar im Booklet der Gesamttext enthalten ist, daß aber oft jede Angabe darüber fehlt, wer eigentlich der Librettist war. Namentlich bei der Grande-Opera-Serie, dort fehlt der Name des Textdichters fast generell.

Habe noch Karten besorgt für den dreiundzwanzigsten. Ausgerechnet bei dieser Vorstellung singt die Nadelmann nicht, was die Kassiererin erst erwähnt, als es zu spät ist. Na gut. Ich spazierte am Nationaltheater vorbei, jemand bot Tannhäuser-Karten an, beinah wär ich reingegangen, hätt' ich nicht den Tintenfisch vom Viktualienmarkt dabeigehabt, den wegzuwerfen ich nicht übers Herz brachte. Zu Hause exorbitante Spaghetti Neri – mit viel Schnittlauch, höchst eigenes Rezept.

—

Hand der Freundschaft, ins Leere gewedelt, diserigierte Finger, mollusk und geizig zurückbehalten, in sich gekrümmte Finger, *don't play dump and don't act smart* – Moe Tucker gibt den entscheidenden Hinweis.

Anti-cool ist auch ziemlich cool, las ich beim Blättern im Pratchett.

—

Es geht wieder aufwärts. Beatrice tut, was sie kann, wir lachen viel, über Witze, die niemand außer uns verstehen würde.

Nachts gearbeitet, konzentriert und erfüllt und lange nüchtern.

—

Glück: an einem Buch etwas getan zu haben, das, so die Götter wollen, gut werden wird.

Ein Buch zu lesen, das, so die Götter wollten, gut geworden ist.

Danach, zum dritten Mal an diesem Tag, lange Briefe lieber Freunde, dazu Wein und Zigaretten, Musik im Radio, vielleicht noch ein Gedicht schreiben, das man in der Nüchternheit nicht wagen würde, an die Geliebte denken, die Selbstkontrolliertheit verlieren, sich fallenlassen und über sich lachen können, Feinden vergeben, Vorsätze fassen beim Anbruch des Schlafes, als begänne morgen ein völlig neues Leben.

Ertappe mich dabei, Erwartungshaltungen zu bedenken.

—

In der Komponistentabelle von Heilbut fehlen Albinoni, Berwald, Cherubini, Egk, Elgar, Fauré, de Falla, Gesualdo, Gershwin, Gounod, Giordano, Holst, Ives, Janacek, Korngold, Leoncavallo, Mascagni, Meyerbeer, Nielsen, von Nicolai, Offenbach, Satie, von Einem, Vitali, Weill, Zemlinsky. Unglaubliche Schlamperei. Daß sowas auf den Markt darf!

—

Grünbein-Gedichte. Halbgares steht neben Ausgekochtem. Betrunkenes neben eiskaltem Nüchtern. Und manchmal, auf den ersten Blick verschämt, ein Wunder, ein leuchtender Kristall. Bewunderung beginnt sofort mit Neid zu streiten. Mehr (im Sinne von Löblichem) kann ich von fremden Zeilen nicht sagen. Daß viele der Gedichte redundant sind, schert die Ewigkeit nicht, die pflückt sich von jedem eh nur ein Dutzend heraus.

—

Nachtspaziergang. Ich frag mich, wieviel kleine Tiere, Schnecken oder Tausendfüßler, vielleicht sogar einen kleinen Frosch, ich schon zertreten habe, ohne es zu wissen.

Wenn es eine Nacktschnecke war, bleibt der Gestank an der Schuhsohle kleben, dann merkt man das.

15. Juli, Freitag

Aus der AZ:
Selbstmord
Cezar, ein Löwe des rumänischen Zirkus Jambo, hat sich zu Tode gehungert. Im Mai hatte die Raubkatze die Dompteuse Elena Tipa tödlich verletzt, als ihm ein Kunststück mißlang. Seit diesem Tag, so der Witwer der Dompteuse, hat Cezar jede Nahrung verweigert. Gestern ist er gestorben. Zirkusdirektor Cezar Tipa: «Wir wissen noch sehr wenig über Tierpsychologie.»

—

Tatsächlich hat Lederfresse am 1.7. in Göttingen Premiere gehabt – die hatten es nicht nötig, mich zu informieren –, und jetzt sind Theaterferien, erst im Oktober wird wieder gespielt. Frankfurt fragt an, ob sie das Stück unter dem Titel Leatherface herausbringen dürfen. Habe abgelehnt. Kann ja was werden ...

Ärgere mich immer noch, daß ich im Thalia-Theater vor den Vorhang getreten bin. Ich dachte, meine Güte, was hab ich da Lausiges verbrochen. Inzwischen ist mir klargeworden, was alles falsch gemacht wurde mit dem Stück. Seltsam, daß ich im Moment der Uraufführung den Blick dafür in keinster Weise besaß. Es war so aufregend, selbstverfertigte Sätze aus fremden Mündern zu hören, auf einer großen Bühne, vor 400 Leuten, es war, so klischiert das klingt, wie in der Anfangsszene von Barton Fink, in der John Torturro hinterm Vorhang steht und jeden Satz mitspricht. Jeder Satz wirkte peinlich auf mich, wie ein Filmkuß peinlich auf mich wirkte, als ich fünf oder sechs war.

—

Die großen Schauplätze hält heute der Film besetzt. Das scheinbar Unscheinbare scheint mir mehr denn je literaturgeeignet. Zu beleuchten, wohin die Filmscheinwerfer nicht gelangen. Elitär sein schon deshalb, weil alles, was in der Populärkunst Talent besitzt, über kurz oder lang von Hollywood verpflichtet wird.

Keine Kürzungen zulassen – es ist mein Roman –, meine Fassung oder keine, ich pfropfe mich, zwinge mich dem Leser auf. Eine immerhin in Näherungslösung eingelegte Illusion, der Leser wird bei jeglicher Lektüre zum Flieger, tanzt auf dem Leim in Spitzenschuhen, träumt sich durch die Zeilen, nimmt wahr, was er will, und sonst nichts.

Dem Unendlichen entgegenkommen – ein Paradox.
Im Unendlichen sein – ein Pleonasmus.
Im Unendlichen verborgen sein.

—

Wende die Cassette, sie ist durch … (Beatrice)

—

Von 16 Uhr ab im Club – bis 0:30 ohne Pause etwa vierzig Blitzpartien, darunter etliche Stafetten [Der Sieger einer Partie bekommt eine Minute weniger. Meist wird die Entscheidungspartie mit einer Minute Bedenkzeit auf beiden Seiten gespielt.] fürs Schnelligkeitstraining. Reflexe und Instinkte, letztere sind beim Blitzen wichtiger als Berechnung, ließen letzthin stark zu wünschen übrig. Ob ich die 2330 [ELO], die ich vor Melodien besaß, je wieder erreiche?

Nachts zwei Seiten Thanatos, danach noch einmal Überlegungen zur Nibelungenprobe. Einige Ideen. Ob sich daraus Organisches ergeben kann? Wie das Stück motorisieren? Irgendetwas in mir warnt mich vor dem Stoff.

—

Für die Bahnhofsuhr bin ich Beatrice sehr dankbar. Bahnhof – kalt, nachts, schwaches Neon, kaputte Verpflegungsautomaten, Leuchtanzeigen, Regen und ein Penner, der einen glauben macht, er sei tot. Man wartet, stockmüde, bis endlich der richtige Zug einfährt. Bahnhofsuhr – man ist auf Fahrt, die Zeit wird in Strecken gedacht, die sich von einem Ziel zum anderen spannen.

—

Ein hündischer Haufen liegt vor mir und stinkt. Warum weiter? Wenn alles schreit: Hör auf!

Johanser: «Ich wollte, ich hätte mehr Menschen geliebt als getötet.» – Wer darf solche Sätze sagen?

Das ‹deutsche Wesen› – ein Monster, ein Zombie, taumelnd mit ausgestreckten Armen. Schrecklich. Mitleidheischend. Ist, was da läuft, jemals ein Mensch gewesen?

—

Kein Asterix am Himmel.
Die Zeit vertrieben mit leisem Gebrüll – Üll! Üll! – man müßt' 'nen Vogel finden, der so balzte – lustig-pokulanter wär's bei Nacht über Gilching – was kommt von ‹Kiltrahing› – klingt das schottisch genug? Wer weiß?

An einer 2000 Jahre alten Straße leben – tagsüber die Lastwagen, nachts die Gespenster, Monstercat schnurrt immer von links, die Perserin weiß, was sich ziemt. Hölle!

Das Inferno – wenn man weiß –, daß alles wird, wie's werden soll, ob Zutun oder Schmoll – reimungeplant, sei belassen. Orgie. (Anweisung für Derwische: letzten Abschnitt wiederholen ad finem temporis, dazu – den Kopf schütteln, bis das Gesicht auf der Schädeldecke Platz nimmt.)

Tapete aus Zitaten, entflogen auf den Schwingen des Weins ...

—

Wenn man die Welt soundso oft neu geschaffen hat, übermalt, maskiert, geschminkt, gefälscht hat, wird man am Ende begreifen, daß von allem die Wahrheit am schönsten, tragischsten, witzigsten ist, besitzt man nur den Mut zu ihr.

Niemand trinkt den Wein wegen der Wahrheit darin.

16. Juli, Samstag

Beim Zeitungholen entdeckte ich, daß im Lochackerweg, direkt vor meiner ehemaligen Bude, ein Zigarettenautomat steht, mit Benson drin. Als ich da noch wohnte, war jene Marke ziemlich selten. Jörg Fauser, der zuvor HB rauchte, gab mir den Tip. Heute wäre er 50 geworden. Seltsame Übergänge. Ein benommener Nachmittag.

In der S-Bahn las ich in Spielgeld. Vielen, darunter Wittstock, gefällt ‹Nuntius und Ananas› am besten, ein besserer Streiflichttext, nicht mehr. Würde ich am liebsten weglassen, aber das Taschenbuch wird ohnehin dünn genug.

Abends im Soft-Research, wo sich Freunde Fausers zu einer Gedenkveranstaltung versammelt haben. Kurz mit Rainer Weiß geplaudert, zum ersten Mal von Gesicht zu Gesicht, dabei schrieben wir uns schon vor zehn Jahren. Carl Weißner ist jünger, als ich ihn mir vorgestellt hätte. Antje war so nett, mir eine Karte zu schenken. Auf Bildschirmen liefen Interviews Fausers, u. a. mit Karasek (1983). Darin sagte er, mit Vehemenz: «Deutschland wird nie wiedervereinigt sein, nie!» Tja. Wird der Zukunft bewußt sein, daß diese Meinung damals von 99 Prozent der Intelligenz geteilt wurde und eine Selbstverständlichkeit darstellte, nicht nur auf der Linken? Vor ein paar Jahren hätte diese Frage noch kindisch geklungen.

Andi Neumeister hat in der AZ Fette Welt empfohlen. Wir unterhielten uns über die neuesten Auswüchse des Pop, ich war etwas provokativ, nannte HipHop keine

Musik, sondern eine Form rhythmischer Kommunikation unter Zuhilfenahme musikalischer Zitate. Anne (22), die Blondheit, die Lars mit zum Fest gebracht hatte, war auch da. Konnten uns gut unterhalten, über das Nibelungendrama, ein Thema, von dem ich dennoch dauernd weg wollte.

Andi schleppte einen sehr merkwürdigen Suhrkamplyriker namens Walter mit sich herum, für den er sich «irgendwie verantwortlich» fühlte. Wie es hieß, ein Mensch vom verschneitesten Dorf, für den Städte etwas Fremd-Exotisches sind. Wir fuhren zu viert in Annes Auto zu Maria Pisagne, war bereits zu – und weiter ins Muffatcafé. Dort überschlugen sich die Dinge. Andi, Anne und ich führten die Pop-Diskussion fort, als Walter, der sich bis dahin stumm besoffen hatte, auffuhr und fauchte: «DU BISCH A KATZENKALTS WEIB!!» Wir sahen ihn alle fragend an. «KATZENKALT BISCH! KOMMSCH JETZ MIT?» Wozu denn? «JA FICKEN HALT! ICH BRAUCH FLEISCH FÜR DIE NACHT!» Andi, der sich für diesen schnurrbärtigen Bergbauern noch immer irgendwie verantwortlich fühlte, begann mit ihm zu tuscheln, man verstand nicht alles. «ABA SIE HAT UNS DOCH ALLE INS AUTO GNOMMEN!» – «Du, Walter, das bedeutet in der Stadt noch nicht, daß ...» – «KATZENKALT! UND DIE KLEIDER!» – «Aber hier sehen viele Frauen so aus, das ist ganz normal ...» Anne selbst war zu perplex, sich wirklich zu wehren, ich amüsierte mich dabei, hatte nur etwas Angst, dieser Einödmensch könne handgreiflich werden. Er verzog sich an die Bar, während Annes Freund W. das Café betrat. Wir entschlossen uns, das Lokal zu wechseln, den

Lyriker Walter kaltherzig dem Dschungel der Großstadt zu überlassen. Draußen stellte W. fest, daß man ihm, während der fünf Minuten, in denen er im Café war, das Rad geklaut hatte. Anne sagte, dieser Abend sei endgültig für sie gestorben, sie wolle Andi und mich am Hauptbahnhof absetzen, wir fügten uns, zwängten uns ins Auto, fuhren den Altstadtring entlang – und was passiert? Auf Höhe der Blumenstraße, neben dem Marionettentheater, sagt W. plötzlich, ziemlich trocken: «Da vorne fährt mein Rad.»

«Ernsthaft?» Wir waren schon zwei Kilometer vom Muffatcafé entfernt.

«Der weiße Reifenrahmen – hab ich gestern erst draufgemacht.»

Anne tritt das Gaspedal durch, bremst mit quietschenden Reifen vor dem herrlich erschrockenen Dieb, nimmt ihm den Weg, wie in einem Gangsterfilm springen wir alle raus, muß für den Dieb ein ziemlich fieser Moment gewesen sein.

«Das da ist mein Rad!» sagt W.

«Hey, das hab ich eben an der Muffathalle für 20 Mark nem Türken abgekauft!»

Kein sehr kräftiger Typ, keine sehr schöne Ausrede, aber ihm ist anzusehen, daß er bereit ist, sich für das Rad zu schlagen, und seis nur aus Scham, vielmehr verletztem Stolz. Ich entschärfe die Situation, drücke ihm einen Zwanziger in die Hand und sag ihm, er soll sich schleichen, wozu er sich nach kurzem Überlegen auch entschließt. Anne versteht das nicht. Wir seien doch zu viert gewesen! Aber dafür ist sie auch erst 22, ein Grüner nicht die Welt und die Geschichte viel besser so. Nahm mit Andi dann ein Taxi, wir unterhielten uns über Rise and Fall of the House of Suhrkamp. Andi stieg in Pasing aus, und noch etwas Schönes geschah. Der Taxifahrer, der uns zugehört hatte, drehte sich um und fragte, ob wir bei Fausers Fünfzigstem gewesen wären. Ich antwortete: ja, und wir diskutierten über Whiskey-Sorten. Fausers bevorzugte war Chivas Regal, der Taxifahrer schüttelte den Kopf, wie über eine Geschmacksentgleisung, dann fragte er mich nach meinem Namen, ich nannte ihm den, nach sekundenlangem Zögern. «Ah», sagte er, «ich lese grade Ihr MAI.» Und das war wirklich so, er bewies es anhand von ein paar Stellen, das machte mich glücklich. Ob er irgendwas für mich tun könne? Eine Blanko-Quittung, für die Steuer, die bekam ich, wir wünschten uns noch viele gute Nächte. Was den Moment so mystisch machte, war das Fehlen jedes störenden Details, wie irgendwelcher kataloghafter Fragen, die man Literaten gerne stellt. In solchen Begegnungen sehe ich immer mehr als nur Zufall, das hat etwas von einem Zeichen. Noch um vier Uhr früh setzte ich mich hin und schrieb – schreibe das alles auf.

—

Frauen mit schönen Händen sind mir zehnfach überlegen, mein Gerede wird dann schnell zur Kapitulationserklärung, die um Milde bittet und sich bedingungslos ausliefert.

Welch sinnreiches Mädchen! Wie gern ich mich ihr einverleiben möchte, sie weiß es, jeder Blick heißt mich eine Wartenummer ziehn, geduldig sein, Vorzimmerstunden absitzen, bis alles nicht mehr so wichtig sein und von selbst aufeinanderfallen wird.

Gut gearbeitet. Auf einem Fensterbrett des Nachbarhauses stand eine leere Mineralwasserflasche, etwa zehn Meter entfernt. Mich interessierte, ob man sie mit dem Luftgewehr zerschießen könne. Man kann nicht. [Beatrice meint, ich soll nicht so martialisch tun und dazusagen, daß das Nachbarhaus noch nicht fertiggebaut ist ...]

Zum WM-Endspiel fuhr ich in die Leopoldstraße. 1982 gabs Gratispizzas in jedem italienischen Restaurant. Und welche Enttäuschung: In kaum einer Pizzeria / Osteria Schwabings steht ein Fernseher zur Übertragung bereit, vielleicht erwischte ich nur zufällig die falschen Lokale, dennoch – die entgegenwehende Apathie ist unglaublich. Hatte zur Folge, daß ich das Spiel in einer Prolo-Kellerbar ansehen mußte, um es nicht ganz zu verpassen. Entsetzliches Spiel, eine Schande. Hätte keinen Sieger verdient gehabt.

Später im Adria Th. und Elke getroffen. Schleppendes Gespräch über grammatikalische Problemfälle. Zu dritt in die Egon-Bar. A. A. verläßt das Etablissement just im Moment, als wir die Treppe hinuntersteigen. Plaudern über Tannhäuser und Don Giovanni. Weiter um 3:15 ins Nachtcafé. Ein an allen Fingern beringter Fettsack (weiß) im Seidenhemd hält sieben Brasilianerinnen aus – wir dachten zuerst an die versteckte Kamera. Viele schicke Menschen, alles kalt und geschniegelt, bin tatsächlich zum ersten Mal hier.

Sonderbare Heimfahrt: Einarmiger Taxifahrer (gezwungenermaßen Linkshänder) stellt einen Geschwindigkeitsrekord auf: Stachus – Gilching in 14 Minuten. (Normal sind 20.)

Ausklang: Symph. Nr. 52 von Haydn.

—

Zu Thanatos: dem Leser die Verlorenheit aufzwingen, die entsetzliche Angst in einer Feind gewordenen Welt, der Wahnsinn, die Verfolgung, das Unterirdische. Alles Bisherige taugt nur als Rohstoff. Thanatos – griechisch der Tod, der Todesgott, als psychologischer Terminus: Todestrieb. Die doppelläufige Bedeutung kommt dem Text sehr gelegen. Eine Eindeutschung jener Ambiguität ist unmöglich.

Ich will die Geschichte so schreiben, wie es kein Amerikaner je fertigbrächte, und wer sich hier über Langsamkeit und Klassizismus beklagt, soll verrecken und vergessen sein.

Primus inter Parias. Den Fluß der Dinge zum Leuchten bringen.

—

Die Herzlichkeit, wo sie auf Kosten der Ehrlichkeit geht; ist es richtig, dem Freund ein hartes Urteil vorzuenthalten, oder soll man ihn loben, ermuntern, in der Hoffnung, daß er besser werden wird oder die Illusionen von selbst zusammenfallen?

18. Juli, Montag

Ruhiger Tag, konzentrierte Arbeit.
In die Kuriositätenmappe eingefügt: den Musiktip der Monatszeitschrift Prinz vom 28. April: Nirvana – *Kurt Cobain und seine Grunge-Meister aus Seattle. Nachholkonzert vom 2.3.94. Nirvana bedauert die erneute Verschiebung des Termins und bittet die Münchner Fans um Verständnis. Bleibt zu hoffen, daß Kurt diesmal nicht wieder im Koma liegt.*

(An diesem Tag war Cobain schon drei Wochen tot.)

Beatrice weist mich darauf hin, daß die in Thanatos beschriebene Bachstelze nicht dem Standardbild dieses Vogels entspricht. Na und? Wichtig ist sein weißer Kopf und die schwarzen Augenringe, somit die Assoziation des Totenschädels. Entschloß mich dann, nach langen Debatten und drei Bestimmungsbüchern, zu einem seltsamen Eingriff: *«Tatsächlich handelte es sich um eine lokale Varietät des Steinschmätzers.»* Dieser Satz stellt eigentlich einen Fauxpas dar, schließlich wird später behauptet, Johanser schriebe das Buch – und woher sollte der sich in der Zwischenzeit kundig gemacht haben? Aber gerade so einen kleinen Störfaktor (der eh niemandem auffallen dürfte) habe ich in einer Konstruktion sehr gern, kann nicht sagen, warum.

Die Hitze hält an. Keine Post, kein Anruf, keine Libido. *Der Holzweg ist naturgemäß gesäumt von felsenfest Geglaubtem.* Hockte mich vor den Fernseher. Nacheinander zwei Filme von 1987: «I heard the Mermaids singing» – in der Filmmusik hörte ich eine interessante Beethovenaufnahme, deren Dirigent und Orchester im Nachspann nicht genannt werden. Sowas macht mich wahnsinnig.

Danach «Krieg in Chinatown» von Abel Ferrara. Hätte besser etwas lesen sollen. Spät im BR eine Dokumentation über Uwe Johnson, dessen Schreibe ich nie näherkam als bis zur dreißigsten Seite.

—

Neulich ist mir nichts passiert.

19. Juli, Dienstag

Gearbeitet. Punktum.

—

Schwarte der Könige, so doof, man möchte schreien. Klaus Develey, Hofsenflieferant. Würde, eine Ahnung von etwas zu haben, wahrscheinlich als Schreibhemmung ablehnen. Wild halbgebildetes Gebrabbel, immer in marktschreierischer Alarmiertheit, kohlemachender Empörung.

—

Standfestigkeit, Besessenheit, Liegenschaft.
Ich bin so immobil, mein eigener Makler, Bauerwartungsland, jede Frucht nur Zeitvertreib, terminierte Nutzungsfläche in guter Hoffnung, tempelschwanger, widerlich. Bei Thanatos lenkt mir jemand die Finger, und ich weiß nicht, wer's ist.

—

Um 19 Uhr trafen wir Karl – er lud ins Rossi's ein –, Essen war ziemlich schwach, zog sich aber in die Länge, dank unlustiger Bedienung. Fuhren danach noch zum Augustiner und spielten Skat. Karl will mir Nabokov näherbringen, schwärmt von dessen Autobiographie. Vielleicht ist es wirklich so, daß ich nur dessen schwache Romane erwischt habe. (‹Lolita›, «der goldene

Flaum ihrer Armhärchen» findet sich auf den ersten 100 Seiten neunzehnmal. Sowie ‹Lushins Verteidigung›. Dieses Buch ist wirklich total mißlungen, bis auf eine witzige Betrunkenen-Szene.)

Thomas Kraft sandte mir die Winkels-Kritik zu Franz' ‹Bierherz› – so böse war das gar nicht.

Beatrice: «Du solltest deine Lebensweise ändern.»

«Du mußt dich dran gewöhnen, daß du mich überlebst.»

—

Um Mitternacht fällt mir ein, daß ich gerne Fußball spielen würde. Hab ich zum letzten Mal vor vier Jahren getan. Damals langte die Puste noch für zehn Minuten. War bisher in diesem Sommer wenig draußen in der Nacht.

—

Die Kraft, sich während eines Ozeanflugs an die Tragfläche zu klammern. Wenn der Speichel im Mund gefriert und der Wunsch nach Mohnstreuselkuchen übermächtig wird.

Nach dem Abgrund
tut sich wieder was anderes auf.

—

Die Nacht abschöpfen, im Innersten wühlen, der kleine Triumph, klein und massiv, wenn Jäger nach dem Herz erlegter Tiere greifen, um es der Sonne zu zeigen – sie glänzt so schön im Muskelfleisch, spielt Kino, das vertrocknet.

—

Schlafen? Wieso?

20. Juli, Mittwoch

Krisis. Beatrice und ich gestehen einander schlechte Gewohnheiten, Unaufmerksamkeiten ein. Die Faulheit gegenüber dem andern ist ein bösartiger Virus. Man tut zuwenig dagegen, daß sich die Tage wie Eier gleichen, hat die eigene Reizbarkeit oft nicht mehr unter Kontrolle. Begreift die Liebe zu sehr als Trophäe, denn als immer neue Aufgabe. Wir sprachen offen alles an, versprachen uns einander neu, gelobten Achtsamkeit. Tiefer Moment.

—

Limmy rief an. Will mich Samstag treffen, berichtet von einer üblen Urindusche im ‹Falter› (Wien). Den Artikel kenn ich schon, wirklich großartig, man müßte meinen, ich hätte des Rezensenten Töchterlein vergewaltigt. Soviel Haß und Galle, argumentfreie Aversion, das macht schon was her. Leider in sehr mäßigem Deutsch geschrieben – bis auf die Stellen, die von Seibt geklaut sind. Ich habe mich seltsam schnell gewöhnt daran. Das große Klo verkraftet viel. Auch das. Bemerkenswert ist aber, welche Ausmaße es annimmt, z. B. die Tiervergleiche – wie zu besten «Stürmer»-Zeiten.

—

23:30 Anruf bei Th. Seine Erzählung gefiel mir, obwohl er mich in einer Figur karikiert hat. (Was er bestreitet.)

Könnte ihm aber nicht böse sein, hab's mit ihm genauso gemacht, im «Durach» (mit dem ich immer weniger zufrieden bin. Daß Hubert ihn fehlgedeutet hat, ist meine Schuld).

—

«The man who mistook his wife for a hat» – Nymans geniale Kurzoper, wurde von der TAZ als Kitsch bezeichnet. Voilà!

Bis 4 Uhr in Rudolfs Kellerstudio – transkommunikative Gespräche. Thanatos ufert aus.

—

Könnt ich unter fünf Mahlzeiten wählen, wär ich gern der Mitternachtsimbiß. Ein Vergehen gegen die schlanke Linie, die das Gestern trennt vom Morgen.

—

Die Musik zum Stummfilm Ben Hur ist derart gespickt mit Wagnerzitaten, daß sie kaum auf Originalität pochen darf. Perceval fragte mich, ob Bruckner nicht nur eine Art schwülstiger Filmmusik sei, so habe nämlich einer seiner Freunde behauptet. Ich antwortete nur: nein. Werd langsam müde an ihm.

—

Thanatos als Vorverurteilung der zu erwartenden Neoromantik. Was, wenn die gar nicht kommt? Dann macht es auch nichts. (Dann hab ich sie eben verhindert! Genau!)

—

Wenn beispielsweise *La Valse* erwähnt wird, und ein Leser diese so signative Musik gar nicht kennt, er läse meine Sätze trockener, anders, falsch, vielleicht sogar mit Bebop im Hinterkopf – was entsteht dann draus? Kann, muß der Duktus der Worte Melodie, eine bestimmte, evozieren? Auf die Zeichen allein ist kein Verlaß.

—

Das da ist das Deutsche, das da ist der Tod. Wie zwei Augen in einem Kopf aus Erdreich.

—

Jeder Tag der Fötus eines Götzen – ging ab, vergaß sich in der Nacht. An irgendwelchen Lippen erwachend war Sonne verseucht von Beutestolz. Tiefer als eine Penislänge vorzudringen, redete die Angelesenheit uns aus.

—

So unverfroren, wie die Götter um Glück im Glücksspiel oder um eine schlanke Taille zu bitten. Undenkbar, wie ein Punk mit Regenschirm.

21. Juli, Donnerstag

Traum: Ein Berg wie ein Kegel, dem man die Spitze abgeschnitten hat. Unten einen halben km breit, oben nur noch 20 Meter. Höhe: in etwa ein km. Er erhebt sich aus flachem Land, man kann in der Ferne eine Meeresküste erkennen. Der Berg ist stark bewachsen mit Buschwerk und wildem Wein. Kiesserpentinen schlängeln sich hinauf. Hin und wieder eine idyllische Laube aus Pergola, dennoch ein Platz der Furcht. Oben auf dem Plateau schwankt man wie ein Höhenkranker, den im obersten Stockwerk eines Wolkenkratzers das Beben überrumpelt. Ich fühle mich, als sollte ich abgeschüttelt werden, hinausgeschleudert, ich halte mich am Wein fest (am Wein fest – nein, so simpel ist das nicht!).

Frage: Hat Angst etwas mit der Möglichkeit der Rettung zu tun? Oder verliert sich die Angst, wenn klar wird, es ist endgültig aus? Z.B. ein Fallschirmspringer, der während des Flugs entdeckt, daß ihm sein kleiner Sohn statt des Schirms einen Teddybär eingepackt hat – fühlt der noch Angst? Mit der Gewißheit des Todes vor Augen? Die Angst hat ja eine biologische Aufgabe – Ausschau halten und Vorsichts- bzw. Gegenmaßnahmen einzuleiten.

—

Einige CDs gekauft, darunter den Don Giovanni von Giulini, der endlich wieder auf dem Markt ist.

Danach übers Germeringer Volksfest geschlendert.

Der Horoskopautomat spuckte denselben Spruch aus wie letztes Jahr. Beatrices Dünnhäutigkeit multipliziert sich mit meiner Starrsucht zu eruptiven kleinen Szenen, die sich aber immer in Versöhnung zerlösen. Bei der Wohlfahrtstombola gewinnt sie den Hauptpreis – eine monströse Wasserspritzpistole, neudeutsch Pump-Gun, Reichweite bis zu 25 Meter. Hätt ich sowas bloß als Fünfjähriger besessen, als man im Hochhaus Krieg führte und dauernd ein Problem mit dem Nachladen hatte. (Weshalb man auf Erbsenpistolen umstieg.)

—

Arbeit. Habe beschlossen, mich literaturpolitisch nicht weiter zu engagieren. Habe genug mit Primärem zu tun. Die Frage nach dem Sinn hat sich spätestens mit Monteverdi erledigt.

Und die Dummheit vernichten zu wollen, ist ein Symptom derselben. Nachts, in der Sprache.

Dazu die ersten Akte Don Giovanni, La Bohème, Fidelio. D. hat mich gefragt, wie das ginge, tags zu leben, nachts zu schreiben. Seine Rollenverteilung ist mir ebenso unbegreiflich.

Er erzählte, er habe in einer Züricher Großbuchhandlung ‹Melodien› gestohlen, sei vom Detektiv erwischt worden, dieser, Ex-Stasi-Mitarbeiter, war zum ehemaligen Landsmann gnädig, gab sich mit zweihundert (Schwarz-)Franken zufrieden; dafür durfte D. sogar das Buch behalten. (!)

Habe heute neue Sorten Retsina probiert. An Tsantali kommt nur Cavino Fino ran. Ich sollte beiden Firmen mal das Angebot machen, auf einem T-Shirt bei Lesungen für sie zu werben. Verlangen würde ich dafür nur, daß man mir den Eigenverbrauch zur Verfügung stellt. Wahrscheinlich gäbe man mir nicht mal das.

—

Die Atmosphäre rauchiger Keller im Lichtorgelgesums psychedelischer Gitarrenbands, Bier und Schweiß, Menschenmassen, deren Köpfe nicken im Takt, und Mädchen, die allein mit sich tanzen, vorn vor der Bühne. Solches Ambiente schafft eine ganz bestimmte Sorte Text, vereinzelte verrückte Sätze, nur jeder hundertste wirklich tragfähig gegenüber drauffolgender Stille.

—

Nachts in die Bar, nostalgisch, verbraucht, überbedienter Mythos, bin 30, worüber können sich diese jungen Kerle bloß nächtelang unterhalten, welcher Drang treibt sie, ist es gut, daß mir dieser Wille zum Austausch verlorengegangen ist? Jede Kommunikation startet aus einem Lamento heraus, die ‹Flucht ins Werk›, der Griff nach dem höheren System, der unbekannten Ordnung über den Dingen, in die man sich eingliedern muß, das Altern zu überleben, wenigstens vorläufig. Ich dachte, es sei gut, endlich in Lebenserfahrung zu schwelgen, nichts mehr sagen zu müssen, weil alles gesagt ist, jeder versteht, was gemeint ist. Du findest – ich finde nicht –, dahinter einsetzbar ist alles, man weiß um eines jeden Grenzen, tauscht Infos um der überlappenden Segmente willen, und die Frauen am Tisch – mit Grausen denk ich daran, begänne ich eine Affäre, wieder mein ganzes Leben erzählen zu müssen, mühsam, alles so mühsam …

Die Beck-Platte hab ich mir nur gekauft, weil jeder drüber redet, sie ist Gott sei Dank gut, aber wieviel Mist hab' ich mir in letzter Zeit andrehen lassen, nur um in einem Kessel schlechten Geschmacks Mitspracherecht zu haben. Alle paar Tage wird der Wunsch übermächtig, hinaus, zu Leuten zu gehen, aber sitz ich ihnen dann gegenüber, in irgendeinem der Treffpinten, wo sie alle wie Romeros Zombies im Kaufhaus – zusammenkommen – ist es auch schon wieder gut, eigentlich wäre es mir auch recht, alle säßen schweigend am Tisch, nippten an ihrem Getränk, ab und an ließe irgendwer ein Stichwort fallen, alle nickten und/oder machten sich ihre Gedanken. Im Hintergrund dazu unterhielten sich die Twentysomethings über die neueste Geschmackssorte Chips oder den Londoner Sommerhit … und wenn man dann nach Hause geht, erwartet einen, wie ein altargewordener Berg, der Schreibtisch, das Werk – geht man in die Zeitlosigkeit zurück.

—

Im Besitz der Worte sein heißt überhaupt nichts. Man muß sich ihrer an der richtigen Stelle entledigen können.

22. Juli, Freitag

Zwei Stunden am Schreibtisch, danach in den Club, mich austoben. Spiele wie ein Besessener bis zur völligen Erschöpfung. Zwinge mich dann an den Schreibtisch zurück, höre dabei Suor Angelica, ein Werk, das noch soviel Sympathie mit dem Komponisten nicht zu retten vermag.

Schlacht um Schönheit.
Es gibt nichts zu sagen, ich bin, um es mit Rückert zu sagen, der Welt gestorben, lebe in meinem Lied … Nehme manchmal, was mich entsetzt, Züge Johansers an, muß es sogar.

—

Nachts, auf der Straße. Monstercat suhlt sich auf dem noch warmen Asphalt. Kommt immer her, wenn ich sie rufe, streicht mir um die Beine. Geschöpf, in dem man mehr vermutet. Und es gibt Menschen, die Katzen in Maschinen waschen oder feuchte Hunde ofentrocknen …

Als ich mit einer Flasche Retsina vorn auf der Bank neben dem Postamt sitze, zwei Polizisten in Zivil, wollen wissen, was ich hier mache, wo ich wohne – gebe Auskunft, deute auf die Sterne, biete vom Wein an – der schnellste Weg, die loszuwerden. Warum die hier sind? Gibt in letzter Zeit viele Einbrüche in der Gegend, aber meistens finden sie vormittags statt.

—

Thanatos ist so traurig und düster. Muß danach unbedingt wieder einmal etwas Lustiges schreiben, allein schon, um mir zu beweisen, daß ich es noch kann. Ich muß mir immer sehr viel beweisen, von daher bin ich D. schon ähnlich. Meine Beweisführungen verlaufen nur weniger äußerlich.

—

Es soll jeder machen, was er will, und mich soll man in Ruhe gewinnen oder scheitern lassen – das ist allein mein Problem. Ich tue niemandem etwas an, zwinge mich niemandem auf.

—

Konzert für Streichhölzer und Blechspielzeug.

—

Häuptling Gebrochenes Herz
sucht Jagdgründe, die ewig sind.
Auf den Bergen Schnee von gestern,
hinter beiden Ohren grün das Tal.
In der Hütte des Fallenstellers
In der Hütte des Fallenstellers
In der Hütte des Fallenstellers
gäbs wenigstens Whiskey.

23. Juli, Samstag

Habe Limmy abgesagt, bin zu gut in der Arbeit, um den Nachmittag mit Bier zu beschweren.

Um 19 Uhr Manon im Gärtnerplatz. Matiasek hat spannend, in kahlen, großflächigen Bildern inszeniert, viel Atmo erzielt, zum Glück, denn die Oper fällt in der zweiten Hälfte stark ab. Massenet hätte Einakter machen müssen. Nathalie Boissy als Manon bot eine solide Leistung, nicht genügend honoriert. Dem Publikum war anzumerken, daß es die Nadelmann vermißte.

Wir gingen danach noch ins Stadtcafé, tranken mit Bernhard ein Bier. Die Krisis ist vollständig behoben. Hatten uns lieber denn jemals.

Um 23:30 schon wieder am Schreibtisch. Der Roman liest sich heute beschissen. Wieder Angst, die ganze Arbeit könnte umsonst sein.

—

«Adieu notre petit table» aus der Manon war m. W. die letzte Arie, die die Callas jemals auf der Bühne sang. Aber es gibt eine Aufnahme, zwei Jahre später, vom 16. 3. '76, im Théâtre des Champs Élysées – die ich nicht besitze. Was ist da bloß drauf?

—

Ich kann nicht zur Ruhe kommen. Schwebe in flüssigem Blei. Die Mechanismen der Betäubung funktionieren nicht mehr. Die Wände zweifeln auf mich herunter.

Noch mindestens ein Jahr bin ich eingesperrt in diesem Buch. Und das Schwerste steht noch bevor.

Wer das Gewölle wiederkäut, fühlt erst recht des Hasses Grundgewalt ...

Das letzte Waterloo in der Sahara, bevor Autobahnen kommen, mit ihnen Impulsartikel noch und noch, Flüssigkeitszufuhr in Dosen, Flaschen, Tüten und Kanistern.

Der Tod wird ein verschlagener Araber sein, hinter der Registrierkasse, keines netten Wortes mächtig, in keiner Sprache, als immer nur Sand.

Firma werden. Firmung. Entsaftung. Dörrfrüchte werfen, daß es dem Publikum weihnachtet vor Augen. Schön war die Zeit als Bazillus. Aber sowas von schön.

—

Aschentonnenschwere Versagensgewißheit. Immerhin – das Wollen scheitert nicht am Können, einzig an Faulheit und Unlust. Warum bloß mußte ich Johanser erfinden? Diese hochnotpeinliche Trantüte, der alles schief und halb gerät, Konzession aus Wahrhaftig-Allzumenschlichem. Den Göttern wird beim Mahlen das Handgelenk nicht schwach werden an ihm.

—

Schreckliche Nacht. Sprachlosigkeit, materialisiert – Parasit, der Zeilen stiehlt, Zensorvieh, das der Zunge Blut absaugt und schwer wird, schwer, bis es mitsamt dem Wirt durch die Erdkruste bricht, in die wortlose Hölle.

Die Wahrnehmung geht in die Brüche. Jeder Tag ist Fragment des vorangegangenen, alles Leben ist Fragment der Vorausgeeilten. Die Toten nehmen Platz.

24. Juli, Sonntag

Zufällig in *Tempo* gesehen ein Feature: «Warum es klasse ist, in der Provinz zu leben». Kein Trend, nur Attitüde. Die anti-urbane Stimmung der frühen Neunziger beschränkte sich auf Figuren der Künstlerszenen, Leute, die ihre Rolle als metropole Galionsfiguren satt hatten.

—

Die Gespaltenheit
Amerika Europa
Wotan Christus
Tradition Avantgarde Tradition
Furchtbare Schönheit
Maske links Maske rechts
gegen den Wind riechen = schnauben
mit dem Wind singen schweigen.

—

Die Lust zur Verballhornung der Sprache im vertrauten Gespräch ist ein wesentlicher Faktor ihrer natürlichen Entwicklungsmotorik, davon bin ich überzeugt. Winziges Beispiel:
Vor Wochen bat mich Beatrice, ihr die Butter zu reichen.
Sie: «Dunke.»
Ich: «Butte.»

Wir mußten soviel lachen, daß wir jetzt fast immer

dunke und butte sagen, auch im Beisein von Freunden, die das aufgreifen und weitertragen.

Bea: Hast Gnügen habt?
Ich: Hä?
Bea: Wir werden die lästigen Vorsilben merzen.

Fuhren nachmittags ins Otto-von-Taube-Gymnasium Gauting, zum jährlichen Kulturspektakel. Vor zehn Jahren spielte hier ‹Der Stürzer›, Bassist von ‹Genie&Handwerk›. Was aus dem geworden ist? Sah ihn einmal zufällig als Aushilfspostboten. Zehn Jahre auch seit dem Abitur.

Sehr viele Punks in den Wiesen, sie erleben ein unglaubliches Revival, das mich völlig überrascht hat. Phänomen, das kulturgeschichtlich äußerst selten ist: Bewegung, die fast völlig ausstirbt, nach aber nur 10 Jahren Pause unverändert (jedenfalls was das Äußerliche betrifft) wiederkehrt. Zu schnell für einen nostalgischen Hype, zu langsam für eine innerbetriebliche Krisis.

Trafen Thomas L., erfuhren, daß er bereits drei Kinder in die Welt gesetzt hat, zwei davon mit seiner jetzigen Frau. Wie schafft er das, und vor allem: Warum sieht man ihm nichts davon an? Die Bands waren lausig. Beatrice langweilte sich mit Recht, wir fuhren bald wieder heim.

Der Sonnenuntergang heute war so einladend –

Kommt ihr noch mit? – schien er zu fragen – und wär er nicht so schnell gewesen …

—

Um 22 Uhr im ZDF – «Angst» von Bernd Schadewald. Christian Redl ist fast noch besser als im «Hammermörder», der Film bleibt hinter ihm zurück. Die Angst prallt an der Innenwand des Bildschirms ab, greift nie über. Danach noch ein aufgeblasen-banaler Film über Hölderlins Reise nach Bordeaux. Absolut nichts Neues, obwohl ich weiß Gott kein Spezialist bin für dieses Thema.

—

Gehört: Glass, Violinkonzert.
Glass hat abgeliefert, da kommt nichts mehr, außer banalen Lebenszeichen, falschen Versprechen, die man nur aus Dankbarkeit noch im Arm hält. Ist in Ordnung. Da war genug, und mehr eben nicht möglich.

—

La bonne heure ne se raconte pas.

—

Alle Kräfte konzentriert zur Offensive –
Durchbruch auf breiter Front. Angriff, vorgetragen mit Präzision, Eleganz und Verzweiflung (gehört naturgemäß zum großen Spiel).

—

Der Wein war rot, der Morgen ist grün, was ist da passiert?

25. Juli, Montag

War mit Ch. beim Kulturempfang des Bürgermeisters, im lukullischen Garten des Lenbachhauses. Steifheit und Eitelkeit. Wer sich für besonders wichtig hält, läßt sich nur kurz sehen und geht bald wieder, wenn eben sichergestellt ist, daß man bemerkt wurde. Peter Jonas spricht schon ganz gut deutsch. D. auch. Seine sehr gepflegte Ähnlichkeit mit Gustav Mahler war mir schon immer ein Dorn im Auge. Kulantes Gespräch mit Krüger, der mir und ein paar anderen im Focus vorgeworfen hatte, mich zu wenig in politische Dinge zu mischen. Aber erstens bin ich keine ethische Empfehlungsanstalt, und zweitens fragt mich ja keiner, bzw.: Die Journalisten wissen genau, welche sog. Intellektuellen sie anrufen müssen, um diese oder jene Stellungnahme zu erhalten und in den so gewonnenen Meinungseintopf ihr Stimmungsbarometer zu stecken. Richtete Krüger Grüße an Dorst aus, dessen ‹Merlin› ich nach wie vor verehre. Warum wird dieses Stück Welttheater so selten nachgespielt? Gespräche mit Ch. Lindenmeyer und D. Heß vom BR. Warte immer noch darauf, daß die mal was von mir bringen. Und wer kam dann? Petra. Wir versöhnten uns. Sie hatte ihren Neuen dabei, Josef, wortkarger Maler, den ich von der Boa-Theke her kannte. Petra will nach Bolivien, in Sachen Entwicklungshilfe. Könnte ihrer Entwicklung tatsächlich nicht schaden, so ein bißchen fremdländische Härte.

Die Gegenwart der meisten bedeutenden Menschen wäre mir angenehmer, wenn sie schon tot wären und sich ihre Bedeutung völlig entfaltet, vom irdischen Körper losgelöst hätte. Kaum einer bislang, dessen Präsenz mich nicht enttäuscht hätte, was kein Vorwurf sein soll – es geht vermutlich nicht anders.

Unmäßiges Trinken. Bekanntschaft gemacht mit einem frischen Literaten, Georg Oswald, Spitzname Lee Harvey, und dessen seraphischer Freundin. Einer der diesjährigen Stipendiaten, veröffentlicht bei Knaus im Frühling einen Erzählungsband, Lektor wird sein: K.H.B. – ausgerechnet! Georg ist Schachspieler, wir verstanden uns schnell und gut, vereinbarten ein paar Blitzpartien. Ein kleiner Verblüffungscoup der Brotberuf, dem er nachgeht: Kanzleianwalt für Betriebsrecht.

—

Unsinn ist ein milderes Urteil als Schwachsinn. Das Nichts gilt mehr als der Teil.

—

Bolivien ... «Um irgendwas zu tun!» – Naja ... Die meisten Menschen hier könnten locker ein paar hundert Mark im Monat entbehren und damit irgendwo auf der Welt ihnen Unbekannten ein Existenzminimum ermöglichen. Sie tun es nicht – ich auch nicht, aber das Geplärre: «Ich kann ja nichts tun!» macht mich wild. Man muß es sich bewußt machen, laut sagen: «Ich WILL es nicht tun!» Es ist mir wichtiger, hier gut zu leben, als mich um entfernte Artgenossen zu kümmern. Das schafft wenig Sympathien, aber die Reaktionen bleiben verhalten; keiner, der sich mit irgendwas übertrieben brüsten könnte, beinahe jeder fühlt sich ertappt.

«Ich will nicht» oder wenigstens: «Eigentlich will ich nicht ...» Ein Satz, den nahezu alle denken, aber nicht sagen würden. Das mühsame Aufrechterhalten der Soziabilitätsillusion. Ob Bolivien unbedingt eine Petra braucht? Petra nicht viel eher Sinnstiftung und Abenteuer? Jedenfalls bin ich auf gewisse Weise fast froh, wenn im Winter das Geld aufgebraucht sein wird. Ein leerer Geldbeutel ist das beste Gewissen.

Um halb elf zogen wir zu sechst ins Stadtcafé, trafen dort noch Bernhard, ich war, auch weil ich nichts gegessen hatte, tief bläulich, nahm gerade rechtzeitig den Heimweg in Angriff, bevor ich zum labilen Gaudium wurde.

Ach ja: Michaela M. hat erzählt, daß jene *Mai*-Passage, die T. M. betrifft (und eigentlich gar nicht so bös gemeint war), ihnen mehrmals – auch anonym! – kopiert und zugesandt wurde. Zustände sind das ...

—

Die gegen Null gehende Leidensfähigkeit der Westmenschen ist mit einem gesteigerten Hang zu grundloser Melancholie verbunden, die sich stark mit dem beschäftigt, was man bannen möchte. Umso weniger die Menschen unter Negativ-Realem leiden, umso mehr leiden sie unter dessen ausgemalten Möglichkeiten.

26. Juli, Dienstag

Telefonat mit K. wegen eines Namens, der mir partout nicht einfallen will. Koinzidenz: Herbert hat ihn gerade gefragt, ob er in meinem Hörspiel die Regie übernehmen will. Will er nicht. Immerhin scheint H. es jetzt zu realisieren.

Ohne Vorwarnung fiel die Kühlschranktür ins Zimmer. Wie soll man das deuten?

In den Tagesthemen erste Bilder vom neuen Ring. Kostüme sehen albern aus. Wieder die Radioübertragung verpaßt. Schuberts Notturno Es-Dur D897 ist zur Musik des zweiten Buches ernannt. Leserbriefe häufen sich kontinuierlich. Dabei fällt mir ein, daß ich seit 20 Jahren gegen nichts mehr geimpft worden bin.

—

«Angenommen, wir hätten einen Atomkrieg gehabt, und alles, was noch übrig ist, wäre ein Videorecorder, ein Fernseher und das Wissen, wie man Strom erzeugt. Wär es uns möglich, Strom mit der exakt richtigen Spannung zu erzeugen und sowas wie eine Steckdose zu bauen, damit wir den Videorecorder anschließen und den Film sehen können? Was meinst du?»

«Ich weiß nicht. Was für ein Film ist es denn?»

—

Ihr Blick – wischt mich auf und wringt mich aus. Ich bin ein Putzlump, der phantasiert, ein Topflappen zu sein, heiß Brodelndes befördernd von hier nach dort, wo und wohin wird egal.

—

Thoma telegrafierte vom Montmartre aus an seinen Verleger, er habe kein «verfickbares» Geld mehr.

Wenn Faust heute lebte, sähe er, im Moment, da Mephisto das erste Mal zu ihm kommt, sein Happy-End bereits voraus, empfände Gretchens Reinheit weniger erotisch denn gottnah, eine Art Rückversicherung, eine zu liebende Notwendigkeit, die keinen guten Fick verspricht, aber Seelenheil noch und noch. Unsereins, mit Vorgaben und Gleichnissen gesättigt, kennt das unkalkulierte Risiko nicht mehr. Der Mythos fährt unsere Biographien im Schubkarren herum.

Dieselbe Sonne sahen vor mir alle Menschen, alle haben sie verehrt, und es war ihr zu keiner Zeit mehr oder weniger egal als heute.

—

Der aufregendste, oft unbeachtete Seitenzweig der Nibelungensage ist das Patafried-Vorspiel, als wegen Gunthers Habsucht Hagen seinen Neffen opfern muß, und selbst dabei – man beachte die Analogie zu Wotan – ein Auge verliert. Er wird dadurch zur tragischen und sympathischen Figur, er, der Diener der alten Götter, der in Siegfried das Christentum erschlägt.

—

Die häufigste Prämisse des Denkens lautet, daß jeder einem ähnlich ist, woraufhin man von sich auf die anderen schließt. Sie führt zu vielen Wahrheiten, aber nicht allen. Die zweithäufigste Prämisse des Denkens lautet, daß es neben denen, die einem ähnlich sind, noch andere gibt. Sie führt zu Relativierungen und deprimiert.

—

Schönen Witz gehört: Treffen sich zwei Planeten. Fragt der Ältere: Wie geht's? Sagt der Jüngere: Schlecht, ich hab' Homo sapiens. Sagt der Ältere: Das vergeht wieder.

—

Spaziergang durch den Nachtwald. Heute weiß ich nicht, wofür alles gut ist, auch wenn es gut ist.

Als ich sechzehn war, schrieb ich mein erstes Theaterstück: *Cassius,* ein historisches Drama in Brechtscher Manier mit Songeinlagen und zwei langen Monologen vor zwei Selbstmorden. Ich schrieb es heimlich (meine Eltern hätten es zerfetzt), im Winterurlaub, hatte mir für jede Nacht zwei Zigarren gekauft, die rauchte ich zwischen den nächtlichen Schreibeinheiten auf dem Balkon eines Schwarzwaldhotels, hörte ‹The Lamb lies down on Broadway›, sah hinaus in den Schnee, fror mich blau, und einmal brannte in der Ferne ein großer Bauernhof ab, die ganze Nacht hindurch. Das war schön …

27. Juli, Mittwoch

Mit Beatrice gedümpelt, sahen uns einfach nur die Sonne an und wurden blind davon. Der Himmel hypnotisiert, gibt keine Befehle.

Endlich Herzogs Lohengrin auf Video. Harmlos, aber stimmig. Sowas hat von Zeit zu Zeit seine Berechtigung. Ob Herzog je meine Bücher bekommen hat? Ich legte sie ihm vor die Tür seines Münchner Büros. Wahrscheinlich hat sie irgendjemand en passant aufgehoben und ins Antiquariat geschleppt – oder warum kam nie Antwort?

Im Radio die Bayreuther Walküre. Tina Kiberg (Sieglinde) hat im ersten Akt gewaltige Probleme – seltsam, der Applaus hinterher war von keinem Buh getrübt und von der Phonzahl her für alle Akteure gleich. Entweder ist Tina sehr hübsch oder das Publikum gnädig aufgelegt.

Sehr guter zweiter Akt. Den dritten versäumten wir, gingen spazieren in der großen Kiesgrube hinter St. Gilgen. Ein bißchen Grand Canyon. Nun bin ich 30 und schleudere noch immer gerne Felsbrocken in die Tiefe.

Kurioses in der SZ: Joachim Kaiser widerspricht seinem Kollegen Wolfgang Schreiber, tadelt ihn für dessen positive Tannhäuser-Kritik. Sowas wirkt oberschiedsrichterhaft, schickt sich nicht, hat den Gestus der Letztinstanz, die den Adepten zurechtweist.

Und noch immer nicht genug Wagner an diesem Tag: In ‹Capriccio› ein unsäglicher Beitrag über das Phänomen Bayreuth. Warum schickt die Redaktion dort niemanden hin, der ein bißchen was vom Thema versteht?

—

Hatte vor der Arbeit Angst. Das Pensum gab sich aber schwieriger, als es war. Ich begreife immer mehr, daß die meisten Leute mich aus den völlig falschen Gründen lesen. Und vielleicht sind die Texte in ‹Zerstörung› wirklich zu überambitioniert, zu kryptisch. Thanatos wird noch schwerer. Vielleicht sollte ich – spricht ja nichts dagegen, wieder mal etwas ohne allzuviel Subtext und Bildungsschlüssel machen, eine klare kleine Geschichte, die man sich sozusagen «an einem Nachmittag reinziehen» kann. Warum nicht? Weil ich mir dann wie ein Unterhalter vorkommen würde? Aber das bin ich doch. Man muß ehrlich sein: Wir können von meiner Schreibe leben, weil ein paar tausend Leute ‹Melodien› als eine Art Abenteurroman gelesen haben. So ist es.

—

Spätabends: ‹Hälfte des Lebens› (DDR 85) mit Ulrich Mühe, den ich verehre. Doch der Empfang von ORF 2 ist zu verschneit. Schweren Herzens abgebrochen.

Gegen eins: Telefonat mit E. Hat mich als Müllabladeplatz mißbraucht.

—

Die wundermächtige Sekunde, damals ohne Patina – die unerkannt, weil selbstverständlich, Wohnung nahm in unserer Inbrunst, die mit den Jahren erst zu gleißen begann, Konzentrat dessen, was wir sein wollten – und auch waren. In einem unterschätzten Moment.

—

Zärtlich, ohne Gier
sammeln, was Licht will,
lassen, was ankam –
und weiter

—

Geschichten, die der Tod ungeborenen Kindern erzählt – zu demonstrieren, wie wenig diese verpaßt hätten – sind greuliche Anekdoten des Scheiterns – Föten begreifen davon wenig, so ungesalzen wie sie sind. Ganz Kind. Ganz neugierig und tot. Orte ohne Lieder.

Beas Verkürzungsliebe macht oft Sinn, wenn sie Geziefer sagt zum Beispiel.

—

Man fand ihn mit einer Salatgurke im Rachen, der Tod trat durch Ersticken ein.

Wie die Obduktion erwies, war es dem Opfer zweimal gelungen, von der Tatwaffe abzubeißen.

Traf auf der Straße W. Müller, meinen Latein- und Deutschlehrer, dem ich in der 7. Klasse meine ersten Poeme zeigte. Er sagte mir zu der Scheiße damals einen bemerkenswerten Satz: «Mit emphatischer Konsequenz kann daraus etwas werden.»

Emphatische Konsequenz – das hat mich schwer beeindruckt, ich hab's immer wie ein Mantra im Mund gehabt – und nie danach gelebt.

—

Mitgehört im Supermarkt:
Frau 1: Du hast dir ein Auto gekauft?
Frau 2: Ja.
Frau 1: Was für eins?
Frau 2: Ein gelbes.

—

Um 12 Uhr ruft ein Typ vom WDR an, ich möchte bitte in ein Kölner Rundfunkstudio fahren, um 4–5 Minuten lang darüber zu berichten, warum ich in München wohne. Verrückt. Und außer Spesen hätt's nichts gegeben. («Aber das wäre doch eine Mordswerbung!» – Ich glaube, der meinte das ernst.)

Hänge in Thanatos an einem bestimmten Punkt fest (18. Kapitel, 2. Buch). Finde nicht die richtigen Worte. Rufe mit emphatischer Konsequenz alle möglichen Leute an, um nicht vorm Papier sitzen zu müssen. Um

18 Uhr ein amüsanter Baseball-Film, mit Geena ‹Breitmaulfrosch› Davis, Tom Hanks und Madonna – «Eine Klasse für sich».

—

Spät noch Zeit mit Chabrols «Alle Vöglein sind schon da» totgeschlagen. Entsetzlicher Mist. Ob von dem jemals wieder was kommt?

Wenn es Mozarts Essenz gibt, ist es der zweite Satz aus der Sinfonia Concertante Es-Dur KV364.

Noch ein Telefonat mit E. Berichtet von einer Katastrophe nach der andern, kann aber wieder lachen. «Und du wirst darüber ganz bestimmt nichts in dein Tagebuch schreiben?» – «Nee, natürlich nicht …»

Wiedergelesen in einer einzigen Nacht: «Sarons Haut» von Ingvar [Ambjörnsen]. Großartiges Buch, hat an Wirkung nicht eingebüßt, sogar gewonnen.

—

Wenn mir das, was ich vor zwei Jahren schrieb, nicht peinlich ist beim Wiederlesen, hab' ich was falschgemacht seither.

—

Klatsch: Professor R. liebt es, seine Studentinnen auf dem Universitätsklo zu ficken, er gibt ihnen eine Eins dafür, manchen aber, die nicht so gut sind, nur eine Zwei – er folgt stets einem innerethischen Druck zur Differenzierung.

29. Juli, Freitag

Heute, beim Nachrechnen, entdeckt, daß wir finanziell noch ungewisser dastehen, als ich dachte, das drückt auf die Stimmung. Statt zu arbeiten in den Club. Als ich zehn war, wollte ich eine Band wie die Beatles gründen und weltberühmt werden. Ich entschied mich fürs Schlagzeug, denn der Schlagzeuger darf sitzen.

Im Club hat Carsten neue Chess-Base-Ausdrucke für mich, Partie Salov – Illescas, dazu die Analysen von Salov zu meiner D44-Neuerung.

The priority of the move 19. Qd4! belongs to Helmut K. However I must admit my complete ignorance in this respect. I didnt't follow too closely the recent theoretical developments in the Botvinnik variation. 20. dxc6! While executing this move I thought that I was creating something new and beautiful. What a self-deception! Und später: ... *the best I can do now is just to reproduce the analysis oft this continuation by K. (...) Very impressive! I would not like to play a correspondence game with Helmut!*

Ich bin ganz besoffen vor Stolz.

Es kann kein Fehler sein, soviel Zeit in Gebiete zu pumpen – Schach, Musik –, auf denen man immer nur Mittelmaß darstellen kann. Sie nehmen der Literatur nichts weg, geben der Obsession nur Ruhepausen.

Und wenn man dort, ehrgeizlos, per Glück oder Zufall oder was immer, doch etwas erreicht, ist es wie ein Kindergeburtstag mit Feuerwerk.

Abends holt mich Beatrice ab. Vor unserem Auto läuft eine Bachstelze her, wie um mir zu sagen: Schau her, *so* sieht eine Bachstelze aus.

Familienfeier bei Beas Tante. Macht hin und wieder Spaß, habe lang keine Familie mehr gehabt. Bei den Kindern sind (scheint alle 15 Jahre der Fall zu sein) Leprawitze en vogue – und wieder genau dieselben wie in den späten Siebzigern –, es ist, als ob die von einer unsichtbaren Firma auf den Markt geschwemmt und dann in ein Archiv gesperrt würden. Wirklich sonderbar, mache mir darüber viele Gedanken. Wacki erwähnt den Elle-Artikel, und ich fühle mich ertappt, wünsche mich nach Cognito. Ansonsten aber scheint man mir die Bitte, über meinen Beruf nicht zu reden, von den Augen abzulesen.

—

Wäre Wagner mit dreißig gestorben, man hätte ihn unter ferner liegen begraben, als durch und durch gescheiterten Epigonen.

Bei der Elegie As-Dur, seinem letzten vollendeten, allerdings zwanzig Jahre zuvor begonnenen Werk, glaube ich, genau zu spüren, was er sagen wollte, aber nicht präzis artikulieren konnte, aus welchen Alltagsgründen auch immer. (Er benötigte ein Geschenk für Cosima und starb am nächsten Tag.) Dennoch eine Kurzzusammenfassung seines Lebens, die gerade deshalb berührt, weil man so vieles dabei *ahnt*.

—

Postscriptum nach mehrmaligem Hören: Es ist genau richtig so, genial, unübertrefflich genügsam, Understatement, das die Sehnsucht nicht mit plumpem Dank bewirft. Eine Schneise aus der Zeit.

30. Juli, Samstag

Erbarmungslose Hitze. Keine Lust, irgendetwas zu tun. Beatrice kommt erst um 14:30 aus dem Botanischen Garten zurück, hätte zwischendurch ruhig anrufen können. Im Fernsehen «Rausch der Tiefe» von Besson, langweilig, vertiefe mich ins Schachbrett. Die Neuerungen im Botwinnik-System sind uferlos, wer soll da noch Überblick behalten? Blättern im Magnum-Fotoband, den mir Michael geschenkt hat. Um halb acht beginnt ein langes, furioses Gewitter. Danach Dschungelgeruch im Weiherweg – und Monstercat sitzt auf dem Steinpodest neben der Gartentür. Ich würde gerne Leute anrufen und mit ihnen schwimmen gehn, Feuer machen, Fleisch braten, Wein trinken – aber alle sind so beschäftigt, erwachsen, geeltert oder im Karrieredruck.

Karpov im Sportstudio, verkauft sich gut. Ihn sah ich leibhaftig zum ersten Mal 1979, beim Münchner Großmeisterturnier. Seither verehre ich ihn mehr als jeden anderen Spieler. Pflichtarbeit auf morgen verschoben. Lust auf Kür.

Mitternacht: Anruf E., äußerst wütend: Das Haus ist leer, ausgeräumt vom Gatten, wie in einer schlechten Fernsehserie. Ich will mich da nicht einmischen, könnte ja auch nicht helfen. E. hat zuerst bei Nic. angerufen, dann bei Mufti, waren beide nicht da, deshalb erwischt's mich, aber warum erwähnt sie das explizit? Um mir zu sagen, daß ich jetzt zuhören *muß*, weil sonst niemand zum Abregnen da ist? Oder damit ich mich nicht zu wichtig nehme? Das einzige, was mich wirklich nervt, ist die ständige Frage: «Nervt's dich?», die mit einem Nein nicht genügend beantwortet ist, man muß mit Verve das Gegenteil behaupten, um keine Mißstimmung aufkommen zu lassen.

—

Das Sein gehört der Welt – aber nur der Welt? Das Wesen als in der Sage konzentriert Reproduziertes kann die Entität nicht nur ersetzen, auch, posthum, ergänzen, um das, was ihr an Deutlichkeit im Dasein gefehlt hat. Maria Callas lebt, das ist gewiß. Ungewiß ist, ob sie davon weiß.

—

Manierismen in den Wolken: Wiewohl der Himmel leer ist, in theologischer Hinsicht, bleibt er leinwandtauglich aus Gewohnheit. Zwischen den Wolken lungernde Götzen genießen Bleiberecht mangels Eigenbedarf.

—

Die Hemingway-Epigonen, die über fehlende ‹große› Themen klagen und sich Fronten wünschen, wo sie als Kriegsberichterstatter reüssieren können, unterschätzen diese Zeit in ungeheuerlicher Weise. So viel ist im Umbruch und Aufbruch, dagegen mutet der Rest dieses Jahrhunderts wie ein historistisches Spektakel an, letzte Pomp-Inszenierung einer zum Untergang verdammten Ära.

Wäre ich fünfzig Jahre früher geboren, ich wäre vermutlich 1933 nach Australien emigriert und hätte, fernab des europäischen Infernos, über Känguruhs geschrieben, die Koalabären sodomieren. Muß auch für sowas jemanden geben.

—

Männer, die bei den richtigen Frauen zu schüchtern, Frauen, die von den falschen Männern zu beeindruckt waren. Sehr viele sehr ähnliche Biographien, alltägliche Tragik, tragisch und banal.

—

Ein Punkt in der Vergangenheit entfernt sich um eine gewaltige Historisierungsstufe, wenn dessen letzter Zeitzeuge gestorben ist. So war z. B. ‹Vom Winde verweht› kein Historienfilm. Denn der Premiere wohnten noch vierzig überlebende Soldaten des amerikanischen Bürgerkriegs bei. Interessant, daß dieses Kriterium in die Zukunft fortzuwirken scheint. Auch heute käme niemand auf die Idee (sei denn der Provokateur, der kommt auf alles), ‹Vom Winde verweht› in die Gattung des Historienschinkens einzugliedern. Mit dem Bewußtsein dieses Faktums muß Penn, der Regisseur von ‹Little Big Man›, die Rolle des 120 (!) Jahre alten Adoptiv-Indianers (gespielt von Dustin Hoffman) erfunden haben.

In Jüngers Tagebüchern werden damit etliche Zeit-Relativierungs-(Diminuierungs-)Charaden unternommen; eine ist (sogar doppelt) dabei: *So heiratete der Marschall Richelieu mit achtundachtzig Jahren ein sechzehnjähriges Mädchen und lebte noch acht Jahre in glücklichem*

Ehestand. Die Marschallin schien von ihm die Langlebigkeit geerbt zu haben, denn sie erstaunte eines Abends Napoleon III. durch den Satz: «Sire, wie der König Ludwig XIV. einmal zu meinem Gatten sagte ...» (Strahlungen, 24.1.44 sowie Siebzig verweht, 20.2.72.) Das spielt ein wenig mit der Unkenntnis des Lesers, der, obwohl *Marschall* R. (* 1692) dasteht, zuerst an den sehr viel bekannteren *Kardinal* († 1642) denkt, was das Kuriosum doch sehr aufbläht.

—

Von einem gewissen Schandpunkt an neigt man dazu, sich am ehesten von dem beeinflussen zu lassen, was einem Rechtfertigungen für Versäumnisse liefert. Daran ist nicht nur Negatives. Aus den meisten wird genau das, was sie sind. Je schneller die Kostüme fallen, desto weniger Schmierentheater.

—

In diesem Wust von Menschen ...

—

Sie, mit glänzend-höllenschwarzem Haar, mit weißem Gebiß, das Unschuld suggeriert.

—

Verpfuschte Leben überall um mich herum, Menschen, deren Handicap ich zu ignorieren versuche, und doch immer querulanter dabei werde, und einsamer. Manchmal, wenn man nach Einverständnis sucht, nach gemeinsam – wenigstens ähnlich empfundenem Erlebnis, wenn man eine Emphase zu teilen sucht und niemand da ist, der mit einem in die Gedankengänge hinabsteigt …

—

Beim Anblick meines Gartenhäuschens. Schwer zu glauben, daß sich die Welt von hier aus entscheidet.

—

Mit meinen linken Händchen schwarze Küchlein bakken.

Dem Dreißigjährigen kommt der Hormondruck des Zwanzigjährigen im Rückblick unglaubhaft, ungeheuerlich vor, bei vielen resultiert eine Phase der Selbstverleugnung daraus, Bibliotheken werden ausgetauscht – oft will man mit Texten, die diesen Hormondruck thematisieren, nichts mehr zu tun haben. Es ist gar keine Prüderie, es ist eine Art Scham, so ein triebausgeliefertes Wesen gewesen zu sein. «Auf der Suche nach der verlorenen Zeit» leidet vor allem an seiner Kürze. Gekürzt ist es um die Kapitel der Onanie, mit der doch soviel Zeit verlorenging. (Oder? Vielleicht hat Proust nicht onaniert? Wer so ein Buch schreibt …)

—

H. ist ein Wesen, das in allem zuallererst die schlimmsten Motive vermutet. Dieser Form des vom Film erzogenen Skeptizismus begegnet man immer häufiger. Urbane Stahlbemantelung, wird nach wenigen halben Stunden widerlich.

Vorarbeiten für Johansers Höllenfahrt.

Für ein Werk, das Anspielungen liebt, müßte es ein Publikum geben, das diese versteht.

Ein Kreuz: die Sucht, zu sehr hinzuweisen auf etwas. Profileser finden's aufdringlich, die Meute kapiert's selbst dann nicht. Z.B. die oftmalige Erwähnung des Teppichs, von dem sich hinterher herausstellt, daß Johanser die Leiche Somnambelles darin eingewickelt und im Heizungskeller versteckt hat, um ihren Tod in seinem Bewußtsein zu negieren. Wenn man also erfährt, daß Johanser schon weit vor seiner Reise nach Niederenslingen eine gespaltene Persönlichkeit war.

Alles in mir wehrt sich dagegen, so etwas wie in einem Polizeibericht darzulegen. Und wenn es die meisten auch nicht kapieren werden, nichts steht einem Buch so gut wie Geheimnisse. Und davon gibt's in Thanatos genug.

—

Wir beschließen, Elke unsren zweiten Fernseher zu überlassen, als sie, keine drei Sekunden später, anruft und meldet, sie habe schon einen. Verabreden uns für den Flaucher. 19:30. Holen K. von seiner Wohnung ab. I. bleibt wegen der Zwillinge zu Haus. Im Autoradio läuft ‹Götterdämmerung›. Grausig zerdehnte Tempi, die viel Beifall finden. K: «Klingt wie Hollywood-Filmmusik.» Ich beherrsche mich. Ich meine, wenn ihm schon so viel Schwachsinn einfällt, könnte er es ja auch mal positiv drehen: Wäre ja nicht ganz ungenial, die Hollywood-Filmmusik um 70 Jahre zu antizipieren. Manchmal könnte man meinen, er will mich nur triezen – so bereichsblöd kann doch niemand sein. Ich gebe mir so viel Mühe mit ihm, die mir nie vergolten wird. Noch im Auto sagt er: «Ab Mitternacht muß man ja nicht mehr nett sein zu dir.» Da hätte er sich doch noch ein paar Stunden beherrschen können.

Am Flaucher treffen wir Thomas und Elke sowie zwei ihrer Freunde. Elke hat die Kinder dabei, was Konversation wie Skatspiel unmöglich macht. K. opfert sich, unterhält die beiden völlig verzogenen Blagen mit Kartenkunststücken, wofür ihm alle dankbar sind ... Thomas erzählt, sein Modem sei durch eine Blitz-Rückspannung zerstört worden – die Versicherung zahle aber nur bei Direkteinschlag. Das gibt's doch nicht. Wieder preist K. uns die Freuden des Kinderhabens an, als wolle er sein schweres Schicksal mit möglichst vielen teilen. Er hat sich ziemlich verändert – ob es Durchgangsphänomene sind?

—

Der mütterliche Fanatismus der optimalen Absicht. Wenn Eltern von ihren Erzeugnissen um nichts in der Welt gehaßt werden wollen, züchten sie Überfluß heran. Das Opfer, überwunden werden zu können, muß man seinen Kindern schon bieten.

—

Wenn die CD-Rom erst weiter fortgeschritten sein wird, will ich gerne deren Mittel nutzen, einen Text schreiben, den Bilder und Töne begleiten, eine Art Oper, mit stark erweitertem Assoziationsradius – vielleicht könnte eine ganz neue Kunstgattung daraus werden. Wenn mir jemand zuvorkommt, macht das gar nichts. Ich sollte sogar die Möglichkeiten des Cyberspace abwarten. Große Aussichten: Ein Text, in dem man sich räumlich bewegt – Musik, die Stimmungen herbeiruft und viele Worte einspart, Bilder, die nicht mehr beschrieben werden müssen, sondern sichtbar sind. Allerdings darf draus kein Adventuregame werden.

—

Wenn jemand sagt, daß zwei und zwei fünf macht, dann ist er entweder dumm – oder er wird gut dafür bezahlt.

—

Nacht voll abwesender Frauen.
Gelage. Genuß und Selbstzerstörung.
Erinnerte Momente werden inhaftiert wegen
Verdunkelungsgefahr.
Papier = Zelle.

—

Stehen die Sterne auf irgendeiner Seite?
Die Zukunft ist so rechthaberisch, das Jetzt so unentschieden.
Frühe Würmer füttern die Vögel.

—

Ein Mann, von der Welt für weise gehalten, baute eine Rakete, denn er fühlte sich von einem bestimmten Sternbild sehr angezogen.

«Aber», fragte man ihn, «weißt du denn nicht, wie viele Jahre es benötigen würde, zu diesen Sternen zu gelangen?»

«Und?» Er weinte. «Komm ich ihnen näher, wenn ich hier herumsitze?»

—

Ich denke mir für jeden meiner Freunde die passendste Begräbnismusik aus. Ist das pervers?

AUGUST

Tagebuch des August 1995

1. August, Dienstag

Kurz vor acht Uhr abends ruft K. an, zum ersten Mal seit Juli letzten Jahres. Es ist August! Ich muß Tagebuch führen! K. braucht unbedingt jemanden, der mit ihm auf ein Bier geht. Bin ihm böse, weil er die Thanatos-Rohfassung, die ich ihm zu lesen gab, nicht wieder rausrücken und «für seine Kinder behalten» will. Wahrscheinlich meint er's als Kompliment, dennoch – so was ist nicht in Ordnung.

Joha war da, um sich meinen Computer vorzunehmen. Die Spiele hat auch er nicht zum Laufen gebracht. Wenigstens funktioniert das Keyboard jetzt. Mit dem Kompositionsprogramm hab ich mir einen dekadendicken Wunsch erfüllt.

J. – Siebzehnjähriger, der die Pixies nicht kennt. Was ist Bildungs-, was Gedächtnislücke? Kids erklären zu wollen, was eben noch eine Rolle spielte, hasse ich, braucht es auch nicht. Die Kids sind nicht blöd. Sind eben nur im Rohzustand der Weisheit.

Zwischen *beibringen* und *zufügen* klafft ein Unterschied, und beides kann man doch von einer Wunde sagen.

—

Ich verplempere soviel Zeit mit Corridor-7-Spielen, kann fast froh sein, daß ‹Doom› bei mir nicht laufen will. Beatrice trägt ein toll geschnittenes Hemdchen. Sieht klasse aus.

—

Dachte an einen Dialog neulich: «Du siehst nicht aus wie 29. Höchstens wie 27.»

«Ich bin 27.»

«Oh, echt?» Herden freilaufender Fettnäpfchen kreuzen meine Wege, und immer öfter verwechsle ich den mit dem, so neulich zu Eva F.: «Wie gehts dem Nachwuchs?»

«Welcher Nachwuchs?»

«Hast du nicht ... Naja, und wie gehts deinem Mann?»

«Welchem Mann?»

«Naja, deinem Freund.»

«Welchen meinst du?»

Pikiertes Schweigen, grauenhaft lange Sekunden. Dabei saßen wir in Klagenfurt einen Abend lang am selben Tisch, keinen Monat her. Gestern erzählte Barbara, in Weßling gäbe es eine Alzheimerstraße, weil Alzheimer dort einige Jahre gelebt hat.

—

Anruf Petra: Heute zurück von einem Halbjahr Barcelona. Geht mit Bernhard in ‹Natural Born Killers›, OF, Arena 22:45. Sage, ohne nachzudenken, zu. Beatrice bleibt daheim. In der S-Bahn, statt Thanatos wieder und wieder auf Fehler durchzulesen, eine verknitterte TZ vom Boden aufgehoben. Serie: *30 Jahre Stones*. Abdruck zweier Songtexte, deutsch / engl. ‹Midnight Rambler› wird übersetzt: ‹Mitternächtlicher Strizzi›. Rückseite: ‹*Was man beim Besuch eines Tierarztes unbedingt beachten soll.*› Ich les auch das, nur um nichts Vernünftigeres zu tun. Derzeit bin ich, im Familiensinne, untragbar. Zwei Opernlibretti muß ich schreiben, ein Stück, dazu dieses Tagebuch, und den nächsten Roman, der ein Romänchen werden wird, nicht mehr als 150 Seiten – hab ich mir vorgenommen.

—

Das Arena ist, als ich um fünf vor elf komme, voll bis auf einen Platz. B. und P. sitzen weit vorn. Mein Urteil zu NBK bleibt, seit ich ihn vor einem Jahr zum ersten Mal sah, unverändert. Im großen Stil gescheitertes Kunstgewerbe. Völlig falsch eingesetzte Musik, z. B. ‹Carmina Burana› – paßt nicht zur Verhaftungsszene. ‹Sweet Jane› in einer belanglosen Coverversion. ‹Nacht auf dem kahlen Berge› wirkt inzwischen als Filmmusik nur noch platt. Gut einzig die Verwendung des ‹Wozzeck› sowie einiger Hardcore-Sequenzen. Freizügigkeiten der Story, die mir auf die Nerven gehn, so z. B., daß M&M im selben Gefängnis sitzen. Klamauk. Harmlos bis blöd. Tarantino hätte Besseres daraus gemacht. Ich glaube dem Film fast nichts, trotz einiger toller Szenen, wie der Verheiratung auf der Brücke, und der Opener-Szene im Coffee-Shop. Mischung aus Videoclip und Seifenoper – der Film ist selbst zu sehr das, was er persiflieren wollte. Kann man einem Bilder-Inferno vorwerfen, aus den Fugen geraten zu sein? Ich glaube doch. Wahres Grauen besitzt Ordnung, auch Ästhetik. Der Film versündigt sich an der Wahrheit. Wahrheit ist eben doch nicht nur das, was Spaß macht. Ich glaube, niemand tötet aus Spaß. Wenn M&M en passant den olympiadebronzemedaillengewonnenhabenden Radfahrer erschießen, lacht das Kino, jeder Autofahrer kennt die Phantasie. ‹Man bites dog› (die geglücktere Variante des Themas) hat den Witz danach befragt und bloßgestellt, das Lachen geheiligt, indem der Zuschauer zurückgeworfen wurde ins Grauen.

Während der letzten zehn Minuten, als es nur noch langweilig und dumm war, ging ich ins Foyer, nahm ein Budweiser aus der Kühltruhe, kein Mensch da, um zu kassieren, setzte mich, rauchte. War schön.

B. und P. bleiben sitzen, in der 2. Reihe, den gesamten Nachspann über. Gabi ist da, deren Hochdeutsch auch nach dem 5. Bier noch gestochen scharf artikuliert bleibt. Zusammen in die Egon Bar. Ziemlich leer für die Uhrzeit.

Petra: (out of the blue): «Ich weiß jetzt endlich genau, daß ich Frauen mag.» Zeigt Fotos aus Barcelona.

«Hat gut geschmeckt?»

«Klasse!»

Gleichgeschlechtlichen Sex gehabt zu haben, wird inzwischen modernseinwollenden Frauen von Hochglanzblättern als Pflichterlebnis eingeredet – Männern noch nicht – alte Ästhetik beharrt auf letzten Tabus.

—

Bernhard sagte gestern treffend, es gäbe so wenige Menschen, die gleichzeitig interessant und nicht crazy sind. Mit denen man reden kann, aber vor denen man keine Angst zu haben braucht. Gibt soviele Langweiler, die ihr Totsein mit Gerede überschminken. Öd oder kaputt, die gehobene Mitte ist selten. All der Small talk – Ficken oder Kierkegaard ... Hörspielpreis der Friedenstauben.

«Und was gibts Neues bei dir?» Das Wenige wird abgefertigt in drei Sätzen.

Viele leiden unter einer Midlife-Arbeitsunfähigkeit, die sich in den Zustand der Präpotenz zurückwünscht, die vorschnelle Ejaculatio dem unterbliebenen Orgasmus vorzieht.

—

Diskussion über Stierkampf, nein danke, die hatte ich neulich schon mit Moritz. Ich müßte nur die angesammelten Argumente vom Stapel lassen, aber verweigere mich, sitze rum, trinke mein Bier, es geht mir ganz gut, und keinen Satz sag ich, den ich nicht sagen will, nicke höchstens ab und an Zustimmung. Muß meinen Roman noch auf zu aufdringliche psychologische Motivation überprüfen. Bernhard, in Gabi verliebt (noch Profilierungsphase), kann sich solches Lümmeln weniger leisten. Man kommt sogar auf Formel 1 zu sprechen, Schumis Sieg in Hockenheim, lacht über die deutschlandfähnchenschwingenden Wochenendsäufer, die an der Rennstrecke kampierten und johlten, als Hill seinen Wagen in die Pampa setzte, oder so bedröhnt waren, daß sie vom Rennen gar nichts mehr mitbekamen. Schließlich redet man sogar über Thanatos – Zeit für mich zu gehen. Viel Reizfleisch unterwegs heut' nacht. Am gegenüberliegenden Tisch eine Langbein blondine in Very Very Shorts – aber sie könnte auch überhaupt nichts anhaben, ihren blanken Pelz präsentieren, wär egal. Bin ziemlich apathisch. Nach den humanoiden Enttäuschungen dieses Jahres ... Aufbruch nach Hause um halb drei ... Wieder ein verlorener

Abend, ich weiß nicht, warum mir soviel an Menschen liegt.

—

Zwei Klaviere spazieren
am Sandstrand entlang
Die Liebe im Nebel
macht sie zu Flügeln
sie versprechen einander
in höchsten Tönen
auf schneeweißen Tasten
C-Dur für alle Zeit.
Die guten Klaviere.

2. August, Mittwoch

Das Finanzamt verlangt einen Grundriß unsrer Wohnung, eine genaue Aufstellung von diesem und jenem, in Quadratzentimetern und dreifacher Ausfertigung. Beatrice macht sich fluchend ans Ausmessen.

Waren im Antiquariat Weßling, tauschten das zehnbändige rororo-Filmlexikon gegen die dreibändige Gesamtausgabe von Jean Paul / Hanser. Ich fand, ein gerechter Tausch, aber Frau A. bestand auf 10 Mark Zugabe, schenkte mir dafür ein hübsches Handwerkernotizbuch der 30er Jahre, Millimeterpapier, mit Seitenlasche für den Bleistift, und hinten einem Kassiber. Wenig Gilbflecken. Der Rücken etwas eingerissen. Durch die Einbandrückseite ist eine Stoffschlaufe gezogen.

Fahrt nach Pasing. Phacelienfelder, herrlich lila inmitten Korngoldschem Gewoge – neben der Landsberger Straße wird gedroschen, hinter den Treckern erheben sich Wolken aus Spreu. Der Himmel wirkt italienisch, meint: dunstig trotz weniger Wolken, sanftblau, weiche Konturen, oftmals Übergänge ins Grau. Man müßte Fotos schießen, solange es das noch gibt: die Wiese zwischen Neuaubing und Westkreuz, neben der Bahnlinie. Wo die Schafherde unter Zwergeichen weidet. Bukolik, praktisch mitten in der Stadt. Der Hintergrund, so weit man sieht, häuserfrei, weil äußerst geschickt hinter Bäumen und Büschen versteckt.

—

Die Fahrt erweist sich als beinah umsonst. Weder gab es beim Schachclub Pasing einen Aushang auf ein eventuell heute abend stattfindendes Schnellturnier, noch gab es die neuen Schachzeitungen in der Bahnhofsfachpresse, noch bei Reno die Schuhe, die ich haben wollte. Eine ganze Stunde durch den Auspuff gejagt. Um 17 Uhr noch 30 °. Natürlich wird nach solcher Enttäuschung nicht mehr gearbeitet, sondern Corridor 7 gespielt, im Majorsrang Level 15+16.

Arbeit an *Helle Nächte*. Es ist sehr schwer, die Geschichte von Aziz und Aziza in eine nicht peinliche Bühnenform zu bringen. Moritz weiß nicht, was er mir antut, wenn er auf solchen Stoffen besteht. Die Elemente, die ihn dabei interessieren, kämen bei einer Performancegruppe sicher besser zur Geltung als in einer Oper.

Im Endeffekt geht es nur um seine Musik, das sag ich mir immer wieder, sag ich vergeblich gegen meinen Ehrgeiz.

Zur Belohnung Level 17, danach Schachtraining, Jänischgambit repetiert und etwas Königsindisch, in Hinsicht auf Freitag, gegen Terzic. Nächste Saison wird die erste seit 19 Jahren, da ich für keinen Verein spiele. Zu viele Psychoten, die einem das Spiel vergällen, nicht nur bei Germering, überall, wo man hinkommt – häßliche kleine Wochenendpotentaten, die, wenn ein starker Spieler kommt, ihre Pfründe gefährdet sehen, die, nur weil sie 50 Elopunkte mehr haben, in ihren Clubs ein absolutistisches Regime ausüben. Im Brotberuf meist Bankangestellte oder ähnliches. Nirgends wird einem so deutlich wie beim Schach, daß es jedem nur um sich geht, was zu den herrlichsten Heucheleien führt, wenn Schach als Mannschaftssport betrieben wird. Dann muß vordergründig zum Wohl der Mannschaft argumentiert werden, sicher – aber jeder findet die Argumente so, daß es sich mit seinem Proporz deckt. Besser, man zieht sich zurück und lacht drüber.

Im Fernsehn, nebenbei, plätschert dahin: *Rhapsodie im August*, v. Kurosawa. Harm- und kraftlos, nett anzuschauen. Ich glaube, nicht mal in Japan sind Kinder so altklug. Überhaupt, diese stark ostentative Art, zu erzählen, also die Handlung dauernd von den Beteiligten erklären und kommentieren zu lassen. Daß sich das noch nicht dem westlichen Einfluß gebeugt hat, ist beinah zu bewundern.

J. Fischer stellt den Basispazifismus der Grünen in Frage / zur Debatte. War lange vorauszusehen. Da meine Friedensliebe fast nur aus Egoismus besteht, geht das Thema an mir vorbei. Das Leben ist zu kurz für eine heroische Ethik.

Gedanken gemacht, ob der Humormangel in Thanatos wirklich Absicht war, oder ... das nächste Buch wirds zeigen. Der Alk macht mich kaputt und das Leben lebenswert.

Zur Hebung der Stimmung in den ‹Hibernalischen Gesängen› von Moritz geschwelgt. Großartiges Werk, unglaublich, daß sich dafür kein Verleger finden soll.

Im Nachtkonzert ‹Volksmelodien› – 12 Klavierstücke von Lutoslawski, nicht schlecht, habe festgestellt, daß ich in letzter Zeit nach ruhiger Klaviermusik geradezu gierc – weg von den symphonischen Massen.

Lektüre: Mal wieder das hundertste Kapitel von Musil, Mann ohne Eigenschaften. Konnte meine Stimmung wenig aufhellen, staubiger Humor.

—

Ich befürchte, Monstercat ist tot. War eine riesige schwarze Perserkatze, drei Häuser weiter, sehr anhänglich und würdevoll. Hab sie seit Monaten nicht gesehen, wo sie doch in Sommernächten gern auf dem Teer saß, und, wenn ich vorbeiging, herkam, um sich kraulen zu lassen. Heute erst fiel mir ihr Fehlen auf. Zwei junge schwarze Hauskätzchen, offensichtlich als Nachfolgerinnen angeschafft, hockten ängstlich im Garten jenes Hauses.

Nietzsche-Nachlaß Herbst 1869 aufgeschlagen und gelesen:
«Die Entwicklung der Opernmelodie ist Heidenthum in der Musik.»

Das hätte bestens als Motto zu Melodien getaugt, in diesem einen Satz konzentriert sich der Kerngedanke des ganzen Buches: Die kryptische Kulturgeschichte des Abendlandes muß die Geschichte der Überwindung des Christentums aus dem Geiste der Musik sein. Wenn es mal eine Neuauflage gibt, an jenes Motto denken.

—

In der Zeitung heute Phänomene der Rechtschreibreform: ‹Triumpf› und ‹aufpeppeln›. Man kann sich an alles gewöhnen, aber wozu? Eine bis auf die Kommaregeln sinnlose Aktion.

Unter der Überschrift ‹Hochseeigel›: *Zweihundert Meter vor der Küste haben holländische Nordseefischer einen Igel aus dem Wasser gefischt. Sie übergaben das entkräftete Tier der Wasserschutzpolizei.*

Beatrice kehrt vom Finanzamt zurück, erzählt, daß es direkt im Starnberger Schloß liegt, mit Blick auf den See. Man erkennt mein Zimmer nicht als Arbeitszimmer an, weil es ein Durchgangszimmer ist.

Dazu passend: Ein Brief meiner holländischen (Melodien-)Übersetzerin. Fängt damit an, daß in meinem Namen ein S fehlt. Ihre Fragen sind in sehr krudem Deutsch gestellt, außerdem schlägt sie vor, die Pasqualini-Handlung um ein holländisches Kapitel zu erweitern (als wäre er keine historisch nachprüfbare Figur!), preist mir zu jenem Zweck das Leben von Joost van den Vondel (holl. Ovid- und Vergilübersetzer [1587–1679]) an, dessen Übersetzung der Metamorphosen die meinige ersetzen wird – in der holländischen Ausgabe.

Monsieur X ruft an, möchte in meinen Tagebüchern nicht mehr auftauchen. Die Gewährung dieses Wunsches scheint mir Strafe genug.

In der Stadt eine Hose und ein Sakko gekauft, und zur Einstimmung auf Divina einen Callas-Sampler, drei CDs für 50 Mark, das meiste hab ich schon auf Platte, aber ich höre kaum noch Platten – wie schwer, unhandlich und anfällig diese Dinger heute wirken, binnen weniger Jahre total veraltet! – Seltsam, daß sich Menschen damit einmal rumgeplagt haben. Seltsam, wie wenig dazu benötigt wird, eine Institution wie das Vinyl aus der Welt zu scheuchen.

Anruf von Hank Teufer – der «Er» der Brandenburger Produktion –, läßt ausrichten, daß sie Lederfresse in Berlin spielen, Anfang September, eine Woche lang. Na endlich. Muß man sich vorstellen: Lederfresse ist das meistinszenierte Stück der Saison, 27 Produktionen bisher, überall in Deutschland, nur in Berlin nicht.

Abends Backgammon gespielt auf dem Balkon, mit Beatrice und Blauem Zweigelt. Erst dieses Jahr hab ich die Qualität österreichischen Weins entdeckt. Hat sich aber auch stark verbessert. Ab 22 Uhr Arbeit, Weintrauben, Callas ... Wenn Aziz und Aziza nur nicht so zäh und so blöd wären ...

Ab 2 Uhr komponiert, bis halb 5, die Teile fügen sich noch nicht organisch zusammen.

Um 5 nach 5 wandelt Bea schlaftrunken an mir vorbei – sagt, sie hat von Thanatos geträumt – daß man Johanser irgendwie erwischt hat, daß der Mord aufgekommen ist. An mehr erinnert sie sich nicht.

4. August, Freitag

Schreckliche Nacht. Aufgewacht mit einem Kopf größer als Kamerun. Rasendes Hämmern, schnell zwei Aspirin geschluckt, Grapefruits gekauft. Große Kannen Kaffee. Ekelhaft rhythmischer Lärm der Bauarbeiter. Jedesmal, wenn ich hier übernachte und die Nacht durchrauche, merke ich am nächsten Morgen den Unterschied zwischen Luft und dem, was ich üblicherweise in meinem Gartenhäuschen zu mir nehme.

Brief von meinen Verwandten in Voitsberg, die ich bestimmt seit zehn Jahren nicht gesehen habe. Legten eine Vorankündigung zur Lederfresse-Premiere in Graz bei. Ich weiß nicht, ob ich antworten soll. Führt das zu was? Einfach nur höflich sein? Am Nachmittag noch mal in Chess-Base die Terzic-Partien durchgesehen. Hat ein sehr breitgestreutes Repertoire.

—

Idee für Stück: Eine Truppe von Scharlatanen will einem Potentaten einen Apparat verkaufen, der, sobald eingeschaltet, alle Personen im Raum das sagen läßt, was sie wirklich denken. Komödiantischer Stoff. Mit den Figuren der Commedia dell'arte?

Anruf von *Cosmopolitan:*

«Schreiben Sie uns für die Dezemberausgabe eine erotische Weihnachtsgeschichte?»

«Ich bin doch keine Hure.»

«Es gibt 5000 Mark.»

«Okay.»

—

Ich dürfte ohnehin nicht so wählerisch sein, wir brauchen das Geld, es kommt verdammt gelegen.

—

Habe verloren. Dabei stand Terzic nach der Eröffnung völlig platt. Ich hatte einen gesunden Mehrbauern, kam allerdings in große Zeitnot und riskierte einen waghalsigen Angriff – Alles oder Nichts – was man in Zeitnot vielleicht nicht tun sollte. Das Lustigste an der Partie war, daß Schwarz (Terzic) fast dauernd Zwangszüge machen mußte, er deshalb für die gesamte Partie kaum mehr als zehn Minuten verbraucht hat – ich zwei Stunden. Lustig und deprimierend.

Nachher rief ich noch bei E. an, ging auch bei ihr vorbei. Sie «war nicht da» – Licht brannte. Was soll mir das sagen?

—

Johannes hat mir im Club eine CD mitgegeben: *Nine Inch Nails – Downward Spiral*. Sehr laut, nicht schlecht. Dazu las ich noch einmal drittes und viertes Buch Thanatos. Das ist es! Das Beste, was ich je gemacht habe. Das bleibt. So ein Buch hat es in Deutschland seit 50 Jahren nicht gegeben.

Die Gegenwart besitzt niemals Beweise – höchstens Symptome und analoge Sackgassen – und möchte sich immer gleich abgeurteilt sehn. Au moins reponds nous! …

Mais pas aujourd'hui, c'est certain …

—

Geister über der Autobahn. Jeder Meilenstein benamt. Geschwindigkeit zählt nicht.

Heldengalerie, nachts, Wegegeld, kein Leugnen hilft, die Geister über der Autobahn …

Warum keine Viola? Ich wuchs mit der Gitarre auf. Streicher klangen verdächtig nach Bürgeridyll. Schlagwerk kam, dann Einerlei, anything went, sogar die Harfe. Zauber ist Wiedererkennen ohne Erinnern. Zauber besteht aus zu Lust verwandelter Angst.

Der Rest ist Ergötzungsschnickschnack.

Keine Position beziehen. Ich bin viele. Mein Universum wehrt sich gegen Kürzungen. Muß man nicht *alle* sein, Anspruch zu erheben? Erhabene Sprüche, bald bin ich alle.

In einer Tankstelle wiedergesehen: Caramac – die Lieblingsschokolade meiner Kinderzeit, mit dem Geschmack nach Karamelbonbons. Bilder fügen sich zum Tanzkongreß, enden unter marokkanischen Palmen. (Caramac und Marokko? Merkwürdig. Wieso? Erinnerung, erläutere!)

—

Weitergelesen in *Elixiere des Teufels*. Sehr schwache Phase, da der Graf in den Abgrund stürzt – gewaltsam aufgeputzte Handlung, um schnell das Klosterambiente zu verlassen.

War sehr schnell sehr betrunken. Wurde wiedergeboren als weißes Papier …

Traum: Ein grauer Palast am Zusammenfluß zweier unterirdischer Ströme. Wehrhaft, abweisend erhebt er sich innerhalb einer riesigen Höhle, hat viele Erker, Türme, und ein glattes hohes Tor aus Stein. Von Ferne ein Lichtstrahl macht das Wasser an manchen Stellen glitzern.

—

Teletext: *Wie erst heute bekannt wurde, ist Matti Pellonpää (44) am 13. Juli an Herzversagen gestorben.* Mich interessiert an der Nachricht vor allem: Wie kann man den Tod eines relativ prominenten Menschen einen Monat lang geheimhalten? Selbst in Finnland ist's Sommer.

—

Alle, die dem DDR-Staat nachtrauern, sollte man in eine Uno-Schutzzone bringen und einmauern, aber diesmal für immer.

—

In der AZ wird das Buch *Political Correctness* von Bonders besprochen. Dort steht: Dicke sind «Horizontal Herausgeforderte», Häßliche sind «kosmetisch verschieden» und Tote –

«Der Tod macht den Menschen zu einem endgültig unpäßlichen Wesen.» Eine der wenigen humorvollen Stellen in

Thanatos wird von der Wirklichkeit übertroffen, auch wenn Bonders es nicht ganz ernst meint. Bei mir hieß es: «Einige Mitglieder der Gesellschaft für Transkommunikation Sektion Süd hätten den Begriff Tote diskriminierend gefunden und durch *Entkörperte* bzw. *Jenseitige* ersetzt.»

Mittags bei prallster Hitze auf dem Flohmarkt, der jetzt 100 Meter von unsrer Wohnung weg stattfindet. Habe Beatrice (der Glanz in ihren Augen!) Wildlederhandschuhe gekauft, armlang, sehr sexy. Dazu kam (für mich) ein Bumerang sowie (für uns) ein Menschärgeredichnichtspiel mit Igeln, Schweinen, Marienkäfern und Giraffen.

Gegen sechs kamen Bernhard und Petra, wir fuhren baden. Dabei einige Male den Bumerang ausprobiert, eher durchschnittliche Ergebnisse – bis auf den allerletzten Wurf, der war toll, der Bumerang zog eine riesige Schleife von mehr als 50 m Radius, dann noch eine halbe um mich rum.

Die Portionen im ‹Alten Wirt› (Krailing) sind immer noch monströs. (Der alte Wirt ist letztes Jahr beim Sturz von einer Leiter zu Tode gekommen.) Z.B. gibt es für 7 DM soviel Emmentaler, wie er bei Tengelmann das Doppelte kosten würde. Leider ist der Wurstsalat lausig – wäßrig, fast ohne Öl und Essig. Wie fast immer diesen Sommer kann ich zum Verlauf der Gespräche wenig beitragen, bin tranig und öd.

Früh schon nach Hause, Beatrice zog ihre Handschuhe an, dazu die schwarzen Stöckel und sonst wenig.

—

Im Fernsehen die blöde Bondy-Inszenierung von Figaros Hochzeit. Die Buffa einmal als Seria – nur erträglich, wenn man den schönen Stimmen zuhört, und nebenbei am Bildschirm (= dem Schirm vor Bildern) arbeitet.

Heute nacht kommen auf 3sat die Bukowski-Tapes, erste Hälfte = zwei Stunden. Und ich Idiot habe im letzten Jahr jeden Sonntag den 5-Minuten-Happen aufgenommen. Oft klappte was nicht, viel Traurigkeit und Ärger hat das verursacht.

—

Wieder ist jemand in meinem Gartenhäuschen gewesen, merk's an von der Wand gewehten Sprüchen, es reicht mir langsam, ah, der Griff der Innentür mußte repariert – festgeschraubt – werden, lächerlich, meine Vermieterin muß, seit ihr Mann tot ist, jeden Tag irgendwas reparieren. Dauernd kommen Handwerker ins Haus, machen dies, empfehlen das, und alles vererbt sie einmal dem Sohn, der nie zu Besuch kommt. Für kleinere Arbeiten steht der blonde Junge von gegenüber zur Verfügung, 23 ist er seit zehn Jahren – er altert nie, weil er immer denselben blauen Overall trägt. Dinge auseinanderzunehmen und zu reparieren macht ihm höllischen Spaß, er tut's umsonst und den ganzen

Tag. Als die Straße aufgegraben wurde, hat er den Arbeitern geholfen und mitgebuddelt …

—

4 Uhr. Was für eine beschissene Nacht. Trübselig, ideenlos, genau wie im Nachtkonzert Deutschverzeichnis 960 – wie kann ein Franz Schubert ein solch fünfzigminütiges Nichts komponieren? Das tröstet.

Nachtmusik des Vakuums, Schönheit nur noch eitles Futter eines Mantels, der nicht wärmt, die Blößen kaum bedeckt, zu oft mit Bettlern geteilt.

Bin ich schon blödgesoffen? Ich kann nicht mehr denken. Alles steht still. Die Schläfen sind Blei. Und nichts spielt mehr eine Rolle. Keine Lust etwas zu lesen. Jede Minute ist ein stummes Grauen. Ich bin im Tresor, im Giftschrank, dreifach abgefertigt hinterlegt.

—

Nur der Flug des Bumerangs war gut.

6. August, Sonntag

H. empfiehlt mir nachdrücklich ein Zweitlesen von «Über den Fluß und in die Wälder», Buch, das ich mit 16 läppisch fand.

Hemingway: der typische Lebensabschnittsautor, den man wiederzulesen sich scheut, den Zauber nicht zu zerstören.

Nachmittags Warten auf Anna.
Die ersten Seiten *Siebenkäs* gelesen.
Anna meldet sich erst um halb acht abends, eben angekommen, wir verschieben auf Dienstag.

Ich frage nach Dirk. Er sei eingeschnappt wegen meines letzten Briefes. Dabei hätt ich zum Eingeschnapptsein doch wohl mehr Grund als er. Überlege, ob ich ihm schreiben soll. Nein. Bin viel zu gutmütig. Wer sich nicht helfen lassen will, soll seine Ruhe haben. Zur Zeit hab ich mit Menschen kein gutes Händchen.

Some Like It Hot verliert bei jedem Ansehen. Ob ich den Film überhaupt noch guten Gewissens als genial bezeichnen würde? Ich weiß nicht. Arbeit an A&A sowie an Divina, für die ich mir viel Zeit lasse, ein ganzes Jahr – bei nur 150 Seiten, welcher Luxus!

Mit Beatrice einiges durchgesprochen, was ihr am Thanatos-Text störend aufgefallen ist. Kann sein, ich habe auf ihre Vorschläge zu herablassend reagiert, aber das meiste benötigte wirklich keine Diskussion. Ihr Hang, Hypotaxen abzunabeln, läuft der Romanidee zuwider. Konnte ihr nicht klarmachen, daß ihre Arbeit mir sehr viel nutzt, selbst wenn ich 99 % der Vorschläge ablehne. Die heulsusige Stimmung löste sich schnell, zum Glück, Beatrice ist so süß, wenn sie heult und gleichzeitig lachen muß, dran kann ich mich nie sattsehen. Sie zu verführen, wenn sie weint, das kommt von selbst, ohne Absicht.

Sprachen dann noch das gesamte erste und zweite Buch durch. Sie hat noch Fehler gefunden, und was für welche! Nie vorher hab ich mir mit einem Text soviel Mühe gemacht. Er wird kein großes Aufsehen erregen, wird ein paar Jahre brauchen, bis er sich einen Stammplatz erobert. Verschwinden wird er nicht.

—

Verschwunden ist mein Bumerang. Bin vor dem Abendessen nochmal aufs Feld – gleich der erste Wurf war gigantisch, der Bumerang zog einen riesigen Kreis, überquerte die Büsche und alle möglichen Hausdächer – wahrscheinlich fliegt er immer noch, denn ich hab ihn trotz halbstündiger Suche nicht wiedergefunden. Bin traurig wie ein Kind.

—

Im TV einen s/w-Film von 1948 gesehen: ‹Spielfieber› (THE LADY GAMBLES).

Barbara Stanwick in einer tollen Rolle als Spielsüchtige. Die Atmo kam überzeugend, wenn auch die Psychologie etwas zu freudvoll war. Regie: Michael Gordon. Wundere mich, von dem Film nie was gehört zu haben.

—

Nochmal die Partie gegen Terzic angesehen und mich vor den Kopf geschlagen! Es wäre so einfach gewesen! Obwohl es um wenig ging – erste Runde Dähne-Pokal –, war ich unerklärlich aufgeregt. Hätte Valium schlucken sollen.

Siebenkäs – anstrengend, aber lebhaft und sehr eigen, dabei – bedenkt man die Entstehungszeit – von einer retrogardistischen Wortwahl und Schreibweise (*Dinte* wurde auch damals schon *Tinte* geschrieben). Gegen halb drei nochmal in unsere Wohnung geradelt, Wein holen. In der halben Ortschaft sind die Straßenlaternen ausgefallen. Sieht verdammt düster aus. Habe zu *Memorial* von Nyman getanzt, fühlte mich plötzlich so gelenkig, lebendig. Einige Gedanken über Dirk. Er macht alles falsch, was man nur falsch machen kann, vielleicht wird es dadurch gerade richtig?

—

Mahler hat – angeblich – Bruckners Neunte den Gipfel allen Unsinns genannt. Kann ich nicht glauben. Und wenn? Großer Menschen Toilettenpapier wird für zu voll genommen.

—

«Frauen, die weinen, sind gut zu ficken.» (H. Miller)

Schaut niemand zu
schon Unzucht tun
der Zapfhahn und das
Suppenhuhn.

7. August, Montag

Anruf bei Dagmar, Verabredung zum Mittagessen, am 21.

B. kommt um sieben, wir gehn baden, sehen danach das Spiel Bayern-Milan, aus dem Berliner Olympiastadion, 0:0, eine später schöngeredete Fehlpaßorgie. Begleitete B. danach zur S-Bahn, der vorgesehene Zug fuhr nicht, wir saßen noch eine Weile über den Gleisen. Ich sagte ihm, warum ich in letzter Zeit so dröge bin, warum mir kaum ein Gespräch Spaß macht, obwohl es mich immer wieder in Gesellschaft von Menschen zieht. Wenn man 30, 31 geworden ist, merkt man, daß eine Schranke errichtet ist gegenüber der nächsten Generation. Es wird schwerer, wirkliche Freundschaften zu schließen, solche, die in die Tiefe gehen. Man macht keine ‹gemeinsamen Selbst-Erfahrungen› mehr. Der eigene Erfahrungsschatz ist systematisiert, ist wie ein Panzerhemd um den Leib geschnürt. Philosophische Nachtdebatten wirken zunehmend lächerlich. Man weiß um die eigene Position, weiß auch, wie Gegenargumente gestrickt sind. Man tauscht nur noch Neuigkeiten aus, Elemente der Truppenbetreuung. Hat nicht mehr den Mut, sich offenzulegen, nicht mehr den Mut zur Peinlichkeit. Wie ich aufblühen kann, mit einem Gegenüber, das mich versteht, mir Stichworte gibt.

Diese Phase jetzt kommt mir oft wie eine Versteinerung vor, aber es ist wohl ein natürlicher Prozeß. Ich würde nie mehr 20 sein wollen, um Gottes willen. Manchmal war da ein großer Zauber, aber so selten – eine unter 1000 Nächten, nicht mehr, an die eine erinnert man sich, alle anderen sind vergessen. Man hat inzwischen auch eine andere Auffassung von ‹Spaß› – Übertretungen reizen nicht, den Outlaw umgibt etwas Trauriges.

—

Kein Wunder, daß so viele Frühdreißiger sich plötzlich entscheiden, Kinder zu bekommen, es ist nicht deshalb, weil es ansonsten zu spät wäre. Nein, sie wollen Eltern werden. Bestätigung des Status quo. Wunsch, den Abschluß des eigenen Erwachsenwerdens zu manifestieren. Man tauscht die Rolle, wird vom Erzogenen zum Erzieher. Fühlt sich gleich wieder heimischer …

—

Die Liebenden von Pont Neuf. Wohlstandsleidende Ästhetikscheiße im Quadrat. Denis Lavant spielt einen widerlich ver*kümmerten* Typen, den es nicht mal *kümmert,* daß wegen seiner Zündeleien ein Mensch verbrennt. Dem Regisseur wars wahrscheinlich auch egal. Bei sowas werd ich zum Pfarrer! Ich mag es nicht, wenn ein schnelles, aufregendes Leben gepredigt wird, dessen Exaltiertheit nur darin besteht, anderen auf die Nerven zu gehen. Spaß, der über Leichen hüpft und sich allein dadurch zu legitimieren sucht, daß man sich selbst genauso respektlos und unvorsichtig behandelt wie den Rest der Menschen. Das Leben ist ein zu großes Geschenk, um es so leichtzunehmen.

—

Habe heute Beatrice aus lauter Boshaftigkeit dazu verdonnert, 80 Seiten Proust zu lesen. Damit sie mal einen Begriff von übertriebenen Hypotaxen bekommt.

—

Die Passion zum Transhistorischen wird geduldet und als inspirierend begrüßt, wo es sich als Science-fiction in die Zukunft richtet. Der umgekehrte Blick wird als Science Forging diffamiert. Schuld daran trägt der Glaube, daß, was gewesen ist, auch geschehen wäre, würde niemand darüber berichten. Was natürlich Unsinn ist. Die Zeit bewegt sich in beide Richtungen fort, wobei dem Vorwärts die Physik, dem Rückwärts das Bewußtsein Gesetze verleiht. Die Vergangenheit formt sich aus ihrer Beurteilung, verwandelt sich ebenso schnell wie die Gegenwart. Beide verändern sich überhaupt nur durch die Einwirkung des anderen.

So trifft sich Bloch mit de Gourmont.

8. August, Dienstag

Ein Fleischfleck mit zwei aufgestellten Federn, hervorgehoben durch den Mittelstrich der Straße. Muß eine Amsel gewesen sein.

—

Erhalte vom Verlag die Einladung zur Grazer Premiere, die *heute* stattfindet. Man könnte also sagen: gerade rechtzeitig.

Gute Entwicklung im Lied, laufe zu B. in die Küche: «Hör dir das an! Das ist toll! Ich werd' uns damit ernähren können!» B., schniefig ob zermesserter Zwiebeln: «Wie du's machst, ist mir egal ...»

Alles ist aufregend. Meine Musik schreiben zu können, ganz allein, sei sie noch so dilettantisch, in meinen Ohren klingt sie wundervoll, das zählt. Dazu ein veritables Genie wie Moritz mit Libretti zu bedienen, um der Großmusik wieder auf die Sprünge zu helfen – was hab ich mir je mehr gewünscht? Nachmittags gut gearbeitet, ab 17 Uhr Safrannudeln vorbereitet. Anna kommt um halb 7, Minsker Geschichten, netter Abend, obwohl es viel um D. geht, in absentia rei. Mache mir zuviel Gedanken um ihn. Sein Ehrgeiz, der bis zur Selbstverstümmlung geht. Diese Reinhold-Meßnersche Endorphinsucht, dieser nordische Quatsch vom eisernen Willen, von der ständigen rituellen Schlachtung des inneren Schweinehunds. Dieses Sich-beweisen-Müssen, das überhaupt nichts beweist. Jetzt will er zu Fuß von Berlin nach Rosenheim latschen. (...)

Anna geht es in Minsk gut. Sagt sie. Bewohnt eine 3-Zimmer-Wohnung allein, die sich vorher acht Leute geteilt haben. Miete 400 Dollar. In Minsk zählen nur Dollar, nicht einmal DM.

Nach Weißrußland Videos (egal, welchen Inhalts) mitzunehmen, ist aus irgendeinem Grund verboten, wir geben Anna trotzdem welche mit, auf die Gefahr, daß sie vom Zoll eingezogen werden. A. betonte mehrmals unsere divergierenden Geschmäcke. Ich denke, so unähnlich sind die gar nicht.

—

Komitee zur Pflege und Erhaltung des inneren Schweinehunds. Ein Haustier, mit dem man sich arrangieren kann.

—

Haben A. ins Hotel gefahren. Wann sieht man sich wieder? Ein Jahr vergeht bestimmt.

Ein Wesen, das man in Marmelade konservieren müßte.

Ins Maxx, 23-Uhr-Vorstellung, *Ed Wood*. Großartiger Film und überhaupt nicht zu glatt, wie Bernhard behauptete, im Gegenteil, eine formal ziemlich schräge Annäherung an einen schrägen Inhalt. Bei allem Witz tragischer Film, der durch sein zur Essenz gesteigertes Menschliches Gleichnis wird. Tolle Schauspieler, allesamt. Martin Landau hat den Oscar weiß Gott verdient. Lang nicht mehr so gut unterhalten worden im Kino, eigentlich seit Pulp Fiction nicht. Zu einer guten Kinonacht gehört die Autofahrt danach, mit der Liebsten im strömenden Regen.

Nachts noch mit der erotischen Weihnachtsphantasie begonnen. Immerhin 9 Zeilen geschafft.

—

Thanatos – ein sehr deutsches Buch über – Deutschland?
Für Deutschland war das 20. Jahrhundert nichts als das 19., das dem 21. unterlag. Th. ist nicht nur ein Versuch über das «deutsche Wesen» – es ist auch ein Epochenabschied vom Jahrtausend der *Literatur.* Ich habe dahingehend keine Illusionen mehr.

Rufe in Graz an. Wie war die Premiere? Antwort des Direktors: Gut!

Klingt mittel. Vielleicht machen wir nach Venedig einen Abstecher über Slowenien in die Steiermark, mal sehen.

Anruf bei E. F. Nichtssagend, ausweichend. «Stilistisch ist der Roman fantastisch ...» Ich weiß nicht, was los ist. Schöner Zuspruch, um das ‹aber ...› gekürzt. Warum will er mir nicht sagen, was ihn stört? Sogar, ihn direkt darauf anzusprechen, hilft nichts, er bleibt stumm, weicht aus.

—

Anruf bei Conde. Schön und trist zugleich. Er gratuliert mir zu Thanatos, hat das Buch, wie er sagt, verschlungen. Schlechte Nachricht: Er überlegt, die Band aufzugeben. Die zweite Platte – eine der besten Pop-Platten, die in Europa je gemacht wurden, hat nur 600 Stück verkauft. Es ist ein Trauerspiel. Der pure Haß steigt in mir auf. Love, Sister & Hope am Ende? Schwer vorstellbar. Jeder saudumme Ami-Scheiß wird beachtet, jeder Drecksfurz aus dem Ghetto, gehypt von einer Generation, die ihre Herkunft vergessen und sich an Amerika verkauft hat. Es muß doch Gerechtigkeit geben, wenn nicht auf Erden, dann in der Kunst. Elitär darf nicht weiter zum Schimpfwort verkommen. Muß mich zur Elite bekennen, nur so läßt sich Qualität als Maßstab bewahren, nur Qualität beschützt uns vor der Vergewaltigung durch den Markt. Dummheit darf niemals Verständnis finden. Die Dummheit ist das Böse. Europa leidet unter Amnesie, weiß seinen Namen nicht mehr, ist sich langweilig, weil es verlernt hat, die eigene Größe zu verstehen. Der Pop-Knigge wird von viertelgebildeten Zombies verfaßt.

—

Kampfansage gegen die Spaßkultur, gegen Kunst, deren Warenwert sich über Geld definiert. Schluß mit Toleranz und Verständnis, weg mit Geducktheit und Understatement. Neues europäisches Selbstbewußtsein. Bildung und Intelligenz als oberste Werte. Natürlich ist Kunst Unterhaltung, aber es gibt Unterhaltung auf diversem Niveau. *Kunst ist ein aristokratisches Phänomen, kein demokratisches, und erst recht kein plebejisches.* (Gottfried v. Einem)

Den absurden und wichtigtuerischen Pop-Diskurs lächerlich machen, wo immer möglich.

—

Früh ins Gartenhaus, um zu arbeiten. Im TV kam ‹Miracle› von Neil Jordan, poetisch-schlüssiger Film, nur ein bißchen zu lang. Und, auch wenn es nie stört, vorhersehbar.

Um 1 Uhr noch Anruf von E., einfach so, kam lange nicht mehr vor. Hatte ihr auch schon lang nichts mehr zu sagen.

Im Hintergrund: ‹Half past France›. Cale singt *‹People always bored me anyway …›*. Die Platte knackst fürchterlich. Nachkaufen auf CD!

Divina: 2. Kapitel in Form gebracht. Vielleicht wäre ‹Toy› ein besserer Titel?

—

Sich in die Welt Jean Pauls zu begeben, ist immer ein Abenteuer mit ungewissem Ausgang.

Wunderbar frei jedes dudenhaften Korsetts ist diese Sprache, man findet oft schnell hinein, kann ebensogut auf der Strecke bleiben, aus der Bahn geschleudert werden, durch den Boden brechen. Mischung aus Kutschenfahrt und Geisterbahn.

«Flaschen öffnen wie Testamente …» Herrlich, warum ist mir das nie eingefallen? (Weil es nicht von mir ist, logisch, weil ich sonst enttäuscht wäre, jetzt.)

10. August, Donnerstag

Viel zu früh aufgewacht.

—

Thanatos – Der Roman stellt ja, für alle, die über den Zeilen lesen können, eine Phänomenologie der romantischen Ästhetik dar, dazu die Theorie auf, daß die deutsche Romantik niemals zu Ende gegangen ist, auch in Auschwitz nicht, das war nur der Spätauswuchs eines Seitenzweigs.

Viel früher schon ist die deutsche Romantik nach Amerika ausgewandert, hat Hollywood gegründet, um von dort die Welt ästhetisch zu beherrschen. Diese Ästhetik ist eine des Leidens, durch eine Ästhetik des Leidens aber wird Leiden erzeugt. Leid, oder zumindest die Drohung des Leids ist Voraussetzung für Spannung, Tragik, Schönheit. Den Menschen werden Verhaltensmuster aufgezwungen, die sie zwangsläufig zu Leidenden (oder Leidverursachern) machen.

Man sehe einmal den Mord an Beni: Ein Mord, so schön, ich wünschte, ich hätte ihn selber begangen. Wenn er *schön* sein kann, ohne deshalb an Entsetzen, an Wahrheit zu verlieren – das genau unterscheidet Ästhetik von Ästhetisierung. Das Formale fälscht nicht, es verdeutlicht. Hilft dem Erzählten, sich zum Gleichnis zu verdichten.

Dies konnte, im Fall Thanatos, weil anachronistisch erzählt, nur gelingen, indem Johanser sich als Erzähler herausstellt. (Bevor ich darauf kam, war ich dem

Wahnsinn nah, war die Welt eine Einzelzelle, tapeziert mit 300 schönen, völlig sinnlosen Seiten.)

Was ist ein ästhetisches System, wenn nicht eine Verhandlung zwischen dem Schönen und dem Schrecklichen (es gibt keine geeigneteren Wörter)? Belle et triste …

Die romantische Selbstzerfleischung von Novalis bis Wenders – das Barock hätte sich jede selbstkasteiende Denkungsart tunlichst verbeten. Wenn schon sich die Geißel geben, dann fleischlich, im Kloster, bei Exerzitien. Aber im Alltag? Nie!

Typisch für Johanser – daß er sich sogar in der Variation, in der Fälschung des tatsächlich Geschehenen, keinen Samenerguß gönnt; er ist nicht der Mensch, den ein ‹Sieg› befriedigt. Genuß gibt ihm nichts, der Kampf darum alles. Er weiß: ein Sieg ist immer das Ende von etwas.

—

Bin in die Stadt gefahren, zum Saturn Hansa, immer mal wieder gucken, ob nicht doch noch eine neue Mahler-Symphonie erschienen ist. Was soll man denn noch kaufen? Gibt's eine wirklich gute Oper, die ich nicht kenne?

Kaufte ‹La belle et la Bête› von Glass sowie John Calc: Paris 1919, die muß man einfach haben,

Klavierkonzerte von Bach und zwei Wunderlich-Aufnahmen: Dichterliebe und Schöne Müllerin.

Dann durch die gesamte Fußgängerzone gehetzt, um einen Bumerang zu finden, nirgends gabs was Relevantes, höchstens Kinderspielzeug bei Kaufhof oder total überteuertes Zeug bei Sport-Scheck. («Ham Sie'n Bumerang?» «Ah, australisches Wurfholz! Folgen Sie mir bitte!» Ich dachte, ich hör nicht richtig.)

Endlich, im Obletter, eine Mittellösung für 10 Mark.

—

Habe den ganzen Tag Fisch gegessen, Rotbarsch aus der Tiefkühlung, erstaunlich billig, das Kilo für elf Mark, dazu Nudeln, Reis, Kartoffeln, alles paßt. Kein Schweinefleisch mehr, Ausnahme: ein Rollbraten im Biergarten.

Im TV ein leidlich amüsanter Liebes / Gruselfilm: *The Forgotten One – Besuch aus dem Jenseits.*

Habe die erotische Weihnachtsphantasie für Cosm. geschrieben. Für eine Rohfassung schon ziemlich gut, wenngleich das Erotische nur im Kopf des Lesers stattfindet, die Story eher züchtig bleibt.

—

Nehme, trotz allem, S. noch die Nyman-Best-Of-Cassette auf. Halte mein Versprechen, ich muß völlig verrückt sein.

Vor lauter Arbeit nicht zum Siebenkäs gekommen.

—

Größe bedingt sich durch die Verschwendung einer Gabe, die, das sagt das Wort, gegeben werden *muß,* sich deshalb oft selbst nicht als Geschenk empfindet, sondern als Zumutung. Tatsächlich ist sie beides.

—

Beendet: Alfonso di Nola – «Der Teufel» – Laut Eco angeblich eine «Bibel». Erstaunlich lückenhaft gerade im Bereich der Moderne. Und ziemlich geschludert. Die sagenhafteste Stelle:

S. 432 (dtv 4600): (...) *Er (Charles Manson) bereitete sich vor allem darauf vor, den Penis von Richard Burton an Eddy Fisher, den Schachweltmeister, zu schicken.*

Zuerst einmal: Eddy Fisher besteht darauf, daß sein Name mit SCH geschrieben wird. Zweitens heißt er Bobby. Zum dritten wurde er erst 1972 Weltmeister, drei Jahre nach dem Mord an Sharon Tate.

—

Wo gehn wir denn hin? Immer nach Hause. (Novalis)
Wo gehn wir hin? Ich weiß nicht, aber wir müssen los. (Kerouac

11. August, Freitag

Eine Frau im Supermarkt murmelte, sie habe ein feuchtes Häschen / Näschen / Höschen – es war nicht genau zu verstehen –, und im selben Moment schob sie schon ihren Wagen zur Kasse, dort nämlich stand gerade niemand an, was einen unbezwingbaren Sog auf sie auszuüben schien.

—

Anruf in Venedig. M. macht mich wahnsinnig. Nachdem er *Gesangs*text bestellt hat für die Rahmenszene, will er, was ich ihm geliefert habe, *sprechen* lassen. Hoppladihopp. Und gekürzt! Er scheint nicht zu begreifen, daß ich dann den Text ändern müßte. Ist ihm egal. Ich mach gerne den Sklaven für gute Musik, aber nicht für Aleatoriker, die sich nicht vor sich selbst beschützen lassen. Noch eine Schnapsidee: Es soll vier Darsteller für Nagel und Dagny geben, nämlich die beiden Sprecher und die beiden Sänger. Wozu? Haarsträubend. Wenn das so weitergeht, schmeiß ich den Auftrag hin, oder ziehe mindestens meinen Namen zurück. Nie mehr. Nie, nie, nie mehr.

Dabei hab ich von den Biennalemenschen noch nicht mal einen Vertrag, geschweige denn ein Honorarangebot bekommen!

—

Aus der Zeitung: *In Japan gilt es als Höflichkeitsbezeigung: das Sich-Voreinander-Verbeugen. Jetzt bitten immer mehr Unternehmen, davon Abstand zu nehmen. Grund: Immer wieder knallen die Grüßenden im Gedränge mit den Köpfen zusammen. Dabei gab's allein in Tokio 24 Tote in fünf Jahren.*

—

Früh in den Club. Geblitzt bis zur Erschöpfung. Danach völlig ergebnislose Arbeit an Aziz und Aziza. Wutausbrüche.

—

Der Mann mit den 64 Fingern konnte sich nie entscheiden, ob er Pianist werden sollte oder Liebhaber.

—

Zu *SpätWeitWeg*: Die Aufklärung ist zum Medienritual, ist zur Phrase verkommen, wie es kommen muß, wenn Basiswerte instrumentalisiert werden. Es zählt nicht mehr, was eigentlich gesagt wird, sondern nur, wer es sagt und über wen. Alles kann in jede Richtung gedeutet werden, auf alles stürzt sich ein Pulk von Deutern, die werfen sich Gesagtes zu wie einen Ball, bis dem am Ende die Luft ausgeht. Die letzte, die antisemitische Provokation, wird, wo der Amüsierbedarf seine Hybris erreicht, geradezu hereingebeten, nicht zuletzt ist daran die berufsmäßige Alarmiertheit schuld, die Mücken erst zu Elefanten aufpumpt, dann, um des Knalleffekts willen, nicht mit der Nadel zersticht, nein, mit dem heroischen Degen. Warnung wird so zur Bevormundung, erreicht das Gegenteil, Rebellion. Wir müssen uns mit unsrer Amüsiersucht auseinandersetzen, vielleicht wenn man sie nur zu Ende denkend darstellt, sarkastisch überspitzt, wird sie schal werden und öd, kann eine neue Schlichtheit, Entkrampfung, Ehrlichkeit entstehen.

—

Jeder ist heute unschuldig. Die Fähigkeit zu Schuld und Scham ist verloren. Für jede noch so üble Tat stehen Kataloge von Erklärungen, Entschuldigungen, Ausreden parat. Das ist allzu menschlich, als daß sich dagegen etwas einwenden ließe, dennoch bleibt das flaue Gefühl, die Entwicklungsgeschichte des Individuums in der Dissoziation läuft auf eine Nivellierung hinaus, auf eine moralische Gleichgültigkeit, die das Glück ebenso wie das Leiden unmöglich macht.

Die Spielfelder für große Gefühle weichen einer normierten Plattform, auf der das Leben, an dem nichts mehr original ist und alles verfilmt, nach vorgestanzten Mustern von sich geht. Vor sich geht. Vor sich her geht. Herold ohne Heer. Die virtuelle Wirklichkeit aus der zum Körperorgan gewordenen Stilisierungsmaschine – ihren Sieg sagte schon Nietzsche voraus. Meine Welt ist ein Film. Wenig Handlung, umso exakterer Abspann. Fühle mich … abgespannt.

12. August, Samstag

Schon kurz vor elf aufgewacht und sehr viel Fisch gekauft. Keine Lust zu gar nichts, dann doch auf den Flohmarkt in die Arnulfstraße gefahren. Lohnte sich kaum. Großer Wok für zehn Mark, sonst nichts. War auch zu heiß. Wenigstens beginnt die Bundesliga. Zittersieg für den FCB. 3:2 gegen den HSV.

Backgammonmatch auf dem Balkon, zweiter Teil, dazu Dolcetto d'Alba – zu teuer, für das, was er bietet. Bea gewinnt ohne Mühe 15:7, nimmt jeden Würfel an und dreht den Spieß noch um.

—

Dankbar für die Nacht voller Ideen. Selbst in das Stück kam wieder Bewegung.

Siebenkäs liest sich immer ekstatischer.

Letzte Hand an das Callas-Gedicht gelegt, bin verdammt stolz, über zwei Monate dran gewerkelt. Wenn der Gedichtband einmal umfangreich genug sein wird, soll er das Beste sein, was je von mir erschienen ist. (Bestimmt finden sich welche, die es dann prompt das Schlechteste nennen werden, der literarische Geschmack unsrer Zeit ist bereits zu sehr der Lust gewichen, etwas schlecht zu finden, nur weil es Größe *sucht* – egal, ob es gelungen ist oder nicht.)

—

Habe mir wieder Gedanken gemacht über D. und – die beiden würden sich mögen – R. – und die anderen, die den großen Einzelnen markieren, typisches Mittzwanziger-Symptom, dieses geißböckig Senkköpfige, das jeden Moment losstürmen kann, um einem die eigene Unkorrumpiertheit zu beweisen, auch wenn man gar nicht danach gefragt hat. Dieses postpubertär Robespierreske, bei dessen Pflege einige den Kopf verlieren, andere wider Erwarten (das beste Heilmittel heißt *Erfolg*) gesunden. Die dann, wenn sie an ihr Bockig-Rebelliöses erinnert werden, leugnen, als wären sie erst seit gestern auf der Welt, mit der Gnade der Generalamnesie gesegnet …

—

Müde Herzen, blaßgeworden, schleppen sich ins Abendrot –
cinemaskopisches Schminkstudio – schlagen herzhaft noch einmal um sich, bevor sie stillstehn.
Jeder Horizont erzählt dasselbe.

—

Vision Callas, Englischer Garten, 21. Juni, 4^{00}

Fetzen, die formunvollendet umherwehn,
Wenn sich der Lärm aus Versehen ertränkt hat.
Abfall im Gras die zerredeten Sätze,
Falbgraue Wiesen, Pagoden und Brücken,
Drüber ein Mondboot vom Fleisch der Zitrone –
Dies ist die Zeit, da sie manchmal zurückkehrt

Mädchen im schulterfrei silbernen Kleid des
Ersten Triumphes, Maria am Ufer,
Reglos, Geschöpf aus Legenden und Sehnsucht.

Voll jenes Stolzes, den Scheu, früh bedrängt, zur
Maske sich näht, nie verstandene Ausflucht,
Singt sie dem Park die Essenz, zum Kristall ge-
schliffener Schrei tätowiert das Gedächtnis.
Norma und Carmen. Mimi oder Tosca.
Nacht wird zum Fenster ins Land der Ikonen –
Wesen, von unserer Liebe gehindert
Unwiderruflich hinüber zu gehen,
Bilder, kann sein, daß sie lügen, sie sagen:
Alles ist lächerlich, nur der Moment nicht.

Hündisch beschnuppert die Frage nach Sinn selbst
Schönheit, die solchen nicht braucht, da aus ihr sich
Wege zum Sinn erst erfinden. Warum bloß –
Stürmt unaufhaltsam ins Dunkel ein
Neuer von Pyrrhus befehligter Morgen,
Feiert sich ab mit der Selbstsucht des Kindes?

Ist's nicht egal? Sie war da, hat gesungen,
Albern zu fragen, für wen und weswegen,
Ob für den Fluß oder uns, weiß das Wasser
Besser als wir – eine Auskunft hierüber
Hebt es sich auf für den Tag, da wir kommen.

Juni / Juli '95

13. August, Sonntag

Nach dem Aufwachen ins Dritte geschaltet und ‹Kriemhilds Rache› erwischt. Ärgerte mich, wollte den Film unbedingt aufnehmen, wo ich letzten Sonntag schon ‹Siegfried› verpaßt habe. Rufe Bea an, ob sie dran gedacht hat. Nein, hat sie nicht. Mißstimmung, weil sie es auch noch fertiggebracht hat, die Reservierung in Venedig zu versauen. Hat zur Zeit nur noch ihre Pflanzen im Kopf. Lieblingssatz: «Daran hab ich nicht gedacht.» Inzwischen nur noch: «Daran hab ich nicht ...», weil sie weiß, wie mir der Satz den Nerv tötet.

Kriemhilds Rache (1924) – sicher einer der besten Filme überhaupt, auch ohne den Bonus, ‹nur Stummfilm› zu sein. Dem Mythos adäquat, erst Prophetie, später Parabel deutscher Geschichte. Ich war auch beim fünften Sehen ergriffen, hingerissen, wieder versucht, den Plan vom Nibelungenstück aus der ‹Verworfenheit› hervorzukramen.

Nach einer halben Stunde beleidigten Schweigens: Versöhnung. Beatrice holt ‹ihre› auf dem Balkon gezogene Erdbeere (in der Tat, es ist nur eine geworden) und teilt sie mit mir. Sakraler Moment.

—

Gestern beim Blättern wiederentdeckt:
Im Schweiße seines Angesichts
ißt man besser nichts –
gibt es von Nietzsche und Brecht.

Existiert ein Verzeichnis aller Brechtschen Plagiate? Es müßte dicke Bücher füllen.

—

30jährige sind 20jährigen unermeßlich überlegen. Letztere haben allerdings den Vorteil, davon rein gar nichts zu ahnen.

—

Harte Arbeit an A&A. Die Geschichte hat mir M. aufgedrängt, hat ‹auf ihr bestanden›, wegen der *‹Zeichen, zu denen er eigenartige Musik schreiben könne.›* Wie unopernhaft, wie schwer das auf der Bühne zu realisieren ist, darüber macht er sich keine Gedanken, dafür bin ja ich da. Der Stoff an sich ist sentimental, absehbar und von vielen Wiederholungen belastet. Die erzählte Zeit darzustellen ist noch das geringste Problem. Was soll ich tun?

In Berlin wartet Matthus auf *sein* Libretto, die Cosima-Oper. Werde ihm schreiben müssen. Halbes Jahr verschieben.

—

Vögel zwitschern, bis man sie abschießt, Bäume wachsen, bis man die Himmel umzäunt.

—

Dabei – muß mir das klarmachen – ich hatte M. ein komplett ausgearbeitetes Libretto geliefert, den *Lazarus* – und als ich fertig war, sagte er, ja, ganz gut, aber ich hab jetzt einen besseren Stoff, wir machen Tausendundeine Nacht! Wie bitte? Kaufs dir, gibts ganz billig, 120 Mark für 1200 Seiten, lies es mal schnell durch und such dir was Geeignetes raus! Aber *Aziz und Aziza* muß dabei sein, und irgendwas mit nem Dämon, ja?

—

Die Nachwelt hat ein untrügliches Gespür für solche, die ihr nichts hinterlassen haben als sich selbst in zerquälten Passepartouts. Man muß geben. Suchen und quengeln reicht nicht. Was bleibt, die gestifteten Lichter – müssen nicht nur leuchten, auch wärmen.

—

Nicht das Gespaltensein ist Johansers Dilemma, sondern der *Wunsch* nach Gespaltensein, der immer schon da war – illustriert in der Episode, als er, Gymnasiast noch, Franz und Karl Moor spielen wollte. (Was wegen Erkältung nicht zustandekam.) Ähnlich entstand seine Moral: Konstrukt aus dem Kopf, nicht aus dem Gefühl, mit implantiertem Selbstzerstörungsmechanismus. Jeder Schicksalsschlag löst den Moralzerfall, die Katastrophe aus. In diesem Punkt habe ich doch wieder *mich* problematisiert. Auch ich bin geborener Amokläufer, verheirateter Teddybär.

14. August, Montag

Finde eine Notiz: *Bin im botanischen Garten, komme gegen 13 Uhr. Bea.*

Ab halb zwei schon mach ich mir Sorgen, die schnell zur Panik mutieren. Das ist krankhaft, ich weiß.

Um 10 vor zwei seh ich sie endlich die Garage hinabfahren, sie ist gerettet, wieder einmal.

—

Mit Barbara N. über das Stück geplaudert, das mich jede Nacht hin und her schmeißt.

Ist es gut, ist es schlecht? Ist es nötig oder nicht? Wie kann mans anders schreiben? Muß es so sein? Lohnt es die Feinde, die man sich damit macht? Soll mans nicht doch ein Jahr zurückstellen? Oder zur riesigen Materialsammlung degradieren? Oder ist es genau das, was die Zeit braucht?

—

Aus der Videothek ‹Leon› geholt.
Lange am Lied gearbeitet.

—

Im Fernsehn: Die letzte Nacht des Boris Gruschenko. Von den frühen Allen-Filmen noch der erträglichste. Auf zwei schlechte kommt ein guter Witz. Was mich an Allens pseudophilosophischen Anflügen so abstößt, ist die Kleinlichkeit seines Denkens, die Unfähigkeit zur Poesie. Dieses thanatophobische Gewimmer, das man mit 50 doch endlich mal überwunden haben sollte. Dieses, im üblen Sinne, Allzumenschliche.

—

Habe beschlossen, mich gegenüber M. zurückzuhalten mit Kritik. Irgendwie müssen wir da jetzt durch, und ich hoffe darauf, daß er mit der Zeit selbst einsieht, was gut ist und was nicht.

Darf auch nicht vergessen, welcher Druck auf ihm liegt. Henze sagte zu ihm – in meinem Beisein – daß es auf diese Oper wirklich ankomme – sehr bedrohlicher Satz, klang wie: Abgrund oder Durchbruch, letzte, oder wenigstens für lange Zeit beste – Chance.

Ob er sich dessen bewußt ist? Er tut so unbekümmert, verschwendet Zeit, gibt Konzerte in Mexiko, an denen er nichts verdient.

—

Um halb zwei noch Anruf von E. Schildert neueste Entwicklungen im männlichen Umfeld, sehr dramatisch. Ich wollte schon mal nen Roman draus machen, aber längst hat, was da passiert, die Grenze zur Glaubwürdigkeit überschritten. Das Leben, jedenfalls E.s Leben, ist eine Seifenoper. Ich mach mir Sorgen wegen ihr.

—

Schon wieder mein Stück durchgelesen, von vorn bis hinten, und wieder zu keinem Ergebnis gekommen. Aber so wie es ist, kann es nicht raus, das ist gewiß.

—

Im Nachtkonzert Marc-Antoine Charpentier – Suite d-moll für Streichorchester, eine echte Entdeckung.

—

Es ist mir unwohl bei dem Gedanken, das Stück schon an so und so viele Leute verschickt zu haben, deren Meinungen dazu mir wenig gebracht haben. Bisher hab' ich, was mißlang, schnell von der Bildfläche verschwinden lassen. Jetzt mach ich mir das unmöglich. Das Stück ist zu zeitgeistig. Interessiert in fünf Jahren niemanden mehr. Würde vielleicht grade deshalb gelobt werden.

Bayern München verliert ein Freundschaftsspiel bei Deportivo La Coruña mit 0:7, das Spiel glich totaler Arbeitsverweigerung

—

Neben der von Schnittke gibt es bald noch eine Oper über das Leben von Gesualdo, hab vergessen, von wem, aber auch dieser Komponist hat sich nicht an mich und meine Gesualdo-Biographie gewandt. Selber schuld. Das wär ein Opernstoff, Gott, was könnte ich daraus machen!

—

Kurz vor drei zum Entschluß gekommen, das Stück zurückzuziehen, endgültig. Die vielen guten Sätze darin werd ich schon anderswo zweitnutzen können, ich muß nicht auf Teufel komm raus den Betrieb bedienen, jedenfalls nicht den Theaterbetrieb. Gescheiterte Werke aufzugeben ist leicht, eine Sache des Willens. Hart wird es, wenn die Werke nicht wirklich gescheitert sind, ja vielleicht große Publikumserfolge werden könnten, nur eben nicht an die eigenen Ansprüche heranreichen.

Der Mond ein Spionagesatellit, der Himmel allzu tiefer Flügelschlag.

—

Die letzte Ausmistung Thanatos verschiebe ich auf die Tage in Venedig. Würdiges Klischeelokal für so ein Vorhaben.

—

Zu wem gehöre ich? Wo ist meine Generation? Bin ich ein Einzelexemplar, das Fraktionsstatus beansprucht?

15. August, Dienstag

Beatrice beschwert sich, hat 20 Seiten Proust gelesen, was ich ihr da angedreht hätte, das sei ja entsetzlich. Bin froh, hatte schon Angst, es könnte ihr gefallen. Proust – einer der, vor lauter Mythifikation, kaum mehr korrigierbaren Fehlgriffe unsres Jahrhunderts. Daß es Leute gibt, die dafür ihr Leben gäben, bedeutet nur, daß deren Leben an halbseiden Faden hängt. (Auch nicht so doll, das Wortspiel, aber ist ja bloß Tagebuch ...) Proust – wie Joyce, Nabokov und, in Teilen, Thomas Mann – Ikonen, die schnell vergehen werden, weil sie nicht wirklich gut gewesen sind, oder jedenfalls viel zu überfeiert, für das, was sie tatsächlich geleistet haben. Die Herders und Wielands des 20. Jahrhunderts.

—

David Mamet hat neulich in einem Interview über seine eigene Verfilmung von Oleanna stolz darauf verwiesen, er habe Brecht vorher nicht und nachher nicht gelesen. Symptom des neuen Winds, der überall weht. Die eigene Ignoranz offensiv zu verkaufen, das Brett vorm Kopf als Hiebwaffe zu verwenden, so wie Radisch in Klagenfurt.

Schlüsselsatz Thanatos: «Man muß nicht mehr lesen.»

—

Wieder kommt J. vorbei, tauscht den Systemmanager gegen einen anderen, was nichts bringt, die Spiele laufen nicht oder stürzen ab. Immerhin eine hübsche Tetris-Version.

—

Siebenkäs läßt mich heute räuspern – muß sowas wirklich sein? Lese wie in einem Dialekt, von dem ich nur Bruchstücke verstehe. Verschob die Lektüre auf nüchterne Zeiten. Bach-Klavierkonzerte 1 und 5.

—

La Luna, die falsche Blondine, das Blendwerk aus Abglanz. Der Mann im Mond ist begraben, bleibt seine Witwe, das einäugig tantiemengeile Weib.

Von dem Stück kann ich einfach nicht loslassen. Wenn man die zweite Hälfte vollständig entfernte, und die Handlung völlig anders – aber wie ... Das ist Leichenfledderei. Und unprofessionell.

—

Anna ist, fällt mir ein, der Name meiner Ur-Ur-Großmutter (geb. 1810 und, ich glaube, mit Schumann auch gestorben). Tagelöhnerin, letzte Spur meiner Ahnenreihe. Habe begonnen, den Schrank auszumisten: Über 20 Plastiktüten voll Krimskrams, besser, ich erledige das jetzt, in 20 Jahren würde mir sicher einiges das Herz brechen. Fand früheste Gedichte – 79-81, die ich verbrannt glaubte.

—

Ich hatte mir eine neue Brille gekauft. War in keiner Krankenkasse; die 160 Mark trafen mich hart. Abends torkelte ich betrunken zur Toilette, die Brille saß locker, ich beugte mich runter, hob den Klodeckel, die Brille rutschte von Ohren und Nase, beide Gläser zersprangen. Ich hörte die Stimme des Mighty Designers: Wenn du groß sein willst, mußt du jetzt die Spülung ziehen und lachen! Ich zog die Spülung und sagte: Ha-Ha. (1985)

16. August, Mittwoch

Heute wäre Bukowski 75 geworden, mein Vater wird es im November. Werde beide nicht besuchen, den einen nicht am Grab, den andern nicht im Leben. Das Schuldgefühl ist auszuhalten. Es geht nicht anders. Ich bin jetzt auf unheimliche Weise froh, meine Eltern neulich – zufällig – in Starnberg gesehen, ein paar belanglose Worte mit ihnen gewechselt zu haben. Von welch verkrampfter, herbeigezwungener Normalität dieses Kurzgespräch war! Als hätte man sich vor drei Wochen zum letzten Mal gesehen, nicht vor fünf Jahren.

—

In der AZ eine Besprechung über einen Krimi von Gerhard Roth. Tenor: Während Roth früher sehr experimentierfreudig gewesen sei, habe er nun gute Unterhaltungsliteratur verfaßt, deren Niveau gegenüber den anspruchsvollen vorhergehenden Texten stark abfällt.

Diese Gleichung! Experiment = Anspruch = Niveau. Diese Gleichung, die keinen Moment lang stimmt und die Literatur ins Abseits gedrängt hat.

Wann kapieren diese Sibylle Cramers (sie ist nicht nur das beste Beispiel, sie sieht auch noch so aus) endlich, daß nichts so leicht und von selbst fällt wie Scheiße und Avantgarde! Einen Text wie Franzobels Siegertext in Klagenfurt schreibt man – an einer guten Bar – in 40 Minuten. Radek: «Sowas haben wir mit 17 gemacht.»

Mit 17 hat er immer noch sowas gemacht?

Klagenfurt dieses Jahr bedeutete sowieso das Ende

seiner selbst. Die wenigen guten Texte (von Händl, Oswald und Knapp) gingen (wie fast schon üblich) leer aus, man hat wohl beschlossen, in Kl. künftig experimentelles Nachwuchstheater zu machen, was anderes ist wohl auch nicht mehr möglich.

—

Beatrice macht mich auf einen Artikel E. Kuglers in der ‹Passiflorunde› 3/95 (Fachblättchen der Passionsblumenfreunde) aufmerksam. Dort wird Eco, der sowas ja krampfhaft zu vermeiden sucht, mehrerer Fehler in «Der Name der Rose» überführt.

S. 140: «Sie (die Myrrhe) wächst auf einem Baum namens Balsamodendron myrrha. Und hier die Alraunwurzel, Mandragola officinalis [Bea: «Müßte Mandragora heißen.»], *fördert den Schlaf.» Obgleich Eco sich viel zugute hält, Anachronismen vermieden zu haben, ist dies das typische Beispiel eines solchen. Die binominale Nomenklatur wurde zwar bereits vor Linné von einigen wenigen Botanikern in Einzelfällen verwendet, der Gebrauch im 14. Jahrhundert scheint aber ausgeschlossen. Und wenn wir schon bei Eco sind: Ein weiterer schrecklicher Anachronismus ist auf S. 393 zu finden: «Schaffleisch mit scharfer Paprikasoße, weiße Bohnen ...» Paprika (Capsicum) und Bohnen (Phaseolus) waren bekanntlich vor Kolumbus in Europa unbekannt. Es gab nur Langbohnen (Vigna), die zwar eßbar sind, im allgemeinen aber bloß als Tierfutter dienten.*

Sixtuwohl, hua hua schadenfreu, da gehör ich lieber zu den Pöten, die gewesene Fakten als veraltet ansehn. (– *«Jetzt machte ich moquante Glossen über Dichter, die in ih-*

ren historischen Romanen den Mond hatten scheinen lassen, wenn er weder im Kalender noch am Himmel stand.» – Arno Schmidt, Schwänze)

—

Bea schnappt sich besagte ‹Schwänze›, kommt Minuten später ins Zimmer: «*Daher* hast du dein ‹Nümfn›? Ich bin enttäuscht!» Sie deutet auf eine Stelle in ‹Kühe in Halbtrauer›. Aber das ist von mir! Was kann ich dafür, daß es mir irgendwann einmal jemand vorweggenommen hat? 1963 – da war ich völlig wehrlos, weil gar nicht auf der Welt. Bei Schmidt heißt es auch *Nümfm,* mit m, das halte ich für ungenau.

—

Beatrice, der süßeste Allosaurus, der vorstellbar ist. Den Nachmittag verspielt.

—

Wieder Fisch gegessen, Scholle, wohlschmeckend und billig.

—

Für Homonov: … *wie im Sturzflug – haha, wenn die Motoren versagen – und man die Erde viel zu schnell einem zunahekommen sieht.*

—

Léon, von Luc Besson – totaler Schwachsinn. Ärgerlich, wirklich. Hätte nie gedacht, daß ich selbst mal das Adjektiv menschenverachtend gebrauche, auf einen Film bezogen. Absurde Geschichte, wie von einem Zwölfjährigen ausgedacht. Auch kein surrealer Ansatz. Auch nicht besonders gespielt. Gary Oldman als Bösewicht trägt drei Spuren zu dick auf. Ich ahne nun, daß *Nikita* nur deshalb so gut ist, weil sich der Regisseur noch nicht so recht mitzuteilen wußte. Qualität aus Versehen.

—

19:30 – es regnet in Strömen, es duscht und prasselt. Der Himmel ist weiß wie Milch! Absolut weiß! Sowas hab ich noch nie gesehen.

—

Zum Stück, 1:30. Alle Entschlüsse wieder über den Haufen geworfen. Es kommt spätestens raus, wenn ich tot bin, hab's schon zu vielen gegeben, die hüten das wie einen Schatz. Also ist es besser, ich bring es selber und versuche, es so gut zu machen, wies nur möglich ist.

Sehr intensiv und rauschhaft an ‹Toy› gearbeitet.

—

Mein Gefühl für Zeit läßt immer stärker nach. So mußte ich eben tatsächlich überlegen, ob wir in diesem Frühjahr in Spanien waren, oder im letzten. Weist in der negativen Auslegung auf ein Einerlei der Tage hin. Die positive hieße einfach nur: Glück. Alle 5000 Jahre glückt es, sagte Richard zu Cosima. Das scheint stark übertrieben.

—

Das schönste Malentendu vom diesjährigen Klagenfurz entstammt einem Verlegergespräch:

«Haben Sie auch einen Autor hier?»

«Nein, ich bin mit der Bahn da.»

—

Leichenwägen patroullieren durch die Straßen, suchen Kundschaft, Taxis des Todes, von Robotern gelenkt, die sich als gescheiterte Akademiker tarnen.

—

Mir fällt auf, daß ich im Tagebuch zu häufig Abkürzungen verwende, die zu Mißverständnissen führen könnten. R.K. gibt es jetzt zweimal.

—

Vor die Wahl gestellt
zwischen der Frau und dem Gedicht,
wähl ich die Frau.

17. August, Donnerstag

Nachmittags konzentrierte Arbeit bei diesigem Wetter. Gespräch mit Beatrice über die 50er Jahre in Deutschland – daß es kaum jemals wieder eine Dekade geben wird, deren Muffigkeit ein künstlerisches Hineinversetzen, ob per Film, Roman oder sonstwas, so weit von sich weist. Wir suchten Gegenbeispiele, fanden kein halbes Dutzend.

—

Abends in die Stadt, traf Katharina im Baader, tranken sechs Bier zusammen, d. h. zwölf.

Sie erzählt von kruden chinesischen Speisezetteln: Eben geborene Mäuse, die man lebendig auf eine glühende Nadel spießt und roh verzehrt – sind noch kaum Knochen dran oder Haare. Die chinesische Essensphilosophie lautet: je lebendiger, desto gesünder. Das mit dem Affenhirn, das man roh aus der Schädeldecke löffelt, stimmt, und Lorenz hat in Hongkong ja (ganz sicher war er sich nicht) Placentasuppe gegessen. K. erzählt vom Fisch, dessen Kopf man in kalte, feuchte Tücher einschlägt. So kommt er auf den Grill, und das Essen ist nur gelungen, wenn der Körper schön durchgebraten ist, die Kiemen aber noch schlagen. Grausamer noch die Geschichte vom Hahn, der lebendig in der Erde vergraben wird, um eine besondere Art von Würmern anzuziehen, die Aas verschmähen und den Hahn bei lebendigem Leib auffressen. Diese Würmer gelten als große Delikatesse. Was der Mensch der Kreatur antut – seltsam – in einem Land, in dem viele an Wiedergeburt glauben, also an die Möglichkeit, selbst einmal Hahn, Maus oder Fisch zu sein. Wie man bei der Vorstellung solcher Qualen überhaupt leben kann?

Der Abend war wirklich witzig. Ging um kriegerische Lyrik anno 1914, über meinen Kampf mit dem Stück (bei dem es keine Gewinner gibt), über dies und das, ich weiß schon nicht mehr, ach ja, die Sommerloch-Soap-Opera Peter bzw. Steffi Graf – wieso man bei einem Vermögen von 90 Millionen Mark unbedingt noch 20 an der Steuer vorbeischmuggeln muß? – Schumacher bekommt für den Wechsel zu Ferrari 70 Millionen, das sind Zahlen, die auf Dauer den demokratischen Konsens der freien Marktwirktschaft aushöhlen und den Gedanken an die Revolte wieder hoffähig werden lassen. Es ist geradezu aufreizend. So, als herrsche in diesem besten aller möglichen Systeme ein Trieb zur Selbstzerstörung vor.

—

Ich höre K. sehr gerne zu, sie verwendet Wörter wie *Unbill, unleidig, Fährnis,* ohne daß es unnatürlich wirkt. Statt ‹Frauen weinen schneller› sagt sie: ‹Frauen sind näher am Wasser gebaut›. Enger Mund, umso vollere Lippen. Manchmal schnellt ihre Zungenspitze vor, sie zupft ein Tabakfädchen weg, sieht schwer laszív aus.

—

Im Taxi gelesen: Zwanzig Seiten von *Brands Haide,* welch ein Genuß! Andererseits bin ich Schmidt ein bißchen böse. Machte es sich mit seiner Zerstörung des grammatikalischen Kontrakts sehr einfach, schuf sich mit einigen Hammerschlägen ein weites Feld, wurde zum Freibeuter der Wörter, segelte aber oft auch außer Sicht, verfiel den Zwängen des Zettelkastens. Eine Strafe dafür könnte die absolute Unübersetzbarkeit sein.

—

Zu Hause noch zwei Bier und eine Flasche Retsina, dabei aber relativ nüchtern. Viele gute – zumindest sonderbare – Ideen.

—

Das Callas-Buch – ist es wirklich das, was ich machen will? Oder versprech ich mir nur Unterhalt davon? Fragen, die sich immer stellen, wenn etwas zu leicht scheint. Hoffe auf kommende Lottoziehung.

—

Über der Stadt lag ein unbeständiges, pulsendes Wimmern, ähnlich den Obertönen einer Orgel.

Wer oder was das leise Wimmern erzeugte, fragte niemand; es handelte sich um kein Phänomen akustischer Natur, wiewohl es als Musik empfunden wurde. Musik, die schrecklich war und verstören wollte, die aus den Lichtflecken am Rande der Wolken herabströmte, genauso aber dem Straßenneon entstieg und Herkunft und Richtung im gleichen Maß verbarg, so sehr man darauf horchte. Die Zeitung des nächsten Tages berichtete davon nichts. Jeder nahm es wahr und behielt es für sich, als Geschenk, ihm allein bestimmt.

18. August, Freitag

Marcel zum 34. gratuliert.

—

Während Beatrice die ersten Seiten A&A in ihren Apple tippt, kommt es zum bösen Computerabsturz – allerdings in sehr handgreiflichem Sinn: Der Holztisch bricht zusammen, Monitor und Rechner krachen aus anderthalb Meter Höhe zu Boden. Schuld war der Gymnastikball, den Bea als Sitzmöbel gekauft hat – sie verlor beim Wippen das Gleichgewicht und hielt sich, um nicht davonzurollen, an besagtem Tischchen fest (labile Eigenkonstruktion).

Zum Glück erweist sich der Apple als robust. Nicht einmal das, was wir eben reingetippt haben, ist verlorengegangen. Besonders süß: Eine Sekunde nach dem GAU kriecht Beatrice aus den Trümmern und drückt auf der Tastatur die ‹Save›-Kombination.

—

Um fünf in den Club, gespielt wie ein Besessener. Ludwig zeigte eine hübsche Studie:

W: Kg3, Sg1, Ld8, h5, d3, S: Ke3, a2, h7 Weiß gewinnt.

(1.Lf6 d4 2. Sf3 a1D 3. Ld4: wird nur Remis)

—

100 Mark auf Schalke (Heimsieg gegen Rostock) gesetzt – Geld ist futsch. 1:3. Diese Arschlöcher.

—

Arbeit an A&A. Wie ich es hasse! Der bisherige Text liest sich wie aus dem frühen 19. Jahrhundert, soll er ja, soll sangbar sein, wenn möglich noch mit Reim, na schön, hier und da, wo sich's ergibt, bzw. wo man es sonst vermeidet ...

—

Weiter im Siebenkäs. Jean Paul war der erste deutsche Autor, der (behauptet Bernhard) von seiner Schreibe leben konnte. Schwer nachzuvollziehen.

—

Gedicht:

Nur Hügel? Schultern eines
vergrabenen Körpers, dem ich
Kopf, Gedächtnis, Stimme gebe,
bis meine Haut, grün vor Gras,
mehr umspannt als nur mich selbst,
der nächste Narr die Hügel krönt.

In der Zeitung taucht wieder mal Gilching auf – beim katholischen Pfarrer von St. Sebastian sind Hunderte von Kinderpornos beschlagnahmt worden. Derweil widmet die AZ eine ganze Seite den Leserbriefen zum Kruzifix-Urteil. Ich wäre beinahe mal von der Schule geflogen, als ich das Kruzifix von der Wand nahm und aus dem Fenster schmiß.

Die das Urteil ins Rollen brachten, sollen von entrüsteten (!) Christen schon über 20 Morddrohungen erhalten haben.

—

HH lobt den neuesten J.-Eiter. *Müßte* ich was Gutes drüber sagen, fiele mir nur ein: Relativ zur Streeruwitz ist sie nicht schlecht. Besonders abgefeimt der Werbegag, der, vom STERN ausgehend, von fast jeder Rezension übernommen wird: nämlich den angeblichen Wortreichtum statistisch zu untermauern *(insgesamt hundertundnochwastausend verschiedene Wörter!! Über 6000 kommen nur einmal vor!!)*. Aber eins macht mir gewiß niemand weis: Daß sich irgendein Rezensent die Mühe macht, Wörter zu zählen. Wer dann?

Jetzt weiß man endlich, was J. treibt, wenn andere …

—

Bernhard empfiehlt: ‹Don Juan de Marco›.
Karlsruhe – FCB 2:6

—

Beatrice kämpft sich durch Proust und giftet den Nachmittag über, welch eine weinerliche Scheiße das sei, (besonders die Szene, wo der junge M. flennend-flehentlich auf den Gutenachtkuß der Mutter wartet), kann nicht glauben, daß es Menschen gibt, denen sowas gefällt. Ich glaubs ja auch nicht, aber es muß so sein.

Bernhard warnt, daß ein Buch wie dieses das Leben verändern könne: «Zwei, drei Bände lang wehrt man sich noch, schreit, weigert sich, will *leben* – danach – Heiko zum Beispiel, der war ja vorher schon recht schlurchig (sic!), aber nach Proust ... war mit ihm überhaupt nichts mehr anzufangen ...»

—

Gegen acht fahren wir Bernhard zur S-Bahn, uns selbst zum Hügel, der inzwischen in eine Pferdeweide umfunktioniert ist, elektrisch umzäunt. Das Gras ist sehr hoch, alle fünf Meter eine Nacktschneckenfamilie von ca. 6–10 Exemplaren. Unser alter Spazierpfad ist überwachsen von Schilf und Brennesseln.

Schweigeminute für die tote Meersau († '94)

Bea: «Sie war die beste Meersau, die ich je kannte. Kam sogar auf Zuruf herangehoppelt, das ist – bei einem IQ von 2 – außergewöhnlich.»

Auf dem Kiesweg gibt es jetzt eine Solarlaterne.

Sprang nicht an, trotz fortgeschrittener Dämmerung. Wir sahen großes Himmelstheater. Wie ein geöffneter Bühnenvorhang war aus dem Spätblau ein tieforangener Fleck herausgerissen. Bea: «Wie ein gebänderter Achat.»

Ich: «Aha.»

Wir zeigten uns Wolkenfiguren: Sphinxe, Greife, Löwen.

Am Wegrand rote Dahlien. Hierher, zur Gärtnerei, kam ich früher manchmal, wenn ich nachts viel Hunger hatte – dann stahl ich Kopf- und Endiviensalat. Heute könnte man hier Kürbisse mitgehen lassen, Zucchini und Gurken. Spät, viel zu spät. Beas Melancholie mindert sich.

—

Verlustmeldung: Auch der dritte Bumerang ist fort.

—

Abends auf ein Bier im Skorpion, danach vorläufige Endfassung der Weihnachtsphantasie.

20. August, Sonntag

Erst um 3 Uhr aufgewacht, weil um halb acht ins Bett gegangen, hab mir noch das Tyson-Comeback ansehen müssen, lausiges Spektakel von anderthalb Minuten. Habe nebenher mit dem Computer Backgammon gespielt, der Dreckskerl hat sich Würfel gegeben, wie er's brauchte.

—

Fuhren die herrliche Landstraße nach Gauting, machten einen Waldspaziergang, entdeckten in einem winzigen Teich viele (für die Jahreszeit zu kleine) Molche.

Als eine riesige Libelle beinah mein Gesicht streifte, sagte Beatrice: «Keine Angst. Die Libellen horchen auf mein Kommando!» Mir kam, nicht zum ersten Mal, der Verdacht, sie sei eine Fee, oder gutherzige Dschinnie. Ich wagte nicht, sie danach zu fragen, denn wenn es stimmt, löst sie sich auf und verschwindet. Also ging ich stumm neben ihr her.

—

Abends in die Stadt, das Gabriel-Kino testen – tolle Beinfreiheit, noch mehr als im Maxx. Es lief ‹Congo›, den uns Bernhard als ‹ziemlich aufwendiges B-Movie› beschrieben und gelobt hatte – und mit Recht, ein lustiges, manchmal unfreiwillig komisches, manchmal sich selbst auf den Arm nehmendes Abenteuerspektakel.

Riesige Löcher im Plot, aber (seit Ed Wood geflügeltes Wort): *«Kleinliche Details sind nicht wichtig.»*

Selten wurde in 90 Minuten soviel Handlung gestopft.

Bea: «Hast du gemerkt – im ganzen Dschungel kam kein einziges Insekt vor! Die hätten wenigstens ein paar Schmetterlinge durchs Studio fliegen lassen können!»

—

Probierten danach das Ralph's – einziges amerikanisches Restaurant der Stadt, oder wenigstens des Branchenbuchs. Klassische Szene.

Ich: Ich nehm den Burger mit Fries und Coleslaw.

Bea: Ich auch.

Ich: Nimm doch was anderes, und wir teilen, dann können wir zwei Sachen probieren.

Bea: Na schön. (Bedienung kommt, ich geb meine Bestellung auf)

Bea: Ich brauch noch fünf Minuten. (Bedienung geht ab)

Ich: Nimm doch das da, klingt gut! (Rindfleisch mit Maiseintopf nach Indianerart)

Bea: Hmm, nein, ich glaub, ich nehm die vegetarische Platte.

Ich: Du willst ausgerechnet beim Ami vegetarisch essen?

Bea: Na und?

Ich: Abgesehen von allen anderen Kriterien – wenn wir tauschen sollen, könntest du schon irgendwas bestellen, was mir auch schmeckt.

Bea: Also gut, (Lippenverhärtung) dann nehm ich das.
Ich: Was?
Bea: Was du mir rausgesucht hast.
Ich: Ich hab dir nichts rausgesucht. Vergiß es, iß, was du willst.
Bedienung: Haben Sie's?
(Bea studiert, mit bebenden Wangen, die Speisekarte, gibt keine Antwort. Die Bedienung bleibt stehen mit gezücktem Stift)
Ich: Sie sehn doch, die Frau hat sich noch nicht entscheiden können. Kommen Sie später wieder!
(Bedienung irritiert ab)
Bea: (die Tränen beginnen zu laufen) Ich hab überhaupt keinen Hunger mehr.
Ich: Bestell dir endlich deine vegetarische Platte.
Bea: Nein, ich hab wirklich keinen Hunger mehr.
Ich: Nimm den Hamburger! Ich flehe dich an!
(Kellnerin geht vorbei, blickt erwartend in Beas Richtung)
Bea: Dann nehm ich auch einen Krautsalat.
Kellnerin: Das ist alles?
Ich: Ja.
Bea: Ich heul nicht absichtlich. Kann nichts dafür. Wenns mal läuft, dann läufts.
Ich: Nimm meine Serviette.
Bea: Ich hab noch.
Die Kellnerin bringt meinen Hamburger, monströses Ding mit viel Salat, dazu eine Gigantenportion Fries, die Szene löst sich in Koseworte und Liebesschwüre auf.
Bea: Jetzt brauch ich doch deine Serviette. Meine hat die Kellnerin mitgenommen.

Plötzlich beugt sich jemand über meine Schulter. Hebt mit einem Finger das Oberteil meines Burgers an. Es ist die (andauernd seltsam summende) Kellnerin.

«Tut mir schrecklich leid, mein Herr, das ist wirklich peinlich, aber – der Koch hat vergessen, das Fleisch reinzulegen!»

Ich: ????

Kellnerin: Ich bring Ihnen einen neuen.

(geht kopfschüttelnd mit dem Teller ab. Ich hatte vom Fleischdefizit noch nichts gemerkt bzw. auf die hinter dem Salat versteckten Territorien vertraut. Bea kichert. Keine Minute vergeht, und der neue Burger kommt – er ist doppelt so hoch wie der alte –, reicht lokker für uns beide. Dafür fehlen diesmal Cheddar und Bacon)

—

Noch ein Nachtspaziergang zu Füßen des Hügels. Sehr zärtliche Momente, aber eigentlich ist jede Minute des Tages zärtlich, Ausnahmen stechen heraus.

Diesmal läuft die Solarlaterne: gibt dunkelorangenes Licht. Beatrice erklärt mir die Unterschiede zwischen Zikaden und Grillen, Heuschrecken und Heupferden. Ich hielt das alles für dieselbe Chose.

Verpasse die erste Viertelstunde von Medea (Pasolini).

—

Hab nicht arg viel verpaßt. Verquerer Film mit den albernen Verfremdungselementen der sechziger Jahre.

Ein paar wenige stimmungsvolle Momente, die aus der Verquickung von überzeugenden Kostümen und stilvoll aufgenommener Landschaft herrühren.

—

Danach noch Reime scheißen für Aziz & Co.

Treffen mit D. Weißes Bräuhaus. Gemeinsames Plattenkaufen bei Beck's. Spaziergang zur Isar.

Gespräch blieb aufgrund der frühen Tageszeit oberflächlich.

—

Der Mond war ihr zu halb, zu voll, zu neu, zu alt. Papier war mit Klischees vermint. Aus Angst, in eines zu treten, beschrieb sie eine mondlose Welt.

—

Zu Hause im Kühlschrank: ein Glas mit Wildpreiselbeeren. Das Besondere: *Haltbar bis März 2000.* Zum ersten Mal seh ich das neue Millenium im Alltag nahen. Ich weiß noch, 1975 hab ich gedacht, es ist noch so weit hin, noch 25 Jahre, ein Vierteljahrhundert.

1975 war gestern.

—

Neuen Bumerang gekauft. Zerbrach nach den ersten zehn Würfen. Fluch?

Mit Beatrice ins Breitwand: *Farinelli.* Belanglos, krude Handlung, tolle Musik, die stark anrührt und teilweise Hitqualität besitzt, das ‹Ombra fedele anch'io› Broschis z. B. oder das ‹Lascia ch'io piango› aus Händels Rinaldo – herrlich! –, seltsam, daß das nicht schon immer zum Repertoire der Galaabende gehört hat. Mit Hasse dagegen kann ich nicht warm werden.

Wieder denke ich, welchen Erfolg ‹Melodien› hätte haben können – wir wären bis ans Lebensende versorgt gewesen. Und um ein paar erotische Weihnachtsphantasien ärmer.

—

Arbeit am Lied. Es gedeiht.

—

Antje erzählte neulich von einer Frau, die ihren vierjährigen Sohn noch stillte, der kam dann jeweils an und sagte: *Mama! Brust*! Was geht in so einer Mutter vor? Wahrscheinlich das Extrem dessen, was mir das Muttersein so widerlich macht – ich bin da beinah pathologisch.

—

Das Mahl des Herrn Orlong, Moritz' beste Oper bislang – wie arm wäre eine Welt, die sie nie mehr zu hören bekäme! Es gab nur drei Aufführungen, im Rahmen der Biennale '89. Welch wundervolle Musik! Fühle mich *ausgezeichnet* dadurch, daß ich sie – per Cassette (Livetake) – besitzen darf. Wenn dann irgendein Lackel kommt und von der Krise der Oper redet – nachdem jahrzehntelang alles verhindert wurde, was ihrer Idee zu sehr entsprach …

Ist Moritz Eggert ein singuläres Phänomen – oder

harrt da noch vieles andere der Entdeckung? Stellt sich zuletzt gar heraus, daß unsre Zeit große, verschüttete Musik birgt noch und noch? Spät am Morgen gehört das Posaunenquartett – unglaublich gut, vielleicht sogar das beste Posaunenquartett überhaupt –, es gibt in dieser Gattung nicht viele Juwelen.

22. August, Dienstag

Ekliger Traum, ich riß mir mit bloßen Fingern Gemüseähnliches aus der Kopfhaut. Kleine Avocados und Feigen wuchsen im Gesicht.

—

Die üblich gewordenen Arbeiten, der übliche Frust deswegen. Der Tag schleppt sich hin.

—

v. Zimsig: Er ist immer so gut gekleidet.
Helga: Das kommt, weil er immer dasselbe trägt.

—

Im Spiegel ein wirklich widerlicher Verriß RRs des neuen Grass. Nicht, daß ich glaube, das Buch würde viel taugen, aber die heuchlerisch freundschaftliche Art – könnte einer Kishon-Satire entstammen –, mit der RR jedem Verdacht von Häme & Wollust vorbeugen will – um dann doch mit beiden Händen in Eingeweiden zu wühlen.

Fast überliest man (weil man hier mit RR d'accord geht), daß er Grass falsche politische Ansichten vorwirft. Wann hat man das zuletzt in einer Literaturrezension erlebt?

Das Maß des Clowns ist endgültig voll. Das Riesenreich Ranicki bröckelt – ein quasi stalinistischer Unterdrückungsapparat aus strategisch plazierten Speichelleckern. Niemand wird einmal glauben, daß so etwas möglich war. Man wird die Geschichte der deutschen Literatur der letzten 20 Jahre umschreiben müssen, ihr den Rang zuweisen, den sie in der Welt tatsächlich einnimmt.

RR hätte abdanken müssen, sobald er langweilig wurde. Das Perfide an der Angelegenheit – Grass wird von diesem Verriß nur profitieren, RR wird sich genau darauf herausreden – und die vielen weniger renommierten Schriftsteller, die er vernichtet hat – über die redet keiner.

Das ist auch gar nicht a priori das Problem, ein Künstler, der den Namen verdient, läßt sich durch so was nicht vernichten, es geht eher um die pauschale Abqualifizierung der deutschen Literatur und damit einhergehend die Überbewertung gewisser Autoren, die er der hiesigen Leserschaft aufgezwungen hat. Autoren, die meistens nur gut waren, wenn man sie nach den Qualitätsmaßstäben der 50er Jahre bemaß. Die wenigen Deutschen, die er auf den Schild hob, waren fast durchweg die falschen, als suchte er nach einer noch raffinierteren Art, die Leser von der Minderleistung unserer Literatur zu überzeugen. Eine regelrechte Umerziehung fand statt.

—

Abends zur Isar gefahren, kurzer Spaziergang, danach *Don Juan de Marco* im MaXX – das bis auf weiteres aus unserer Planung gestrichen ist – 35 Minuten Werbung (davon nur 5 Minuten Trailer) – unverschämt. Der Film – ein luftig-leichtes Potpourri aus Gags und Lügen, hat mich nicht überzeugt, geschweige denn bezaubert, aber auch nicht gelangweilt. Marlon Brando ist fett wie ein Wal, Faye Dunaway unglaublich alt, Johnny Depp hervorragend.

Dem Publikum hats gefallen: nach Ende brauste spontaner Applaus auf, klatschende Leute, das hab ich – in einer normalen Vorstellung – noch nie erlebt.

—

Nachts die Zeit-Arie des Aziz geschrieben.

Ein Junge wirft seine verbrauchte Telefonkarte mitten auf den Gehweg. Ich bleibe stehen, warte, linse verstohlen. Wirklich hebt der erste Passant sie auf, geht damit in die Telefonzelle und prüft, ob noch Geldwert drauf ist. Hat der Junge die Karte mit Absicht dort fallen gelassen? Um andere zu ärgern? Oder war er nur zu faul, zum Abfalleimer zu gehen?

Wenn man jemanden fragt, warum er ein Cobain-Gedenk-T-Shirt trägt, was er an Cobain gut findet, hört man am ehesten: «Naja, er hat sich halt erschossen …»

—

Hatte eine waghalsige Idee für ‹Toy› – Versuch, auf 150 Seiten den Extrakt aus Melodien und Thanatos zu erreichen, in der witzig-kurzen Variante. Interessant, wie leicht ein Abfallprodukt Karriere machen kann.

—

Heute im Renovierschutt meiner Vermieterin entdeckt: ein Münchner Merkur vom 25.11.63

Beherrschende Themen: die Ermordung Kennedys sowie die Wiedereröffnung des Münchner Nationaltheaters. Ich erfahre so, daß vor den ‹Meistersingern› (eigentlicher Eröffnungsabend: die ‹Frau ohne Schatten›, davor fand ein ‹Ehrenabend für geladene Gäste› statt) zum Gedenken des toten Kennedy vom Orchester die amerikanische Nationalhymne gespielt wurde. Und als ich mir das vorstellte, fiel mir auf, wie gut ‹Star Spangled Banner› und Meistersingervorspiel zusammenpassen, welch erstaunliche Kongruenzen sich ergeben, verschiebt man ein bißchen das Tempo etc. Man könnte beide Stücke problemlos ineinanderschmelzen.

—

Reisevorbereitungen. Georg hat den staatlichen Förderpreis bekommen – DM 10 000. Freut mich, sprech ihm eine Gratulation auf Band.

—

Die Entdeckung, welche Soße am besten paßt, wenn man zu Fisch Spaghetti ißt – 5 EL Zitronensaft, 4 EL Olivenöl, viel Basilikum, ein wenig Knoblauchbutter, Pfeffer, Salz, sonst nichts – revolutioniert meinen Speiseplan. Zitronensaft – völlig unterschätzte Flüssigkeit.

—

B. N. berichtet mir vom Enthusiasmus Carstensens in bezug auf *SpätWeitWeg*, man will sofort den Vertrag unterschreiben – sofort bin ich aller Bedenken ledig und sende ihr die Schlußfassung. Ich bin so korrumpierbar – aber auch so froh, daß ich das Ding loshab. Egal, was passieren wird. Und plötzlich soll das Stück doch im nächsten ‹Theater aktuell› enthalten sein.

—

Im Kinomagazin wird ‹Novalis – die blaue Blume› vorgestellt, deutscher Film über Leben und Liebe des F. von Hardenberg – im metaphorischen Stil Tarkowskijs. Gutes Symptom (in Hinsicht auf Thanatos)? Ich weiß nicht. Hatte die Neoromantische Bewegung früher erwartet.

Jetzt bin ich mir gar nicht sicher, ob sie nicht längst im Sand versickert – und nur im Unterirdischen tätig ist. Oder dauert es noch Jahre?

Dann ein bedenkenswerter Satz des (Kinomagazin)sprechers: «Spätestens dann, wenn versucht wird, Romantik und Faschismus zu verbinden, wird der Film zur Strapaze.»

Aber das ist doch der interessanteste Aspekt der Romantik, ohne den man überhaupt nicht auskommt. Ah, was interessiert mich der Quatsch – doch nur wegen Thanatos! – diese Phase augurischer Empfänglichkeit vor der Publikation eines beendeten Romans, wenn jeder Furz Sturm wird, jeder Kommentar, egal, zu welcher Sache, auf den eigenen Text bezogen wird – ist er genehm, geht er an, zeitgemäß, zu früh, zu spät? Und was von alldem will ich überhaupt?

—

«Man konnte auf dem Bahnsteig ausrutschen und vom einfahrenden Zug beider Beine beraubt werden.»

«Man kann eine Fehlgeburt im Taxi erleiden und muß auch noch die Rechnung für versaute Polster zahlen.»

«Man kann in der Badewanne liegen, und das eigene Kind wirft den Fön ins Wasser, nur weil es sehen will, ob das wirklich so zischt und zuckt und Funken schlägt.»

—

Schöner Satz im Fernsehen: *«Als durch die Erfindung der Photographie dem Künstler die Last der visuellen Aufzeichnung genommen wurde …»*

Dagegen das kleinliche: *«Fast der gesamte Berufsstand der Porträtmaler wurde arbeitslos.»*

—

Mit Bernhard, Gabi und Petra im Stadtcafé, später Muffathalle. Gespräch über die wirtschaftlichen Verhältnisse Jean Pauls.

Als wärs bestellt, traf ich Romuald. (Sein ‹Totmacher› eröffnet die Filmfestspiele.) Bat ihn, er solle mich bei der Premiere am Lido auf die Gästeliste setzen. Er versprachs.

10:15 Erweckung aus einem sehr komplexen Traum: War in einer WG mit fünf bis sechs anderen Figuren, darunter zwei komische Paare, lernte nach und nach von jedem den Lebenslauf kennen und bezirzte alle Frauen.

—

Durch die Gegend ötteln – von München aus nach Garmisch fahren ist immer ein wenig wie Richard Strauss besuchen.

Bea sagt, es sei doch seltsam, daß man einfach so losfahren könne und irgendwo ankäme. Man könnte geradewegs bis China fahren. Lauter Zuckelheimer auf der Autobahn.

Brenner: Mutters, Natters, Ellbögen, Igls und Patsch. Bea: «Österreich ist ein lustiges Land.»

«Da werden die Igls gepatscht.»

Fuhren stundenlang hinter einem Leichenwagen her. Morbide Gespräche über Doppelselbstmord bzw. den Zeitpunkt, da man, wenn man zu zweit ist und sich als zwei definiert, dem / den Leben ein Ende setzen könnte. Schwierige Probleme in der Praxis.

Über verschiedene Techniken. Allesamt unbefriedigend. Oberste Priorität: Keiner soll den andern tot oder sterben sehen, und beide müssen absolut einverstanden, im gleichen Maße bereit sein.

«... so blieben sie am Leben.» (Morgenstern)

Mir fällt zum ersten Mal der Text der Straßenschilder auf: ‹In caso di nebbio› – ‹Im Falle von Nebel›

Nach Verona: Die Scheunen mit den offenen Arkaden, den Säulen, den geziegelten Dächern.

Die schlichte Magie der Emilia – Schilf an der Straße. Die Wassertürme. Gefühl, als träfe man eine alte Freundin.

Bea: «Ist kein Schilf, ist Pfahlrohr. Arrundo donax.»

Wie auch immer. Hörten ‹Madame Butterfly›, das, gut dirigiert (muß nachsehen, ob es die tolle Santini-Aufnahme mit Björling auf CD gibt), über jeden Kitschverdacht erhaben ist und, in der instrumentatorischen Raffinesse, durchaus zu den besten Werken Puccinis zählt.

Thalatta! Thalatta!

Wieder denke ich an Heiner Müller in Bayreuth, wohl weil er in einem seiner Interviews erzählte, er sei im Leben in zwei Opern gewesen, Tristan und Butterfly, letztere sei – er meinte durchaus die Musik! – purer Kitsch gewesen. Wie kann man jemanden musikalisch so Ungebildeten dilettieren lassen, während sonst überall gefordert wird, daß ein Regisseur fähig sein müsse, Partitur zu lesen?

Abends um sieben in den Sümpfen um Chioggia. Über den kilometerlangen Damm zu fahren, bei angebrochener Dämmerung, ist herrlich – links und rechts Meer, durchwachsen von Inseln, auf denen lila Gras blüht. Unwirklich schön. Was für Gras? Bea weiß es nicht genau, irgendwelche Sauergräser.

Das Jahr, in dem die Butterfly uraufgeführt wurde, begann auch mit einer 19. Seltsam. Eigentlich ganz nah, und doch unvorstellbar fern. Wenn ich zu Beatrice sagte: Es ist ein schöner Tag, um zu sterben – ich glaube, sie würde okay sagen und überlegen, was sie dazu anziehen soll.

Wollen wir ausgehn? Wie zueinander Kerzen sagen.

Apropos: Unterhalb Padova hieß es plötzlich ‹Con nebbio› – ‹bei Nebel› –, die umständliche Formulierung ist also grammatikalisch nicht vorgeschrieben.

Norditalien wird immer sauberer, es ist fast unheimlich. Als wir vor drei Jahren zum letzten Mal in der Gegend waren, hatte wenigstens Chioggia noch ein bißchen Dreck zu bieten – die Stadt mit der höchsten Vespa-Dichte Europas – vermute ich mal. Jeder hier fährt so ein Ding. Man bekommt ein Brummen im Kopf, als hätten sich Hornissen in den Schädel verflogen.

«Großmächtige Kirche!» Beatrice zeigt auf die Chiesa San Martino. Innen sehr kahl, die Rotunde hinter dem Altar mit violettem Licht bestrahlt. Außen einer Basilika ähnlich, tut sie älter, als sie ist.

Fonditur 1713. Spätbarocker Eklektizistenbau.

Überall Schilder: ‹*Per motivi di igiene si prega di non dare da mangiare ai colombi*› – ‹dare da mangiare› – existiert kein Verb wie ‹füttern›?

—

‹Trattoria al buon pesce› auf der Piazza Grande – das Haus hält, was der Name verspricht. Bea – ein Wunder! ein Wunder! ißt zum erstenmal in ihrem Leben eine Platte fritierter Fische, nachdem sie früher alles, was aus dem Wasser kommt, verabscheut hat (außer Thunfisch, der kommt ja aus der Dose).

Bea: «Das muß unbedingt ins Tagebuch, daß ich dieses Krabbelzeug gegessen hab.» Nur nicht die kleinen Sepia, mit den Saugnäpfchen.

—

Meine Frau leidet an einer seltsamen Krankheit: Sie muß den letzten Satz aus Händels Wassermusik den ganzen Tag vor sich her summen. Manchmal ist es auch das Forellenquintett.

Liegt wohl daran, daß wir in einer Lagunenstadt übernachten, auf Pfähle gebaut wie Venedig. Die Kanäle sind kunstvoll ausgeleuchtet.

Auf der Piazza Grande findet das internationale Festival des Straßentheaters statt. Beatrice hat sich Blasen gelaufen.

—

Beim Durchblättern meines frühen Zettelwerks fällt auf: Mit 20 hält man noch so viel für wichtig und jeden Zwerg einer Replik wert. Zum Beispiel ein Schmähbrief an D. Diedrichsen, den ich zum Glück nicht abgeschickt habe. Aber wie viele andere? Gott, ist mir das peinlich.

—

Die nostalgische Melodie der Spieldosenprinzeß ins Lied der Greisin gewoben.

25. August, Freitag

Haben beide schlecht geschlafen – in völlig durchgelegenen Betten.

Ich brachte es daher fertig, um dreiviertel acht aufzustehen, ging in den Supermarkt, Grapefruitsaft kaufen, ein paar Fressalien, ging Richtung Meer, wollte dann aber nicht alleine in der Gischt wühlen.

Der Strand ist in hoteleigene Abschnitte separiert. Die Ausnahme bildet ein umzäuntes Grundstück, nicht direkt am Wasser, auf dem Melonen, Kürbisse und Zukkerrüben wachsen. Der Ertrag kann in keinem Verhältnis zu dem stehen, was man mit einem weiteren Strandbad erwirtschaften könnte. Sofort entsteht die Geschichte eines eigensinnigen Alten – und wirklich: da hockt er, zwischen den Melonen, und gräbt seinen Boden um.

Fahrt nach Venedig. Stellen das Auto im Tranchetto ab, fahren mit dem Boot (Linie 1) bis San Tomà, wo uns Moritz erwarten will. Moritz ist nicht da. Auch nach einer halben Stunde nicht.

Wir fragen uns zum deutschen Institut durch, kein Moritz dort, also auf eigene Faust die Pensione Guerrato gesucht, zum Glück hilft uns am Fischmarkt ein freundlicher Mensch.

Die Pension hat einen Stern weniger als das Albergo von gestern, ist aber ungleich besser. Schönes altes Zimmer (Nr. 12) mit großem Bad und Freskofragmenten an der Wand. Steinboden von der Zeit geschrägt.

Spaziergang der Nase nach, zwischen Rialto und San Marco. Die Schweigsamkeit italienischer Hunde fällt uns diesmal in extremo auf: ein noch sehr tolpatschiger Dalmatinerwelpe, mit dem sein Besitzer wild spielte, war trotz aller Ausgelassenheit nicht zu einem Wuff bereit.

Nahe dem Institut einen Glasbläser entdeckt, gegen das alles Murano / Taiwantalmi wertlos wird. Kunstwerke, Unglaublichkeiten. Alle vorstellbare Fauna, vom kleinsten Insekt über Meeresgetier (besonders gelungen) bis zum Tyrannosaurus. Ich entzückte mich an einem filigranen, sehr fleischlich wirkenden Hummer und so ausgefallenen Motiven wie: *‹Tote Spinnen›* (liegen, halbvertrocknet, auf dem Rücken) oder *‹Fledermaus mit Schmetterlingsflügeln im Maul›*.

—

Nach der Siesta Thanatos durchgeblättert und von einem Entsetzen ins andere gefallen. Überflüssige Satzteile en gros entdeckt. Wie Gräten, in einem sonst schmackhaften Fisch.

Moritz ruft an, entschuldigt sich, wir verabreden uns um 19 Uhr vor der Pension. Wünsche ihm im stillen einen starken Regenguß auf den Weg.

Zweiter Spaziergang um halb fünf. Überall hängen hier die neuen FCB-Trikots, Fälschungen für 25 000 Lire = 25 Mark. 100 % Polyester, ungestreckt.

Wollten nicht über das Sechstel San Polo hinaus, wurden aber, wie die blödesten Touristen, vom Strudel mitgezogen, bis wir zwischen den Tauben standen, unter dem Löwen, vor der Seufzerbrücke etc. Muß wohl so sein.

Mir ist ein Schluß zu SpätWeitWeg eingefallen!

Gerade rechtzeitig vor dem Regen zurück im ‹Guerrato›.

19 Uhr: Moritz und Naomi stehen vor der Tür, beide triefnaß, im Fall Naomis tut's mir leid.

Gingen, vom Portier mit großen Regenschirmen ausgestattet, in eine winzige Trattoria, die angeblich guten Fisch bietet. Essen war aber mittelmäßig. Eher schleppender Abend, Naomi versteht nicht arg viel Deutsch, langweilt sich dann, man muß ein englisches Intermezzo einlegen, auf Themensuche gehen. Moritz zeigte uns das deutsche Institut – angeblich der einzige Palazzo am Canal Grande mit großer Terrasse, setzten uns auf ebendiese. Sehr malerischer Palast, herrliche Sicht. Unten sangen die Gondolieri, zum Vollkitsch war es nur zu windig und kühl.

Es hat auf dieser Terrasse mal einen Empfang gegeben für 200 Leute, Weizsäcker darunter – aber plötzlich hat das Gebäude zu schwanken begonnen, wirklich zu schwanken – man mußte die Gäste notevakuieren.

Das Gespräch über die Oper verschieben wir auf morgen. Gab Moritz das Notenmaterial vom Lied, fiel mir nicht leicht.

Das Wasser wirkt relativ sauber, jedenfalls sauberer als zehn Jahre zuvor, als ich zum letzten Mal da war. Aber baden darin? Moritz erzählt, er habe einen Gondoliere beobachtet, der das Handy eines Touristen vom Grund heraufgetaucht hat. (Eigennutzig; der Tourist war selbstverständlich längst über alle Wellenkämme.)

Danach die Geschichte vom Taxifahrer mit Kehlkopfkrebs, der in Rom einen von Moritz' Komponistenkollegen beraubt hat. Als der ihm, von dessen Pistole beeindruckt, all sein Geld ausgehändigt hatte, fuhr ihn der Taxifahrer tatsächlich noch bis vor die Villa Massimo.

Urbane Mythen. Das Witzigste war, als Moritz die Stimme nachmachte, die metallische, durch dieses Gerät am Hals verstärkte Stimme: «Giffe me alle your money!» (money mit o gesprochen)

—

Die Terrasse wurde in früheren Zeiten von venezianischen Fräuleins zum Trocknen ihrer mit Salzwasser gebleichten Haare benutzt.

Als es gar zu kühl wurde, Aufbruch, Barsuche. Auf dem Weg eine Sonderbarkeit: Gingen durch eine Unterführung, deren Steinbogen bunt intarsiert schien, mit Muscheln. Waren aber Kaugummis in allen Farben. Angeblich muß, wer mit einem Kaugummi im Mund durch diese Gasse geht, mit schrecklichen Folgen rechnen (welcher Art, darüber wird noch gestritten), deshalb wird jeder Kaugummi an eben jene Mauer gepappt. Man kommt aus allem raus, aus dem Staunen nie.

Moritz war gerade auf Konzerttour in Mexico City – erzählt eine unglaubliche Anekdote vom Heimflug – kurz nach dem Start auf dem Flughafen von M.C. – Deutsche Frau fragt einen Mexikaner: «Wo kommen Sie denn her?» Mexikaner: «Aus Mexico City.» (deutet nach unten)

Deutsche Frau: «So ein Zufall, da komm ich auch grad her!»

Warum erleb ich nie sowas? (Vielleicht denkt sich Moritz das alles aus?) War den Abend über wieder mal wenig eloquent, mir fiel kaum was Berichtenswertes ein.

Zum Hotel zurück, ins Bad gegangen, Wein getrunken, Thanatos gelesen, da muß viel aufgeräumt werden.

—

Der Schrull, der die Singularität von Auschwitz kariert: *«Unvergeßlich! Unvergleichlich!»* – Gestrichen, könnte nicht ertragen, daß irgendein Braunschädel beim Lesen dessen Genuß empfindet.

26. August, Samstag

Gingen lange auf dem Fischmarkt spazieren, ich – und ich glaube auch Beatrice – waren fasziniert vom Angebot. Haben nachträglich, anhand der Hautzeichnung festgestellt, was ich in Chioggia unter anderem gegessen habe: einen Steinbutt. Sowie einen Heuschreckenkrebs. Anscheinend doch keine Meerspinne.

Habe gelernt, wo man eine Scholle anschneiden muß, um ihren (sehr kleinen) Eingeweidetrakt zu entfernen. Wer weiß, wozu man's mal braucht.

—

Vormittag im Palazzo Ducale, ausgerüstet mit einem ‹Light-Man›, einem Empfänger, der die in jedem Raum per Infrarot gesendeten Informationen – englisch, französisch oder deutsch – in den Kopfhörer leitet.

Säle, Waffen, Rüstungen. Immer wieder der Gedanke: Es war alles genau wie in den Historienfilmen.

Schwache Tintorettobilder zuhauf. Moritz sinnierte gestern noch darüber, warum Tizian so berühmt geworden sei und Pordenone nicht. Er glaubt, Pordenone war schwul, haßte Frauen und konnte sie deshalb nicht malen – alle, die er doch gemalt hat, sahen komisch oder schrecklich aus.

Eine zwanzigläufige Arkebuse, Vorläufer des Maschinengewehrs.

Der Keuschheitsgürtel, der beide Körperhöhlen behütet – aus Stahl und Leder. Daß sowas tragbar gewesen sein soll? Wenn das Leder feucht geworden ist, ein Bazillenhort, die Infektionen – und der Stahl rostete sicher …

In den Gefängniszellen sehr kunstvolle – keine Tafel wies drauf hin – Steinschleifereien, Selbstporträts als Relief in den Fenstersimsen, Lamenti angeblich unschuldig Inhaftierter. Berührte mich stark.

—

M. – Genie in der Kampfzeit, in der man sich oft viel verbaut, zu dessen Öffnung nur ein wenig Geduld nötig wäre. Er ist mir nicht unähnlich. Viel an ihm mag ich, und der Rest kommt mir auch bekannt vor.

—

Spendeten (in S. Salvatore) der Maria Kerzen, der Urmutter, das schadet nie.

Haben eine Videothek mit Bankomatsystem gesehen, also 24-Stunden-Betrieb, man gibt einen Geldschein ein, dazu seine Kundenkarte, tippt die Zahlen des gewünschten Films, et voilà. Warum, frag ich, gibt's sowas zuerst in Italien?

Um halb 2 alleine ins Institut, Bea geht aufs Hotel, Zeitung lesen.

Besprechung mit Moritz verläuft zum Glück glimpflich. Seine Kürzungen sind manchmal unlogisch, aber das sieht er auch ein, man kann dafür woanders knapsen. Die Schnapsidee mit den Sängern und Sprechern hat er aufgegeben, ich atme tief durch.

Er lobt mein Liedchen, vielleicht aus Höflichkeit, zeigt mir ein paar Formfehler auf. Beim Komponistengesocks in M.s Umfeld heißt es nie: Dies und das ist schlecht, sondern: *Damit habe ich Probleme*, oder, noch gepflegter: *Dies und das will sich mir nicht öffnen*.

Dreiviertel drei: Beatrice stößt zu uns, wenig später Naomi. Zu viert nach Murano, fuhren an S. Michele vorbei, der Friedhofsinsel, winkten dem Grab von Strawinsky zu. (Er selbst, da bin ich sicher, ist woanders.) M. nennt ‹Rake's Progress› eine von Igors schwächsten Partituren. Unsinn!

Murano – Bin sehr enttäuscht, hatte die Insel ganz anders in Erinnerung, sandiger, farbenprächtiger, jahrmarktähnlicher. Ein steriles Geschäft am nächsten, die Ware meist teurer als in Venedig, das meiste tatsächlich aus Taiwan importiert.

In einer Kirche (Santa Maria e Donata) sahen wir einen lebensgroßen, mundgeblasenen Jesus aus schwarzem und weißem Glas – unvorstellbare Scheußlichkeit. Der Kreator, ein gewisser Nasón (†1975) ist daneben mit einer Tafel verewigt.

Moritz: «Stell dir vor, in 2000 Jahren wird man das ausgraben und sagen: Ein echter Nasón!»

Ein echter Nasón – das wird sofort zum Flügelwort.

Kauften nichts, obwohl es teilweise Bizarres gab – einen Glas-Zombie, oder eine gefolterte und arkanen Mächten geopferte Glasfrau zwischen Glassäulen …

—

Um sechs, schon fußwund, zurück nach Venezia. Stiegen aber vorzeitig aus, auf Drängen Moritz', am alten

Ghetto, nach wie vor jüdisch dominiert. Sehr eigenes Flair. Beklemmende Gefühle beim Anblick einer jüdischen Buchhandlung, die auf großen Transparenten diesen uralten, ultrarechten New Yorker Rabbiner (Name fällt mir nicht ein) als Messias begrüßt.

Auf einer Synagoge eine Tafel, die mir sagt, was ich schon immer wissen wollte: In Italien wurden 8000 Juden Opfer des Faschismus, davon 200 aus Venedig. Ein Orthodoxer kreuzt den Weg, schwarzes Gewand, Bart, Schläfenlocken, Hut, ich kann mir nicht helfen, das sieht für kleine Kinder (der ‹schwarze Mann›) furchterregend aus. Wahrscheinlich ist diese Tracht eher Auslöser von Antisemitismus gewesen als vieles andere. Das simpel Bildliche, abseits von Religion und Ideologie, wird als meinungsbildender Faktor kraß unterschätzt.

Auf dem Campo Santa Margherita gibt es eine Gelateria ‹Il Doge› die vielleicht das beste Granita-Eis der Welt hausmacht. Besonders gut: Pfirsich und Kirsche. Nur Zitrone war nicht ganz so … Fast alle Apotheken Venedigs (M. braucht ein Antihistamin) sind im August geschlossen, wir irren lange herum, werden erst in der Nähe des Bahnhofs fündig.

Habe mit M. um einen 50-Mark-Wein gewettet, daß in der Münchner Weißwurst kein oder nur ein minimaler Anteil Hirn ist.

Sind heute bestimmt 25 Kilometer gelaufen. In einer Gartentrattoria schwache Calzoni gegessen, die dazu eine dreiviertel Stunde auf sich warten ließen. Wenigstens billig.

Als wären wir noch nicht genug unterwegs gewesen, danach durch die Nacht, bis wir (Zattere Ponte Lungo) gegenüber der alten Nudelfabrik (Ruine ist Kulturdenkmal) an einem Ufercafé landeten.

Moritz erzählt (er hat für sowas ein unglaubliches Erinnerungsvermögen, um das ich ihn beneide) Anekdoten von diesem und jenem Pianistenkollegen, hübsch die von Justus Frantz, dem peinlichsten musikalischen Phänomen seit – ja, wem?

So spielte J. F. einmal (auswendig, wie im Konzertbetrieb üblich) die Mondscheinsonate, wiederholte (das kann man machen) die Exposition, wiederholte sie erneut und nochmal, fand nicht in die Durchführung, hatte einen Blackout (kann passieren). Was macht Justus? Bricht ab, steht auf, sagt: «Auf so einem schlecht gestimmten Klavier spiele ich nicht!» Und geht. Besonders fies: Der Klavierstimmer, dem so der schwarze Peter zugeschoben wurde, saß in der ersten Reihe: Kochsieg, Papst seiner Zunft.

M. – fleischgewordene Allegorie der Indiskretion.

Manchmal spritzte die Flut Salz ins Bier. Winzige Tische, klammer Wind. Ich drängte früh zum Aufbruch, hatte, nahe beim Institut, eine schöne Bar gesehen. Aber nein, Moritz muß wieder Reiseleiter spielen, zerrt uns über zwei Brücken, zu einer ‹tollen Piazza, da gibts eine Bar an der andern …› Er und Naomi (Australierin) singen zweistimmig ‹My Bonnie is over the ocean›. Die Piazza sieht aus wie viele hier, die Bars sind zu dritt und nur lausige Straßencafés. Wir sind viel zu müde, um noch in Kleinsprech zu machen. Sogar die pittoresken Anblicke werden mir zuwider in ihrer Fülle. Nur fortgeschrittene Betrunkenheit könnte die Lethargie überwinden, aber nichts davon in Sicht. Die Stimmung ist verdorben, und ich habe keine Lust, mich zusammenzunehmen. Mein Vino rosso wird in einem 0,1-Literglas serviert, das noch dazu einen starken Pistaziengeruch verströmt. Der Abend endet in mißklingendem Schweigen.

—

Auf dem Rialto Nietzsche –
In der Anstalt saß jüngst ich in schwarzer Nacht. Fern her kam Geschrei. Sonden, Trichter, (..)
Blutiger Tropfen quolls, an den zitternden Wänden herab …

—

Im Bad eine Idee gehabt: Die schriftlichen Zeugnisse eines Zeitgereisten, der aus dem 20. in das 15. Jahrhundert reist und nicht mehr zurückkehren kann. Sich in der Vergangenheit zurechtfinden muß und der Gegenwart als traurigen Brief eine Bilanz seines Wirkens hinterläßt.

Venedig offeriert dem Betrachter Vergänglichkeit in dezenter Verpackung. Der Tod ist ein geduldig wartender Einwohner dieser Stadt. Wartet, bis wir kommen, fordert auf, die Zeit, die uns bleibt, zu genießen. Leicht impertinente Form der Großzügigkeit.

—

Eine alte Dame erzählte gelegentlich ihr aufregendstes musikalisches Erlebnis: als ihr Igor Stravinsky nach einem Konzert die Tür aufgehalten und vor ihr einen Diener gemacht habe.

Niemand hatte je Grund, an ihrer Darstellung zu zweifeln, bis ein Idiot fragte, wann genau das gewesen sei. Sie nannte das Jahr 1978 – als Stravinsky längst unter der Erde lag. Woher sie wisse, daß er es war, fragte der Idiot weiter, und sie, leicht entrüstet, fragte zurück, ob man ihr nicht zutraue, den großen Stravinsky zu erkennen. Niemand, nicht mal der Idiot, besaß Mut oder Bösartigkeit genug, der alten Dame zu sagen, daß sie sich getäuscht hatte, und ein kleines, melancholisches Schweigen senkte sich über den Tisch. Und in dieses hinein seufzte sie, im Tonfall der Verklärung: «Stravinsky – das war noch ein gepflegter Mensch … Wißt ihr … er war damals bereits sieben Jahre tot – aber er hat überhaupt nicht gerochen.»

27. August, Sonntag

Der reichlich überzogene Protest gegen Frankreichs Atomversuche artet in Hysterie und blödsinnige Gewalt aus. Blöd wie die 80er-Jahre-Ostermärsche. Vor Greenpeace und Konsorten hab ich wirklich eine Scheißangst – die faschistoiden Strukturen sind schon da, fehlt nur die Hybris.

Ich glaube, es wird in Europa nie mehr eine Diktatur geben, die als Diktatur auftritt. Sie wird immer einen demokratischen Tarnhelm tragen. Der der Ökologie böte sich vorzüglich an.

—

Beliebter Kosename im Italienischen: Cipollina – Zwiebelchen. Das ist schön.

—

Nichts ist so fragwürdig wie Umfragen, die Zeitschriften unter ausgewählten Prominenten machen. Bei den meisten kann man sich ihrer Meinung zum Thema ziemlich sicher sein. Es braucht nur diese oder jene Auswahl, schon kann man die jeweilige Position als mehrheitlich verkaufen.

—

Fahrt nach San Marino. Einlogiert im Hotel ‹Crocienzi›, unterhalb der alten Stadtmauern.

Daneben liegt ein ‹Sala di regno dei testimoni de jehova›. Irgendwie hab ich gedacht, Italien wäre verschont von denen. Aber die sind überall. Fuhren nach kurzer Siesta in die Stadt, in den Shops neueste Geschmacklosigkeiten anzusehen. Fand ein bizarr-grandioses Schachbrett, mit rot-schwarzen Feldern, angeblich Leder, sah eher nach gepreßtem Papier aus. Zu teuer (DM 60), wir müssen sparen ‹um jeden Preis›. Viel Sangiovese eingekauft.

Polizisten hier stark koloriert. Blaue Hosen, gelbe Hemden.

Bea ruft zu Hause an, erfährt nichts Gutes.

(Passage gestrichen).

—

Habe Fehler übelster Art in Thanatos gefunden. Wie konnte man so etwas hundertmal übersehen?

—

‹Säufer› heißt auf italienisch ‹Trincone›. Der Abend war voller Raumschiff-Enterprise-Witze – «Ein Trinconen-Kampfschiff kreuzt den Raum!» (Jeep grölender Fußballfans – fahnenschwingende Sturzkampftrinker – heut hat die Seria A begonnen.) Oder: ‹Pedestrianische Zone voller Trinconen› – klingt spacig.

—

Nachts auf dem Balkon, beim Anblick der hellerleuchteten Burg. Muß auf Eroberer entmutigend gewirkt haben. Doch nicht entmutigend genug. Wurde, soviel ich weiß, dreimal eingenommen. Der letzte Satz von Sibelius' Fünfter spukt mir im Kopf herum. Gedanken an Dirk. Sein Schweigen bedrückt und beleidigt mich.

—

Das Prinzip der Kunstbeurteilung lautet in den allermeisten Fällen:

Zweimal Genie, immer Genie. Ein großes Werk reicht nicht (jedenfalls nicht für die vordersten Ränge). Aber *zwei* – und schon hat man *nur* große Werke verfaßt. Oder, genauer gesagt: Alle Werke gelten fortan für pflegewürdig. Wer zweimal den Göttern nahe war, von dem wird angenommen, daß er bei ihnen ein- und ausging. Selbst der letzte Scheißdreck, der schwächste Moment noch, wird mit wohlwollender Patina bestäubt. Das fordert (sehr sinnvoll) den Zorn der Nachdrängenden heraus.

—

Die Liebe der Deutschen zur Kunst ähnelt dem Zwiespalt eines Mannes, der ein Hotel geerbt hat, eigentlich aber Fremde nicht ausstehen kann.

—

In den letzten Jahren wurde Berwalds (* 1796!) Sinfonie Singulière als effektvoll-grobgeschnitzter Nielsen-Vorgänger wiederentdeckt – jetzt entstehen ständig neue Gesamteinspielungen seiner vier Symphonien. Einzelaufnahmen bringen anscheinend zuwenig Geld.

—

Spät noch pathetische Daktylen gekritzelt, Nachtrag zum Callas-Poem.

Göttlich! – der Ewigkeit fordernde Marktschrei!
Menschlichstes meint er, Essenz, Destillat all
Dessen, was Leben, was Menschsein bedeutet.
Immer vergänglich, doch niemals vergeblich,
Birgt es den Sinn, den ein Weiter benötigt.

—

Das Leben ein Hotel, in dem man durch die Gänge hetzt, viele Türen vergeblich beklopft, zuletzt zur Einsicht gelangt – (auf diesem Allgemeinplatz treffen sich Beschlagene und Behämmerte gerne zur Versöhnungswehmut) –, es sei ein Stundenhotel, das Glück würde dort in handlichen Portionen verteilt und gegen Vorauskasse allein.

Die einzige wirklich vorzeigbare Trophäe der Intelligenz ist die gesteigerte Reproduzierbarkeit der Ekstase – wird schnell mit Langeweile und Überdruß bestraft, von anderen abgetan als hybrides Problemchen.

Fuhren von San Marino aus nach Rimini, gingen dort auf den Markt, aßen Pizza zum Frühstück, tranken Kaffee, kauften Pfirsiche und Feigen, fuhren dann Richtung Norden, zur Minimundus.

Italien bzw. seine Sehenswürdigkeiten, en miniature, im Maßstab 50:1, recht bezaubernd, darüber eine Schwebebahn, man kann aber auch, ganz Gulliver, zwischen den Modellen herumtrotten. Teilweise mit großer Detailliebe gemacht. Dies nachgeprüft anhand der kleinen Abbazia Pomposa. Groteskes Element: In den Nachbauten wohnen Eidechsen – wenn die sich auf den Miniaturtreppen sonnen, wirken sie drachengleich, oder zumindest von alligatorischem Ausmaß, man muß an den Anfang von «Day of the dead» denken.

—

Es gibt noch einen Autoscooter, eine prähistorische Abteilung mit viertellebensgroßen Pappsauriern (läppisch), Klein-Venedig bzw. den Canal Grande, durch den man mit einem Elektroboot schippert (gar nicht übel, man kann sich mit ein wenig infantilem Willen durchaus der Illusion hingeben), sowie, Highlight von allem – eine Achterbahnfahrt auf der Wildwasserbahn. Für uns eine Überwindung, das auszuprobieren. Das Angstgefühl, bevor es in die Tiefe (nur zehn Meter, dennoch) hinabging, war mir fast fremd geworden. Danach der kurze Moment der Euphorie, viel zu kurz, um die

Angst zu lohnen. Ich weiß schon, warum ich nicht bungeejumpe oder Houseclimbing mache.

Danach weiter Richtung Ferrara. Schwerer Regen, aber herrliche Landschaft, so grün und dunstig und – fauve – ich meine das hohe Schilfgras. Hörten im Regen eine in San Marino gekaufte Sieben-Mark-Kassette – Schwarzpressung – *Nirvana – Unplugged* – gute Qualität. Ich habe nur die eine gekauft und ärgere mich jetzt. Vor 16 Jahren – *Genesis, Wind and Wuthering* – ging nach dem ersten Hören kaputt, deshalb hab ich diesmal vom Angebot (es gab einfach alles, sogar, was erst vor zwei Wochen auf den Markt gekommen ist) keinen Gebrauch gemacht. Neben der Straße viele ausgemerzte Reklameschilder. Was meint: hier hatte jemand auf eigene Faust Reklame aufgestellt und anfallende Gebühren nicht berappt.

Nachmittags Abstecher in einen der gigantischen Supermärkte, beste Regenbeschäftigung, das machte wirklich Spaß, Sortiment voll Novitäten, Zeug, das es eben nur hier gibt, oder bei uns nur im Delikateßgeschäft. Z. B. Dosen mit kleinen Tintenfischen oder gewisse Sorten von Spaghettisoße: Con Melanzane, Con Porcini. Tortellini mit Kürbisfüllung. Eingelegte Artischocken. Beatrice holt aus der Tiefkühltruhe Auberginenscheiben, vorgegrillt – warum gibt's sowas Sinnvolles nicht bei uns? Haben groß eingekauft, freuen uns schon auf zu Hause. Weiter nach Ferrara.

Ich bekam ein ungutes Gefühl. Die Stadt ist so geleckt, so schick, so kalt, so arrogant geworden. Tatsächlich herrschten dort nur 15° (im ganzen Umkreis 18°). Ich wußte nicht mehr, was wir dort eigentlich wollten, kannten Ferrara von früher noch gut genug. Wollten

Quartier nehmen im Hotel San Stefano – aber der Portier redete uns ziemlich blasiert an, was den Ausschlag gab. Raus hier! Quer durch die Pampa Richtung Ostnordost (Correggio), sofort wird es wärmer, prächtige Gegend, viele Kanälchen und Obstplantagen inmitten von Mais- oder schon abgemähten Kornfeldern. Auffällig die kleinen Birnbäume, die eine Unmenge von Früchten tragen. Über Ro und Pontesella (weil nirgends Alberghi vorhanden) bis nach Rovigo. Echte Premiere, eine Stadt, in die man sich sonst kaum verirrt, die auch nicht viel zu bieten hat.

Quartier im Hotel Granatiere.

—

Nirvana: das ist Eklektizismus pur, aber bewußt, als Programme in dieser Hinsicht interessant.

Statt originär sein zu wollen – also die Einflüsse unkenntlich zu machen, wird hier nicht mehr nur eine Maske getragen, sondern zwischen vielen gewechselt. Man gibt sich durchsichtig. Anscheinend hat Cobain dem Konzept nicht recht vertraut. Sahen viele Gedenk-T-Shirt-Träger.

Die erste von purem Marketing vertriebene Legendenbildung. Nach C.s Selbstmord ist die Schar der Nirvana-Fans bestimmt um ein Hundertfaches gewachsen. Nirvana war, im Gegensatz etwa zu den Pixies, nie eine wirklich bedeutende Band, obwohl sie eine eigentümliche Energie ausstrahlte.

—

Pop ist zur Musik der Reaktion geworden. Die jungen E-Hörer vollführen eine Art distinguierter Revolution, ohne viel Bildersturm und Propaganda. Teens und Twens brauchen Pop, den Zauber der Stromgitarre und des Schlagzeugs, keiner will ihnen das wegnehmen. Erst danach tritt Leere und Langeweile ein. Auffälliges Problem: So spät, um die 30, orientiert man sich nicht mehr gerne um, wird ungern vom Kenner zum Schüler, gibt sich nicht mehr die Mühe, die es braucht, fremdes Terrain zu erobern, draus resultiert oft Spezialisierung oder Stagnation. Allein aus diesem Grund sollte drauf hingearbeitet werden, daß die Jugend sozusagen *zweisprachlich* aufwächst. Bedeutet aber: offensiv sein.

—

Bea erzählt, daß alle Tamponsorten inzwischen vor Nebenwirkungen warnen. Es gibt eine sehr, sehr seltene Infektionskrankheit, die durch einen Tampon verstärkt werden und zum Tod führen kann.

Zeitalter der Nebenwirkung und des Pfirsich-Eistees. DAS Getränk der 90er Jahre.

(Heute entdeckte ich schon die 9. Marke, die mit Pfirsich-ET auf den Markt stürmt und noch Anteil abhaben will. Pfanner bleibt unerreicht.) Karl hat mich neulich geschockt: «So ein Blödsinn, Eistee zu kaufen, kann man doch leicht selber machen!» Was für eine Aussage! Wo leben wir?

—

Fuhren zum Abendessen weit hinaus in die menschen- und lichterleere Prärie. Sahen in der letzten Dämmerung Hunderte von Fledermäusen, über einer einsamen Allee. Unheimlich schön, genau so. Beatrice konnte sich nicht sattsehen.

Eistee selber machen. Unglaublich.

Verirrten uns in der Weite. Nirgends eine Straßenlampe. Alles schwarz.

Dann ein Schild.

Das Restaurant, kaum erleuchtet, in einer riesigen Ebene von Schwarz und Schilf.

Als ob man nach einer langen Reise irgendwo ankäme, einen festen Punkt fände, eine Insel im Meer, die nur Adepten offensteht. Sehr gespenstisch.

Wirklich eine Art Familienbetrieb, für einen Verein von Sportfischern. Es gibt nur sehr wenig: Zwei Sorten Pasta, verschiedene Pizzen. Keinen Fisch. Ich nahm ‹Bugnoli›, sehr dicke Nudeln, mit einer bolognese-ähnlichen, nur gröberen Sauce. Ein Fernseher läuft. ‹Der Marchese del Grillo› von Ettore Scola. Nach dem Essen zurück ins Hotel, Rovigo wirkt leblos, also weiter im Fernseher: ‹Societa dei poeti estinti› – was hätte aus dem Film werden können, wenn nicht Robin Williams – ah, Schlußszene, zu herzbestechender Musik, da die charakterstarken Schüler auf ihre Schulbänke steigen: *«Capitano! O mio Capitano!»*

Sobald Williams: *«Grazie, signori. Grazie»* sagt, bricht der Film ohne Schlußbild, von Abspann ganz zu schweigen, ab, eine blondierte Moderatorin klinkt sich ins Bild und labert los, als sei der Film nur Teil einer Game-Show gewesen. War wohl auch so. Die Italiener wollten Berlusconi, das haben sie davon.

—

Das Buch schnappt zu. Die Fliege zwischen den Seiten wird Lesezeichen. Blutfleck mit Flügeln.

—

Daß 3 Akkorde, melodiös gesetzt, oft mehr Geld einspielen, als irgendein wichtiger Komponist zeitlebens verdienen kann; so pervers, so verabscheuungswürdig.

Ein gewisses Maß an Bösem in der Welt zu dulden, als spannenden Beitrag ... (so ähnlich stehts in Fette Welt) – darum scheint man sich inzwischen nicht mehr streiten zu müssen, aber eine nicht-zynische Moral draus ableiten zu wollen ... Leiden ist ein Symptom für ein Defizit an Intelligenz. Wenn ich daran nicht glaubte, woran?

Die Mehrheit meiner Ichs blieb in der Sache unentschieden. Der Rest war gespalten und zu heftigen Debatten bereit.

29. August, Dienstag

Kurzentschlossen und sehnsüchtig nach der Serenissima fahren wir morgens Richtung Parkhaus Tronchetto. Ich nehme die Liste der Hotels auf dem Lido, fange zu telefonieren an – und – ob man's glaubt oder nicht – bei der ersten Nummer (Villa Edere) war schon ein Doppelzimmer frei. Obwohl morgen die Biennale beginnt. Moritz hatte behauptet, es sei völlig unmöglich, in dieser Zeit auf dem Lido Zimmer zu bekommen, pff ...

Quartier ein wenig heruntergekommen (schwammig-rissige Wände), aber okay, relativ groß, mit Bad und Wanne, was will man mehr? Gang zum Sala Grande, Hotel des Baines, es ist nicht viel los, Fernsehstationen bauen ihre Zelte auf, die Gärtner werden bis zur letzten Minute mit den Dekorationen beschäftigt sein. Fuhren rüber, in die City.

—

Für Grodek: *«Als Gigant meiner Zeit muß ich damit rechnen, beim Pinkeln ein paar Leute zu ersäufen.»* Aber ich will das Stück eigentlich nicht mehr verändern.

—

Spätnachmittags, beim Bummeln – die Welt ist ein Dorf – treffen wir unweit von S. Marco Michael, Susanne und die Kinder, die sitzen da beim Abendessen und rufen unsre Namen in die Menge – im Ausland immer ein angenehmes Schockerlebnis – und das bei gut einer Million Touristen in der Stadt. Muß man mal stochastisch bedenken.

Hab mich mit M. für morgen elf Uhr zur Pressekonferenz verabredet.

Gingen nach Norden, bis wir der Toteninsel gegenüberstanden. Rund um das Pier jede Menge Trauergondeln und Begräbnisunternehmen. Entdeckt: die edle Druckerei, bei der sich u. a. Hugh Grant und Donna Tartt Visitenkarten drucken ließen. Sahen eine kleine Katze, die auf den Markisen saß und maunzte, die so gerne von der Dachrinne gesprungen wäre, sich aber nicht traute – drei Meter –, eigentlich nicht viel, gibt Katzen, die springen aus dem dritten Stock. Immer wieder setzt sie an, schreckt in letzter Sekunde zurück. (Das Ganze spielt natürlich in einem idyllischen Hinterhof.) Im Erdgeschoß die Besitzerin des Tiers, die kennt das schon, weiß, ihre Katze springt am Ende doch nicht und hievt sich durchs Fenster ins Zimmer zurück, so kommt's auch wirklich.

—

Abends zurück am Lido sehen wir ein paar italienische Kids (je zwei Jungs u. Mädchen), die eine in die Falle geratene Gottesanbeterin triezen, mit den Spitzen ihrer Turnschuhe. Die Gottesanbeterin ist grellgrün und bleistiftlang erhaben. Ich belle die Kids an, Beatrice geht beherzt dazwischen, greift das Tierchen mit beiden Händen, die Mädels kreischen vor Ekel (als ob da was dabei wäre).

Wir tragen die Gottesanbeterin (eher mit den Schaben verwandt als mit den Heuschrecken) in einen Busch, setzen sie auf einem Blatt ab. Beatrice hat noch nie eine in natura gesehen, ist ziemlich stolz auf sich, und ich bin sehr stolz auf sie, und die Gottesanbeterin ist schön und noch ziemlich benommen, erholt sich aber schnell.

Im Di Nola hab ich gelesen, daß die Gottesanbeterin den Buschmännern als Trickster-Demiurg galt und gilt. Ein sehr femininer Demiurg. Bemerkenswert.

—

Fuhren zum Casino. Herbe Enttäuschung. Wir hatten keine Pässe dabei, welche aber zum Eintritt verlangt wurden. Für das große Spiel ist das ja noch nachvollziehbar, aber fürs kleine – (die Slotmachines)? Darf doch nicht wahr sein! Bea fand ihren Personalausweis, ich hatte immerhin die ec-Karte dabei – aber selbst das genügte diesen Stronzi nicht, diesen hyperprovinziellen Flachköpfen! Gingen zum Hotel Excelsior, fragten, ob Romuald schon angekommen sei – da standen zwei Polizisten an der Tür, die wollten uns nicht mal bis zur Rezeption lassen, verlangten unsre Akkreditierungsbuttons, es brauchte jede Menge Überredung, an ihnen vorbeizukommen. Das muß man sich mal vorstellen! Ein stinknormales Hotel! Und von den Stars ist sowieso noch niemand da. Heilig Wichtigtu und Paranoia, war ich sauer, sowas gibt's sonst höchstens in Bad Wiessee. Man kommt sich *umiliato* vor. So werden Typen erzeugt, die John Lennon erschießen.

Romuald bis jetzt (22 Uhr) nicht da. Um sicherzugehen, werd' ich von meinem eigenen Geld morgen fünf

Karten kaufen, werd mich eben in der Früh hinstellen, ach Scheiße, warum kann nie mal was klappen, so ganz ohne Komplikation? Long way home.

—

Interessant: Neben großem und kleinem Spiel gabs in diesem Casino noch ein ‹mittleres› – auch Slotmachines, aber zu sehr hohem Einsatz. Haarsträubend: Selbst im kleinen Spiel wird um Smoking, Hemd und Krawatte gebeten. Die haben doch nen Schlag weg.

—

Immerhin besaß der Abend ein Highlight: die Rettung der Gottesanbeterin. Der Junge, der sie mit seinem Turnschuh malträtiert hatte, saß danach melancholisch bis gedrückt am Pier. Beatrice hatte ihn vor seinen Freundinnen blamiert.

Früh aufgestanden und vorm Excelsior spazierengegangen, am Strand. Eh bien – über den Strand das Innere des Hotels problemlos betreten – muß man sich mal vorstellen – soviel teure Paranoia – und dann noch völlig vergeblich! Auf der Terrasse steht interviewgebend Romuald, hat nicht viel Zeit, wir heften uns an seine Fersen, gelangen so an den Kontrollen vorbei in die Pressekonferenz. Auch Michael hat es irgendwie geschafft – schließlich ist er der Drehbuchautor, muß man dazusagen, hier geht alles drunter und drüber. Die PK ist ziemlich langweilig. Patalas, der Gutes will und Ödes schafft, fällt durch eine langatmige, aus dem Stand gehaltene und spontanwirkenwollende Laudatio auf die Nerven.

Ich habe mit Romuald einiges gemeinsam – wir wurden beide von kulturellen Institutionen nicht nennenswert unterstützt und hatten keinerlei Beziehungen. Der ‹Totmacher› wäre um ein Haar gescheitert, weil die bayerische Filmförderung (trotz Götz George) kein Geld rausrücken wollte. Wie blamiert stehn die jetzt da! – möchte man meinen. Aber denen ist das wahrscheinlich völlig wurscht. In Deutschland wird vor allem Kohle gefördert, Diamanten sind anscheinend schon zu früh vollendet.

Makaber: Der letzte deutsche Film, der die Biennale eröffnet hat, war 1944 Jud Süß, mit *Heinrich* George, Götz' Papa.

Aßen mit Michael im Stadtteil Castello zu Mittag – nahezu touristenfreie Gegend. Venedig ist das schlagende Beispiel, daß das Wort Kitsch nicht viel bedeutet.

Um 16 Uhr setzt Regen ein, um 17 Uhr Elke samt Gefolge, ich geb ihr zwei Karten (= 50 DM), es stellt sich dann raus, daß sie von irgendwem soviel Karten umsonst bekommt, wie sie nur haben will, alles fliegt ihr vor die Füße, ich dagegen hab mein Geld ausgegeben und bleibe sogar noch auf einer Karte sitzen, grmbl ... Wie gut, daß es Deppen wie mich gibt, auf die man sich verlassen kann ... falls doch mal was schiefgeht.

Moritz, Romuald und ich standen ein paar Minuten beisammen, das ist mir ein natürlicherer Konvent als das Herbeigerede, wir bräuchten eine «Gruppe 48».

Die 48er – so heißt in Wien die Straßenreinigung.

—

Der Film ist sehr gut. Vielleicht um zehn Minuten zu lang. Auch die Kamerafahrt, die Haarmann und den Psychiater umkreist, ist mit sechs Minuten etwas überzogen. Langweilig war es keinen Moment. Einhelliger Beifall. Ein Triumph für Götz George, dem der Darstellerpreis (Coppa Volpi) so gut wie sicher ist, da wett ich drauf, trotz Nicholson und Hanks und Costner und was weiß ich wem noch.

Danach standen wir, von der Crew abgeschnitten, draußen im Regen, in kaltem, heftigen Wind, verlassen, zum Glück kam Romuald vorbei und nahm uns ins Schlepptau (Elke samt Gefolge hatte natürlich in der Loge residiert und kümmerte sich einen Scheißdreck drum, ob wir wußten, wo's hingeht) in eins der örtlichen Spezialitätenrestaurants, das L'Artigliere. Nach anfänglichen Platzproblemen – Moritz und Naomi (und wir auch) wollten beinah schon woanders einkehren – wird uns ein achtgängiges Fisch-Diner aufgetragen – Wunder geschehen – Beatrice ringt sich durch, Meeresfrüchtesalat und Muscheln zu essen, schmeckt ihr auch noch, man hält's nicht für möglich. Pure Schlemmerei. Der Himmel. Für Moritz die Hölle, da er nichts ißt, was mit Meer oder Fluß zu tun hat. Nach Stunden reicht man ihm etwas Salat und ein paar Scheiben Schinken.

R.s Mutter gab sich als Leserin von Fette Welt zu erkennen, sie habe das Buch sehr genossen, zu Melodien hingegen keinen Zugang gefunden.

Götz George sieht Aug in Aug vitaler und jugendlicher aus als auf der Leinwand. Er und ein admiralsjakkettierter Wichtigmacher vom Verleih(?) wetten um einen VW Käfer, ob der Film in Japan soundsoviel Zuschauer kriegt. Schühly, dem Namen nach Produzent, glüht vor Seligkeit, außerdem stand heute in der Zeitung, daß sein Erzfeind Eichinger (beide haben ‹Name der Rose› produziert und seither Streit) hausdurchsucht wurde. Romuald wirkt entspannt und freundlich. Als sei der Knoten geplatzt. Wen der Erfolg nicht korrumpiert, hat nie was getaugt.

31. August, Donnerstag

Mit der Linea 82 durch den Canal Grande, es ist kalt und windig. Ich lese vom Nato-Großangriff auf serbische Stellungen um Sarajewo herum. Einige Medien scheuen sich nicht, den Einsatz zu feiern, andere tun es indirekt, indem sie feiernde Belagerte zeigen und zitieren – ich habe Verständnis, selbst wenn sich der Konflikt dadurch ausweiten sollte – aber das ist unwahrscheinlich. Man hätte längst zuschlagen – oder sich von Beginn an nicht einmischen sollen.

—

Im Palazzo Vendramin-Calgeri, wo Wagner starb, befindet sich im Winter das venezianische Spielkasino.

—

Ich bin überzeugt davon, in irgendeinem der großen Archive (Wien z. B.), im hintersten verstecktesten Regal, ließe sich Monteverdis vorletzte Oper finden, *La Nozze di Enea e Lavinia*, von 1640. Man müßte Kolonnen von Studenten anwerben, um nach ihr zu suchen. Was mich so sicher macht – ich weiß es nicht, und sollte mein Gefühl mich trügen – bestimmt fände man einiges andere, ungeahnte Schätze im Staub.

—

Auf der Höhe von Rovereto gesehen: einen Laster der Firma Müßiggang (Wien).

—

In Garmisch deutsche Zeitungen gekauft: Auf der Fahrt gelesen: Th. Strittmatter (33) ist tot. Herzversagen. Kannte ihn kaum, wir waren mal in Berlin in größerem Kreis beim Essen. Hat mich von seiner Gänseleber probieren lassen. Hab ihm zudem mein einziges Stipendium zu verdanken. Das Gesualdo-Stück hat er mir bis heute nicht geschickt.

—

München: 7 Anrufe nur auf dem Beantworter, seltsam.

—

Einladung zur dänischen Erstaufführung *Lederfresse* – Aarhus, am 17. Oktober – wird die 28. Inszenierung. Ich werde europaweit bekannt mit einem in zwei Nächten heruntergehauenen Stück. Daß InterNationes sich geweigert hat, die Übersetzung von *Melodien* zu subventionieren, ist ein so unglaublicher Skandal, wem ich's erzähle, glaubt es nicht. Die Mafia wirkt noch bis ins Ausland. Lob und Dank den Holländern, die als einzige die Übersetzung dennoch zu finanzieren wagten. Daß für den Reclam-Jahresüberblick ‹Deutsche Literatur 1993› einer der ganz wenigen Verrisse ausgewählt wurde (dazu noch ein schlecht geschriebener), gehört zu diesen Dingen, nur zu ertragen, weil man weiß: Es geht langsam vorüber.

—

Lutz schickt den KLG-Artikel – daß ich das noch erleben darf!

—

Im Fernseher: Horst Janssen †
Im Teletext: Sterling Morrison †
Der Schnitter ist gierig heut.

—

Gegenwart ist ein roher Haufen noch oftmalig umzuschreibender Geschichten, aus dem schließlich eine als Sieger hervorgeht.

SEPTEMBER

Tagebuch des September 1996

1. September, Sonntag

Morgen voller Neurosen, böser Gedanken und Lamenti, die Dummheit überall, die Schönheit, in Gefahr geraten, Freunde, die sich als blöd erweisen, jeden Morgen derselbe Mist, Galle kotzen, Flüche senden, etwa eine halbe Stunde lang, danach Auflockerung.

—

Zurück aus Wien. Vier morbid-moribunde Gedichtentwürfe. Gehe Aufzeichnungen durch. Ein Poesiealbum von 1889 mit vielen Fotos – ich wollte es kaufen, dann schreckte mich der Gedanke: lauter hoffnungsfrohe Verse junger Mädchen, toter Mädchen.

—

Wien-Gedicht I (für Hubert)

Ich mien, die Sonne scheinte,
und spazur. Sie vernien.
Verweiste auf Linz,
wo sie struhl und glinz,
Wienüber doch, bewolken, gemölkt,
gießte es und fließte es,
sintfloß es bindfad herab.

—

Der Sommer war so ergiebig, langsam kehrt mein Selbstvertrauen zurück. Nach jedem Roman denke ich, das wars, jetzt bin ich erledigt.

—

Habe mit B. den Solti-Falstaff gehört. Unglaublich, welchen Entwicklungssprung der achtzigjährige Verdi hier noch vollführt hat. Der 1. Akt – mit seiner vielschichtigen Instrumentierung, den warm-gebrochenen Farben, der angeschrägten Harmonik, dem komplex verflochtenen melodischen Material – eine Welt für sich, neben der Puccini nicht wie ein Enkel, eher wie ein jüngerer Bruder wirkt. Was hat Verdi in den acht Jahren, die ihm nach Falstaff blieben, noch gemacht? Die *quattro pezzi sacri*, quälende Spiritualmusik eines Agnostikers. Aber sonst? Nichts? Kein Fragment hinterlassen, keine Skizze?

Neue CD der Einstürzenden Neubauten schwächlich. Ein Ohrwurm *(Was ist, ist)*, ein Stück Ohrensüßschmalz *(Stella Maris)*, viel uninspiriertes Gewürm.

The Garden ist eine Linie von Pärt (Cantus), erweitert um einen simplen Schunkelgegenrhythmus und eine stur wiederholte Gesangszeile, alles ist so durchschaubar geworden. Wahrscheinlich gar nicht um soviel schlechter, geändert hat sich mein Blick. Simple Musik mit durchgängigem Beat wirkt auf mich heute wie Kinderliedschatz.

T. P. hat sich neulich geweigert, den Dualismus von U- und E-Musik anzuerkennen, wie immer argumentlos und eigentlich nur deshalb, weil er sich in E-Musik nicht auskennt. Er sucht sich – frühachtzgerjahremäßig – immer die Philosophie, die es ihm am bequemsten macht. Aber U- und E-, nur weil die Grenze schwammig ist bis nicht zu definieren, der Dualismus ist dennoch evident, man sehe sich nur mal eine ausgefeilte Partitur an oder höre den dümmsten Chartshit – also: Vieles läßt sich sofort in Sparten *einordnen*, von daher *existieren* die Sparten und *saugen*, was auftritt, *in sich ein*. Und die Grauzone? Lichtet sich mit der Zeit, wenn der Durchblick sortieren geht, verkleinert sich mit der musikalischen Reife. E-Musik – Was ist das? Keiner weiß es, aber wenn man sie vor sich hat, weiß man, das ist sie. Hängt nicht unbedingt mit klassischem Instrumentarium zusammen, auch nicht mit akademischer Ausbildung oder dem Überbau aus Tradition. Nicht mal mit thematischer oder struktureller Komplexität. Aber womit? Wenn man sagen würde: *Qualität*, müßte man zugeben, im Besitz des *Kriteriums* zu sein, im Besitz der Wahrheit. Na gut. Die allermeisten würden sie mir sowieso nicht stehlen wollen, weil sie gar nicht wüßten, was das ist und wem sie das verkaufen sollten.

Für die Musik könnt ich zum Mörder werden. Meine Freunde wissen das, und die, die darauf keine Rücksicht nahmen, waren meine Freundschaft nicht wert.

Aufhören mit den Fraternisierungen! Her mit dem Selbstbewußtsein! Wir sind die Elite, sind es gerne! Wir haben den besten Sex, weil die beste Musik.

Gnadenlos gegen Ignoranz und Dummheit vorgehen. Dummheit wieder zum Verbrechen erklären.

—

Der Pegasus entsprang dem Rumpf der geköpften Medusa, wo er aus dem Samen des Poseidon gewachsen war. Perseus, Geburtshelfer per Schwerthieb.

Bellerophontes hat als einziger Sterblicher den Pegasus geritten, mit dem Zaumzeug der Pallas Athene. Das Flügelpferd schleuderte ihn, der sich in den Olymp drängen wollte, auf die Erde hinab. Merkwürdig genug, überlebte er den Sturz, nur um (Duplex-Vermeidung zu Ikarus?), einsam umherirrend, Menschen und Göttern verhaßt, in hohem Alter zu sterben.

Das Grauen und der Ozean, Eltern der Kunst. Schöne Metapher.

—

Der Tempel im Kreuzlinger Forst existiert nicht mehr, auch kein Foto, nur ein DIN-A3-Aquarell, das Bea vor zehn Jahren gemalt hat. Gab absolut keinen Grund, ihn plattzumachen. Aber vielleicht ist es besser so, Kultplätze gewinnen an Wert, wenn kein Signum auf sie hinweist und nur mündliche Überlieferung sie weiterleben läßt.

—

Schlafes Bruder – mittelmäßiges Buch, schlechter Film, beschissene Oper. Albert war in der Zürcher Premiere, berichtete, die Verbeugungen von Komponist und Librettist hätten Slapstickzüge angenommen vor Eitelkeit. Schott druckt *Helle Nächte* nicht, erzählt Moritz, weil dieser Riesenflop den gesamten Etat verbraucht hat. Überhaupt, Künstler, die sich zur Inspiration in

Bergeseinsamkeit begeben, sind mir suspekt. Auf Bergeshöh wohnt nicht mehr Musik als im tiefen Tal der Superhexen. Eher weniger, wenn man mich fragt. Was ja keiner tut. Im übrigen.

—

Beatrice bereitet ein libanesisches Gericht zu, eine Art Hackfleischauflauf mit Pinienkernen und angebratener Minze – dieser schwere, orientalische Geruch – das also war's, auf den Straßen und Gassen von Tunis, Fes und Agadir – gebratene Minze – Fall aufgeklärt nach anderthalb Jahrzehnten. Apropos kleine Abenteuer, die beim Kochen möglich sind: Vor zwei Tagen nahm ich einen Tintenfisch aus, er fühlte sich sehr hart an, ich fand in ihm, noch unangedaut, einen roten Knallkrebs. Der Tintenfisch mußte ihn eben verschluckt haben, bevor er selbst zur Beute wurde.

—

FAZ: Vorschau auf die neue Theater-Saison. Erwähnt wird so gut wie jeder, nur ich nicht. Hat das was zu bedeuten? Immerhin liegt *Lederfresse* jetzt bei 44 Inszenierungen, hat seine Afrikapremiere (Burkina Faso) hinter und seine Amerikapremiere vor sich, da sollte man doch meinen, daß der Nachfolger für die Vorschau von Interesse wäre.

Grodek ist nicht Reich-Ranicki. Ich bemühe mich um Zeitlosigkeit in meinen Werken, RR aber hat nicht mehr viel Zeit. Daß er – nebst anderen – die Figur *inspiriert* hat, wäre unsinnig zu leugnen. Aber daß Lomé ein Abbild von mir sein soll, wie Peter unterstellte, ist wirklich absurd.

—

Teletext – Ror Wolf (64) erhält den ersten Heimito-von-Doderer-Preis (DM 30 000). Das geht in Ordnung. Wie ich hörte (aus erster Hand), war ich die zweite Wahl (oder umgekehrt?), war die Jury zu zwei Dritteln für, zu einem Drittel hysterisch gegen mich (wie so oft). Schließlich einigte man sich auf Wolf. Damit kann ich leben. Es wäre unerträglich gewesen, wenn, naja, scheiß drauf …

—

Gestern erlitten: *Kondom des Grauens*. Schon einer der schwächeren König-Comics, aber der Film erst – ich glaube, das ist einer der schlechtesten (neben *Liebes Tagebuch, Gods Army* und *Zauber der Venus*), die ich je gesehen habe. Er ist so unsagbar beschissen, daß man Augen und Ohren nicht traut, und dauernd überlegt, ob man vielleicht auf hinterfotzige Art verarscht wird. Ponkie gab dem Film ein ‹sehenswert›. 1st das aufkommender Altersschwachsinn?

—

Broken Silence war bislang der schönste Film des Sommers. Auch ganz in Ordnung: *Screamers* von P. Weller, Drehbuch: Dan O'Bannon und noch wer. Gute Bauten, originelle Geschichte, ein Sommerspaß, über dessen Schwächen zu mäkeln kleinkariert wäre.

—

Heute endlich sind die drei Sopran-Lieder fertig geworden, morgen geh ich kopieren und versenden, kann's nicht erwarten, sie zu hören.

Abends erste Arbeit am Babelgesang – macht soviel Spaß – wie Poeme schreiben, als ich sechzehn war. Gutes Zeichen. M. den Stoff für eine Art Performance-Oratorium anbieten? Oder ein Hörbild draus machen, fürs Radio?

—

Nach Mitternacht, nach langer Zeit, Anruf von E. War vier Tage in Lissabon, hat sich einen Stierkampf angesehen. Obwohl in Portugal die Stiere nicht getötet werden, gab's sehr viel Blut, nicht nur das des pikierten Stiers, auch zwei Picadores bekamen Verletzungen ab. E. erzählt, sie sei nahe am Kotzen gewesen, wollte hinaus, die Türen seien aber verschlossen gewesen, so blieb sie sitzen, voller Ekel, Widerwillen, mit Hitzewallungen und Schweißausbrüchen. Und dann – ihre Stimme hob sich um eine halbe Oktave – sei etwas Unglaubliches in ihr vorgegangen, sie habe plötzlich hinsehen können, habe begriffen, was Roberto mit Kunst meinte, worin die Kunst und überdies ihr Sinn besteht, ein archaisches Gefühl habe sie überwältigt, sie habe den Matador bewundert wie ihren ersten Teenieschwarm, sei aufgesprungen, der Ekel sei unbändiger Begeisterung gewichen, sie habe noch nie zwei so extrem weit auseinanderliegende Gefühle so kurz hintereinander gespürt.

—

Überarbeitet:

Wien-Gedicht II

Mein Totenschädel, überladen,
schleppt kiloweise Fleisch umher,
ersehnt sich Fäulnis, träumt von Maden,
die Maske fort zu fressen, schwer
mit Haut geschminkt und Leberflecken,
mit Backenspeck und Tränensäcken,
zerkauten Lippen, roter Nase,
mit vollem Haar, entleertem Blick,
ein Schweinsgesicht in Halbekstase –
die Schwellung geht zurück.

2. September, Montag

Jag ich mir heut eine Kugel in den Kopf,
oder geh ich wieder zu den Weibern?

—

Telefonat mit T. Angeblich will die C. Kulturreferentin werden. Dann darf sie sich aber so grobe Scheiße wie die Biennale-97-Streichung (die sie durch ihr blödes Modeprojekt mitverursacht hat) nicht leisten, sie ist schon unbeliebt genug.

Der Kampf um *Helle Nächte* geht in die letzte Phase, aber was soll ich noch tun? Habe den Capricco-Beitrag angeleiert, das Applaus-Interview, das Interview im *Merkur*, habe Dutzende Droh- und Bettelbriefe geschrieben, Hunderte Telefonate geführt ... Von der AZ, solange dort die Reißinger hockt, ist keine Hilfe zu erwarten. Die SZ reagierte von selbst und heftig, aber der Protest scheint im Sommerloch verpufft, muß neu angeheizt werden, konzentriert auf die Kulturausschußsitzung am 26. Es ist ein Wahnsinn mit dieser elenden Provinzstadt: Wenn es um Kulturpolitik geht, müßte man CSU wählen als kleineres Übel, so weit sind wir inzwischen.

—

Telefonat mit Moritz, ich widersprach seinem Urteil zu *Carrington*, den er schwach und – vor allem von Emma Thompson – beschissen gespielt fand. Meine Meinung ist diametral entgegengesetzt, der Film war sehr bewegend, Emma gut wie nie zuvor. Die Nyman-Musik ist allerdings schwach, aber als Hintergrundgedudel grad noch zweckerfüllend.

Helle Nächte ist jetzt in der Skizze komplett, in der Partitur bis Seite 300 (von ca. 400) gediehen. Ich riet dringend dazu, den Schlußchor wegzulassen, aber M. will am Ende unbedingt einen Reißer haben, mag melancholisches Ausklingen nicht.

In Spoleto eine neue Oehring-Oper. Soll genauso belanglos gewesen sein wie seine letzte.

—

Über Weßling. Hügel aus Ocker und gutgenährtem Gras. Unter schmutzigem Spätlicht liegen im Frühherbst, unten am See frißt sich Geflügel Speck an für seinen Südflug; die Wasseroberfläche verbucht den Lichtschutzfaktor sieben. Städter, ‹Kurzstreckentouristen›, packen die Picknickkörbe zusammen.

—

Guter Spruch: «Eine Frechheit, zu sagen: Man kommt *vielleicht* – und kommt dann doch!» (Heike)

—

Toy – in der Nacht Schlußredaktion. Das Buch nach drei Monaten wiedergelesen, mir war sauwohl. Es fiel mir in den Schoß, ich habe die Arbeit daran nie als solche empfunden, wollte ein schnelles Buch für einen Nachmittag schreiben – und was ist draus geworden? Nagy (gesprochen: Nátsch), als er von Marias Tod erzählt – wie über ihm tat sich der Himmel über, das Meer vor mir auf. Als wollten die Götter sagen: Arbeit ist nichts, wenn unser Segen nicht drauf liegt. Ich bin heute nacht so glücklich! Jedes tolle Fest folgert aus sich: Nach dem Tod kommt nichts – alles andere wäre ungerecht.

Und morgen werde ich nie so wertvoll sein wie gestern.

—

Hommage-Gedichte = *Epigonien* = Blumen, die auf Gräbern blühn und Restsaft aus der Erde ziehn.

—

Ist es lustig, ein Felsen zu sein?
Manchmal, wenn ein Schiff zerschellt.
Ist eine Trockenschleuder lustig?
Manchmal, wenn die Katz drin schlief.
Ist es lustig, Mensch zu sein?
Wenn man viel Humor hat, schon.

—

In Premiere *Nightwatch* wiedergesehen. Toller Film. Kim Bodnia ist der beste unter vier fantastischen Schauspielern, die seltsamerweise den Sprung zur Großkarriere (noch?) nicht geschafft haben. Daß Regisseur Bornedal sich zum Trottel macht und borniert-arroganten Amis ein Remake dreht, macht mich zornig.

—

Ist es lustig, ein Trottel zu sein?
Für fast alle.

—

22 Uhr im Breitwand: *From Dusk till Dawn*. Aufgrund der schlechten Presse erst jetzt, und was passiert? Bin begeistert. Das beste Fun-Splatter-Movie, das ich je gesehen habe, dagegen sieht Peter Jackson geradezu schlaff und traurig aus. Die Verrisse erklären sich dadurch, daß den Leuten der Film nicht als Fun-Horror verkauft wurde, sie eine Art zweites Pulp Fiction erwarteten und von der ersten Hälfte des Films auch noch bestätigt wurden. Um auf die zweite Hälfte dann entsetzt zu reagieren. Oder aber die Rezensenten waren einfach nur moralisch betreten, das gab's ja bei Pulp Fiction auch. Schade, daß Bea zu Hause blieb. Ich hab immer Gewissensbisse, wenn ich einen tollen Film ohne sie sehe.

—

Bernhard am Telefon, lobt den Charme von *Broken Silence*, moniert die schlechte Auflösung des Videomaterials. Selber schuld, warum muß er im Kino immer so weit vorn sitzen?

—

Spät im ZDF: *Die tödliche Maria* von Tom Tykwer. Verquer und aufwühlend, ein Alp aus schweren, kalten Farben. Beachtenswerte Musik. Heut werd ich filmisch verwöhnt. Beatrice hat den Film schon vor einem halben Jahr gesehen, aber mir nichts von Marias Hausmückensammlung erzählt, Motiv, das auch in Thanatos erscheint – und vermutlich in noch tausend andern Büchern. Ich war vorab mißtrauisch gegen den Film, weil der Name Tom Tykwer unsympathisch klang, gekünstelt. Ausgerechnet ich spotte über manches Kriterium der Kritikasten.

—

Mozart, Violinkonzerte. Arbeit an Babel. Die Verse verteilen sich auf drei ältere männliche Sprecher, die sie jeweils nuschelnd, rülpsend, pathetisch oder grölend von sich geben, ein Stimmgemenge vom Veteranenstammtisch, teilweise alterserhaben, teilweise ekelhaft.

5–6 Strophen pro Nacht sind's fast immer, die besten von heute:

Hoch oben, aber sehr weit draußen,
weit außerhalb des Machtbereichs,
in Erkern mit getönten Fenstern,
logierten unsre Dichterfürsten.
Gut angeseilt und warm gefüttert,
mit Festvertrag auf Lebenszeit,
erschufen sie die Sage Babels,
ein Epos, tausend Bücher schwer.
Manchmal brach ein Erker ab.

3. September, Dienstag

War in der Stadt. Das Lederhemd zur Reinigung gebracht, macht DM 59. Flagstad-Arien gekauft für DM 10. Der Preisverfall bei Klassik-CDs nimmt aberwitzige Formen an.

Vier Hitchcock-Preziosen auf Video à 9.99 (Rear Window, Vertigo, Family Plot, The Man who knew too much)

—

In Premiere ein Film mit Mädchen Amick. Sie wäre, vom Visuellen her, eine gute Besetzung für die Callas gewesen, ich kann mir nicht vorstellen, daß Meryl Streep diese Rolle glaubhaft geben kann.

Toy ist fertig, sollte also im Frühjahr kommen, aber Marcel spreizt sich, hat sich scheinbar schon auf nächsten September festgelegt. Das könnte fatal sein. Jetzt wird bald in ganz Deutschland Terence McNallys ‹Meisterklasse› gespielt werden. Belanglose Kolportage, die ihren Autor kaum mehr als einen halben Tag Arbeit gekostet haben dürfte – wird aber sicher ein Erfolg. Ich will Galionsfigur sein, Vorreiter auf der Callas-Welle, nicht als ‹gerade noch aufgesprungen› gelten, oder gar hinweggespült werden im Kielwasser. (C. – die letzte unausgeschlachtete Ikone des Jahrhunderts.) M. läßt mich deutlich merken, daß er zur Zeit Wichtigeres zu tun hat, als mit mir zu debattieren.

Guter Werbespruch für Toy: *Gott und der Teufel in ihrem letzten gemeinsamen Buch.*

—

Gestern in *From Dusk till Dawn* – Juliette Lewis hat an Reiz deutlich verloren, seit ich weiß, daß sie Scientologin ist. Wie konnte ausgerechnet sie uns das antun? Jetzt trägt sie ein zweites Gesicht, das manchmal unter dem ersten hervorscheint, verschlagen, gierig, häßlich.

—

Blättern in Reiseprospekten. Will ich überhaupt wegfahren? Vieles sieht interessant aus für eine Woche, aber zwei? Ich will doch nur dem Dezember-Lichtmangel entfliehn.

—

Nachts Schachtraining. Die Wiener Katastrophe hängt mir noch schwer nach.

Nur eine neue Strophe Babel.
Tag, der fern am Horizont vorüberlief.

—

Söldnerlied (Wien-Gedicht III)

Wie zwei Stück Vieh
vorm Bolzenschuß
sich Zeit und Angst vertreiben
so trieben wir umher

und hätte sie
nicht fortgemußt
um namenlos zu bleiben,
vermißt im Ungefähr …

Es war mir nie
so schwer bewußt.
Es war nicht zu beschreiben.
Es war. Und ist nicht mehr.

4. September, Mittwoch

Postkarte von Markus E.: *Bei mir läufts und wirbelt es. Thanatos lugt auch ab und zu aus der Verbannung hervor. Z. B. als ich letztens die Leiche eines Nachbars entdeckte, die schon schwarz und fliegenübersät war.*

Postkarte von D&A aus Norwegen: *Wir vergessen ständig: Sonnenbrillen, Stadtpläne, Kleider (im Hotel), Autoschlüssel auf der Toilette. Ich habe meine Börse verloren (mit Geldkarten, Ausweisen etc.), das muß Urlaub sein. A. hatte Pilzvergiftung – das Auto mit Melone vollgekotzt. Unsre Hütte hat kein Wasser (weder fließend noch kalt). Wir liegen an Fjordstränden, von Enten umlagert, und meistens bin ich impotent. A. träumte, man hätte meinen Bruder erhangen aufgefunden. Das Auto verliert mehr Öl, als uns lieb ist. Hoffen das Beste – herzlich –*

—

Für den Schluß von *Toy*: Teufel kann sich (laut eigener Aussage) nicht in einen Pudel verwandeln, nur in einen hineinfahren!

Egal? Egal.

—

Linguistisches Spiel: «Mähen Äbte Heu? Äbte mähen nie Heu, Äbte beten.»

Markus Eickhoff gab mir den Tip. Man spreche jemandem die beiden Sätze flüssig vor, zurück kommt von fast jedem: «Was? Welche Sprache ist das?»

—

Cosmopolitan-Artikel redigiert. Drei Stunden verplempert, noch einmal *Barry Lyndon* anzusehen, Film, der heute nicht mehr funktioniert. Früh ins Gartenhaus.

—

Zuerst eine Emphase ohne Erklärung. Nur das Gefühl, eine Möglichkeit sei ins Zimmer getreten. Das Papier fordert auf, eine Spielfigur zu wählen. Anstoß. Im Mittelkreis zwischen Wollen und Zwang. Das jus primi verbi.

—

Alte Liebe (Wien-Gedicht IV)

Hier spricht der lebenslang Verschmähte.
Ich hocke im Seniorenheim,
im Zimmer nebenan, Geliebte,
und warte, bis du schwarz wirst.

Hier spricht der lebenslang Verschmähte.
Ich sitz im Stiftskapellchen, nachts,
solange, bis du schwach wirst,
und aufgebahrt in weißem Samt.

Hier spricht der lebenslang Verschmähte
ein lebenslanges Liebeslied
für eine tote blöde Fotze,
die kalt blieb unter jedem Vorwand.

In dieser Woche schon die dritte Lesungsanfrage. Aber meine letzte Lesung überhaupt war am 24. Juni in Salzburg, ich mag nicht mehr, solange ich's mir irgendwie leisten kann. Dazu ein dreiseitiger Leserbrief aus Wuppertal. Hab dann immer ein wenig Bedenken, wenn ich mit zehn Zeilen antworte. Geht eben nicht anders.

—

W. Herzog wird heute (erst) 54. Überlege dauernd, ihm (auf welche Weise?) die Vita Pasqualini zur Verfilmung anzubieten / anzudrehen / aufzuzwingen / zu schenken. Der Stoff wäre doch maßgeschneidert.

—

Zum Saturn, Kleinigkeiten für den Urlaub gekauft – und ein paar Videos, darunter – undurchschaubare Preispolitik – *Die Bartholomäusnacht* – für 9,95.

—

Moritz, vier Tage in München, spielt mir das Lied auf meinen *Reigen aus unreinen Reimen* vor. Es ist schön, hat aber, scheint mir beim ersten Hören, wenig mit dem Text zu tun, vertont nicht ad verbum, komponiert nur die Silben, nicht deren Bedeutung. Andererseits entspricht der Flair der Musik doch der Stimmung des Gedichts – bin hin- und hergerissen.

Waren mit ihm und Bernhard im *Jeena,* enger Inder, gutes Essen, liebevoll angerichtet, zudem preiswert. Gespräch über Mussolini-Bauwerke, die (in Deutschland wäre so eine Haltung undenkbar) nach Kriegsende fertiggestellt wurden, weil sie eben schon zur Hälfte vorhanden waren. Über verschiedene römische Gelato-Novitäten, über Filme, über Henzes mutigen Versuch, doch die *gesamte* Biennale 97 zu retten. Schöner Halbsatz Ms: *«Das dürfte ich dir jetzt eigentlich gar nicht erzählen, aber – ach, das hab ich dir ja schon erzählt …»*

Später rückt er damit raus, daß er Carrington nur auf italienisch, ohne Untertitel gesehen – und kaum etwas verstanden hat.

Ich war von zuviel Computerarbeit zungenträge, hatte erneut Wortfindungsstörungen, Zustand, in dem ich lieber alleine wäre. Wir trafen, bei einem dritten Bier im Stadtcafé, Andi, gratulierten ihm zum Förderpreis.

Falls ich den tatsächlich noch mal bekommen sollte – was mach ich dann? Beatrice: «Wär doch lustig – erst den Büchnerpreis zu bekommen, und, im Jahr darauf, den staatlichen bayerischen Förderpreis.»

«Der bayerische Sonderweg.»

Fuhren früh heim.

—

Goldhagen-Debatte im TV. Bubis hält Goldhagens These, es mußten zum Holocaust nur zwei Faktoren zusammenkommen (tief verwurzelter Antisemitismus und eine zum Völkermord bereite Regierung), entgegen, daß dies «nicht nur die Deutschen, sondern alle

Völker beleidigt, in denen es Antisemitismus gab» (Eigentor per Fallrückzieher) und daß «der Holocaust unerklärbar bleibe, bleiben müsse». Warum? Mysterium des Schreckens, eine Mystifikation, die die Aura des Mythos noch stärkt, ist das etwa wünschenswert?

Habe gleich wieder über den Nibelungenstoff nachgedacht, Kind, das mich nicht losläßt.

Freud, der den Antisemitismus als Projektion sah, als aus dem latenten Haß des Wotansvolks gegen die christliche Mission entstanden wähnte, hätte seine ‹Freude› an einem Typus wie Heydrich gehabt, der offen herausposaunte, die Ausrottung des Judentums sei nur eine Übung, ein Vorspiel, der große Kampf danach gelte dem Kreuz, nicht dem Davidsstern. Wer so etwas heutzutage in irgendeiner Weise für relevant hält, riskiert leicht den bösen Vorwurf, er hätte behauptet, die Juden würden ihre Rolle im Holocaust überbewerten.

—

Bernhard v. Clervaux' (‹Die Gestalt ist wesentlich für das Sein›) klösterliches Architekturideal, verglichen mit der Musik Arvo Pärts – wie sähe ein zeitgenössisches Pendant in der Literatur aus, Zisterzienserlyrik, sozusagen, Arte povera scritorale? Entweder etwas ganz und gar Unpopuläres zwischen Scardanelli und Ungaretti, oder etwas, das sofort (Kaléko) als durch Schlichtheit getarnte Banalität diffamiert würde. Solch ein Experiment, solch ein Eiertanz, reizte mich.

—

Im Nachtkonzert Glagolitische Messe mit lahmarschiger Orgel, die Ekstase nicht einmal vorzutäuschen versucht. In manchen Menschen muß Blut mit hoher Oktanzahl fließen.

Danach die Cassette mit Filmmusiken eingelegt: *Jurassic Park, Henry V, Once upon a time in America, Day of the dead.*

Würde man heute jemanden beauftragen wollen, eine Puccini-Fälschung zu verfassen, am ehesten traute ich's John Williams zu. Die Musik zu Jurassic Park besitzt Stellen von Größe und Magie. Selbst, wo es kitschig wird, habe ich den Eindruck, es sei bewußter Kitsch, der, würde die Partitur in anderer (höherer) Funktion gebraucht werden, vom Komponisten sofort gestrichen würde. Nicht nur in der Instrumentierung zeigt die Musik Verwandtschaft zum Meister, auch im melodischen Duktus und der Variierung des Materials.

—

Der Holocaust – Grenzerfahrung eines Jahrhunderts, das, auf Teufel komm raus, die in uns tiefgefrorenen Möglichkeiten erkunden wollte.

Aber: Mit der historischen Distanz wird das Phänomen Hitler von der Jahrhundertkatastrophe zum bizarrschrillen Zwischenspiel, zum kurzen, zwölfjährigen Wahnsinn, zum ekstatisch-bewußtlosen Totentanz, wie es ihn einst in von der Pest befallenen Städten gab. Die tiefgreifendere Jahrhundertkrankheit war Kommunismus jeder Spielart.

Hitler lieferte, um es zynisch zu sagen, wenigstens großes Kino.

—

Henry V – St.-Crispins-Day-Monolog, des Königs Ansprache an seine müde, zahlenmäßig weit unterlegene Soldatenschaft, kurz vor der Schlacht von Agincourt.

Unterstützt von der Musik Patrick Doyles erreicht Branagh, daß man die Worte, diese verlogen-bellizistisch-pathetischen Blähsätze laut mitsprechen möchte vor Begeisterung. Habe nachgedacht, bis es in Ordnung war. (Natürlich stand das Urteil vor der Urteilsfindung fest.) Shakespeare feiert hier die Übermacht des Wortes über Material und Statistik – auf abstrakter Ebene ein korrektes Fest – dazu ein bißchen Kaltenberger Ritterturnier, was solls …

—

Identifik. Callas: Perfektionistin. Die Angst des Emporkömmlings. Der Haß auf die Mutter. Die Polarisierung der Kritik. Der Wille zur Traumwelt. Die Fackel, die hell und zu schnell brennt. Das fehlende Selbstbewußtsein, wenn nur einer buht. Kritik von Freunden ist Verrat.

—

Der Zwiespalt jeder Kunst, die einem Ethos verpflichtet bleibt – soll man die Euphorika des «Gegners» übernehmen, obwohl man ahnt, es brächte seiner Sache mehr als der eigenen?

—

Babel litt heute unter einem Stimmengewirr.

6. September, Freitag

Fallobst auf den Straßen. Gerontische Wespen schleppen sich zu Fuß über den Gehsteig. Der Sommer war kurz.

Rekord: Postzustellung erst um 17:30 (das Postamt liegt in 50 Meter Entfernung)

—

Anruf von A.: Die in Norwegen verlorene Geldbörse ist wieder aufgetaucht, verloren bleibt das blaue Kleid, das mir so gut gefiel. Sie fragt, ob die Konditionen, die D. bei seinem ersten Buchvertrag zugesichert bekam, okay seien. Waren sie nicht, aber wichtiger ist, daß das Buch einigermaßen nach etwas aussieht. Was man von solch dubiosen Kleinverlagen nicht erwarten darf.

Anruf von Moritz: Lobt die drei Lieder und das Bläserquartett, ich hätte Fortschritte gemacht.

Werde zu der ‹Entrata› noch eine ‹Partenza› schreiben, die Besetzung (C- und B-Trompete, Posaune und Tenorbaßposaune) liegt mir, glaub' ich.

—

Ab 18 Uhr im Club. Js Lieblingsband zur Zeit: «My Dying Bride». Er wollte etwas über seine Probleme mit Gott und der Welt mitteilen, fand dann nicht den Mut, oder nicht den richtigen Anfang. Für ihn (19) bin ich ein alter Mann mit einer anderen Sprache.

—

Im Nachtkonzert 6. Symphonie Schostakowitsch, eine seiner besten, das Mahlereske im ersten Satz wäre gut genug, einen Ähnlichkeits-Wettbewerb mit weitem Abstand zu gewinnen. Tut der Größe des Werkes keinen Abbruch. Maris Janssons dirigiert besser, als von ihm gewohnt.

—

Beim Babel-Projekt in die Schlußphase des Rohtextes gelangt. Philosophische Meditation über den Sinn des nie vollendbaren Turms. Ging zu weit, habe das meiste wieder gekürzt. Gruß an Bertolt.

—

Schönes Wort sucht Mitbewohner für einen kraftvoll wahren Satz. Längerfristige Bindung erwünscht, spätere Floskel nicht ausgeschlossen. Satzunerfahrene Wörter werden bei gleicher Eignung bevorzugt.

—

Das Wesenhafte dieses Turmes
bestand in seiner Nievollendung.
Es blieb noch soviel Oben übrig.
Sovieles zwischen Stirn und Sternen,
zwischen Angesicht und Angst.
Bösartige Lästerzungen,
infam und ungeheuer unten,
haben jedes neue Stockwerk
als eitles Stückwerk diffamiert,

als Stützkorsett für Großmannssucht.
Man müsse, schwätzten sie, den Bau
mehr in die Breite ziehn, damit
der letzte Zwerg was davon hätte.
Zwei Dinge sind auf Erden unnütz:
Kritiker und Rezensenten.
Babel funktionierte, weil es
dem Wesen allen Seins entsprach.
Es schlug von weither eine Brücke
als Schneise für die Fahrt zur Neugier,
es ehrte seine Toten und
ernährte sich von ihnen.

7. September, Samstag

Sofort, wenn wir wieder zu Hause sind, einen Laserdrucker kaufen. Mit dieser Tintenstrahlscheiße hab ich ein Drittel des letzten Jahres vergeudet.

Kühl und regnerisch.

Beim Autofahren Überlegungen zur Rentabilität von Kombiwetten bei Intertops.

Acht Spiele, alle mit einer Quote um die 15:10, zusammen mit 100 Mark gewettet, brächten ein: 2563 DM. Wann hat man je alle acht Spiele richtig? Jede dreißigste Woche? Eher jede fünfzigste.

Tiefhängende Wolken, in den Bergen besonders deprimierend. Bea: «Man hat das Gefühl, etwas drückt von oben herab.»

Dann, inmitten des Grau-in-Grau, plötzlich ein Lichttableau, eine Schneise, Gemälde aus strahlendem Weiß, aus Schnee und hell angeleuchtetem Fels, wie im Traum, oder im Märchenbuch. Götterburg. Das Bild wirkt sakral, weil oben von einer schnurgeraden Linie begrenzt, scharf ausgeschnitten aus einem dunklen Rahmen.

Gebilde für Minuten. Verschwindet, vermischt sich.

—

Bea: «Da oben liegt weißes Zeug im Gras.»

«Schafe.»

«Oh.»

Auf dem Zirler Berg, vom Stau aus beobachtet: Almabtrieb. Früh im Jahr. Kühe folgen, willig und verfroren, dem Hirten. Der wilde Wein trägt bereits glutrotes Blattwerk.

Bea, mein süßer Vanilla-Rabe. (Trägt mein Lieblings-T-Shirt, vanillefarben, schwarzgesprenkelt.)

«Die sind lecker, die Vanilla-Raben. Übrigens, die Fotos im Südfrankreich-Bildband sind alle spätnachmittags aufgenommen. Wahrscheinlich ist es dort nur zu dieser Uhrzeit schön. Und die Gebäude sind alle sehr schattig photographiert, daß man von den Gebäuden kaum etwas erkennt. Wahrscheinlich ist das Kunst.» Sie grinst mich an, wir lachen, das Leben ist eine fröhliche Fahrt. Unser Reiseenthusiasmus ist seit dem Vormittag deutlich gestiegen. Brennero – alles wird blauer, grüner und brauner (dank der verrosteten Leitplanken der Autostrada).

Unser beider Leben gleicht einem langen, langen Calvin & Hobbes-Comic, (Bea, niedlichtuend: «Ich bin Hobbes ...») mit nicht festgelegten Rollen. («Ich bin Hobbes.» Bea insistiert.)

Um mit Dr. Rönne zu sprechen: Wieder geschieht uns die Olive. Unverbraucht.

Ich würde gerne einmal auf einer Schautafel visualisiert sehen, welche chemischen Prozesse sich in meinem Kopf abspielen, wenn er das Schlußduett aus Monteverdis ‹Krönung der Poppea› hört. Adrenalin, Endorphine, und noch etwas anderes, der Spiritus Sanctus sozusagen, numinoses Glück, das unendliche Geborgenheit ahnt.

Was jede Vorstellung des Paradieses zerstört, ist dessen Stagnation. Es bleibt nur die Allianz mit dem Vorhandenen.

Jeder ist glücklich, der seine Möglichkeiten genutzt

hat. Glücklich ist der Dumme zuerst. Für alle anderen geht die Glücksuche von Anfang an einher mit der Formulierung glaubhafter Ausflüchte.

«Arbeit haben und dumm sein – das ist Glück!» (Benn)

Beide Tatbestände sehe ich an mir erfüllt. Ich bin ein Ofen, und dumm wie Stroh, lege Hand an mich, fütter das Feuer, fütter mein Ego …

—

Im Radio ‹Locomotion› – Little Eva, ‹Barbara-Ann› – Beach Boys, ‹Sweet Home Alabama› – Lynyrd Skynyrd, Ferienmusik. Auf dem Klassiksender kommt eh nur Brahms, drittes Klavierquartett, klingt wie mittlerer Schubert, nur kälter, härter, bärbeißiger.

Es ist warm, die Sonne unverstellt. Auf der herrlichen Bergstraße zwischen Trient und Arco türkisfarbene Seen, bekränzt von Schilf und Felsmassiven, Weinspaliere in jeder ausgesparten Ebene, dann wundersame alte Gebäude, schlanke Kirchen, steinerne Scheunen oder deren Ruinen, junge Olivenbäume, riesige Zypressen.

Der Oleander blüht.

Limone – teurer Ort voll älterer deutscher Ehepaare, 140000 Lire für ein Doppelzimmer ohne Fernseher. Wollten uns in Gardone die D'Annunzio-Villa ansehen, war schon zu spät, fuhren weiter und weiter, nach Brescia und dann, in der Hoffnung auf die dortige Hoteldichte, nach Desenzano. Dämmerung. Nacht. Eine Katastrophe – im Ort findet Europas größtes Biker-Treffen statt, die Straßen sind voll mit silberpolierten Maschinen, die Hotels mit deren Reitern. Wir fahren eine Ewigkeit kreuz und quer durch die Gegend am Arsch des Lago di Garda, suchen in Peschiera, Bardolino, Sirmione.

—

Beatrice, inzwischen seit neun Stunden am Steuer, kann kaum noch aus den Augen sehn, das Benzin geht bald aus, ich verfluche den Urlaub.

—

Endlich, um 22 (!) Uhr, in der City von Verona, ein Vier-Sterne-Hotel (Leopardi), 200 000 Lire, dafür ein schönes Bad, mit riesigen, gegenüberliegenden, einen Schacht ins All treibenden Spiegeln, in denen ich jetzt mich, und 20 bis 30 andere Helmuts, in der Ferne verschwinden seh.

Helmut und Beatrice. Poetische Diskrepanz der Namen. Wie Karl-Otto und Carlotta. Meine Mutter schwankte zwischen Stefan, Helmut und Bernhard. Welch Phantasiepotential!

—

Zu Anfang warn die Zeiten salzig.
Wir paßten manchem Weltentwurf
nicht ins geheiligte Konzept.
Die Sintflut überstand der Turm,
entgegen andrer Propaganda,
zwar mühsam, aber irgendwie.

Wir rückten oben eng zusammen
und saßens aus. Es gab viel Fisch.
Noahs Arche schwamm vorüber,
blasiert, die Luken dicht geschlossen,
als wär ihr unser Winken peinlich.

Beim Aufwachen nach mieser, unruhiger Nacht schönes Fensterbild: Links unten ein rotes Ziegeldach mit Katze, ansonsten blauer Himmel. Könnte man so als Poster verkaufen.

B: «Guck, wie verknüllt ich ausseh, wie aus der Mülltonne gezogen.»

Rief gestern um elf noch bei Albert an, er wußte alle Fußballergebnisse, auf ihn kann man sich verlassen. Leider hatte ich fast alles falsch getippt.

Fahrt nach Mailand, bei zähflüssigem Verkehr. Keine Wolke zu sehn. Viel wilder Hopfen. Der Himmel ist azurn, am Rand etwas dunstig. Gute Fernsicht.

Zur Rechten das Val Camonica, das wir bei der Melodien-Recherche zu besuchen versäumten. Mangoldfelder, Mais, Pferde. In Wien gabs des öfteren Imbißbuden mit Pferdeleberkäs'.

B: «Lieber Bergamo als Berg am Laim.»

—

Im Mailänder Dom recht beeindruckend: eine Steintafel, auf der alle Erzbischöfe der mailändischen Kirche verewigt sind, 142 Stück, vom Jahr 51 n. Chr. bis zum jüngsten, dem Kardinal Martini, gewählt 1980. Bei genauerem Hinsehen scheint der Beginn der langen Reihe ein wenig gemogelt, der 4. bis 6. Bischof soll jeweils 52 Jahre, der 3. immerhin 40 Jahre geherrscht haben. Aus dieser Zeit waren wohl einige Daten einfach nicht vorhanden.

Standen ehrfurchtsvoll am Grab des Carlo Borromeo, gest. 11.10.1631.

Es war gerade Messe. Die große Orgel besaß einen weichen, sanften Klang, ihr Spektrum enttäuschte ein wenig im Schlußforte der Marcia, wo sich der Organist, ein Virtuose, zu ungestümer Leidenschaft aufschwang.

Den Leib Christi gibt es nur, solange Oblaten vorhanden. Der Rest der Schlange wird zurückgeschickt.

Danach mit dem Ascensore vierzig Meter hinauf, aufs Dach des Doms. Schreckliche Entdeckung: Ich bin höhenkrank. Auf der kleinen Treppe zur höchsten Ebene bekam ich Schweißausbrüche und Schwindelgefühle, mußte mit den Händen die Stufen vor mir berühren. Obwohl ein Hinunterstürzen, selbst bei vorhandener Absicht, geradezu unmöglich war. Das gibt's doch nicht – ich bin im 8. Stock eines Hochhauses aufgewachsen und hatte nie Probleme damit. Sogar, die Treppe hinabzusteigen (man sah zwischen Stufen und Geländer die winzigen Spielzeugbuden und Liliputaner unten auf dem Domplatz), machte mir Angst, ich schaffte es schließlich, weil von hinten gedrängt wurde. Komme mir wie behindert vor, sehe *Vertigo* plötzlich mit anderen Augen. Bea tröstet mich: «Das weckt meinen Mutterinstinkt. Früher hatte ich das auch, jetzt nicht mehr, hat mir überhaupt nichts ausgemacht da oben. *Superfrau* hätts da noch lange ausgehalten, aber *Schwachman* mußte wieder runter.»

In der Galleria gesehen: eine wunderschöne Frau mit ewig langen Beinen und einem atemberaubend kurzen Rock. B.: «Eher ein verlängerter Gürtel.» Bemerkenswerter Kontrast: eine andere Frau, eigentlich jung und gutaussehend, die sich als Leiche geschminkt hatte, mit Wangenwachsbleich und Lippengrau. Furchterregend.

Überall in der Galleria (die viel kleiner ist, als ich dachte) Asiaten, die über den Boden robbende batteriebetriebene Blechsoldaten verkaufen.

—

Die Scala ist wunderschön, alles mit glutrotem Samt ausgeschlachtet, auch die Bestuhlung, ein feierliches Bad in Wein und Blut. Im Scala-Museum ein apartes, für die Entstehungszeit sehr natürliches Porträt der Malibran. Als ob sie einem gleich zuzwinkern würde.

Das Spinett, auf dem Verdi seine ersten Tonleitern übte. Auf den obersten Tasten hatte er (oder irgendwer) eingeritzt, welchen Ton die jeweilige Taste hervorbringt (brachte): C-D-E-F.

Wagners Sterbemaske, besser gesagt: eine von Wagners Sterbemasken. Kurios auch die vielen Zeichnungen des auf dem Totenbett ruhenden Verdi. Ich kann mir vorstellen, daß sein Sterbezimmer mit Porträtisten voll gewesen ist, das muß ausgesehen haben, wie in einer Malerklasse. Gleich beim Eingang hängt ein unglaublich scheußliches Porträt der Callas von einem (oder einer) gewissen Sartini.

Dagegen im ersten Stock ein grandioses Werk von *Maria Antonietta Gambaro,* Öl, schwarz und weiß, fängt mit wenigen Strichen Marias Wesen und Tragödie ein. Beim Verkaufsstand gab es – angeblich aus rechtlichen Gründen – nur die Scheußlichkeit als Postkarte, ich schimpfte darüber, und prompt wurde Bea erlaubt, das Bild im ersten Stock zu fotografieren entgegen strengstem Verbot. Wäre das was für den Umschlag von *Toy*? (Nicht, wenn auf der U4 schon Maria mit den beiden Pudeln drauf ist. Oder doch?)

Es gab *ein* Callas-Poster zu kaufen, ein Photo verwendend, auf dem sie am wenigsten wie sie selbst aussieht, vielmehr der jungen Deborah Kerr in Quo Vadis ähnelt.

Ich wußte noch nicht, daß Victor de Sabata ein eifriger Komponist war.

—

Dank Bea, die schnell eine Toilette brauchte, im «Burghy» (ital. Variante des Burger King) eine gute Entdeckung gemacht: die vielfältige Salatbar, darunter der Nudelsalat mit Gamberini und Rucola und der mit Erbsen-Sahne-Käse-Sauce, sehr billig, sechs Mark für eine große Portion. Besonders reizend: in kleinen Tütchen abgepackt und gratis warn nicht nur Salz und Pfeffer, Mayonnaise und Ketchup, sondern auch Olivenöl und Rotweinessig, alles von hochwertiger Qualität.

—

B.: «Soll ich ein Bild von Mailänder Tauben machen? Die hab ich noch nicht.»

—

Gegen drei Uhr Weiterfahrt nach Pavia, auf einer kleinen, frischgeteerten, tiefschwarzen Straße, sehr hübsch – der längst trockene Mais wird bei tiefer Sonne zum Flammenmeer.

Wollten eigentlich den berühmten Mailänder Friedhof ansehen, aber die Zeit drängt. Warum eigentlich? Zeit: «Ich kann nicht anders.»

Beatrice erzählte, daß ihr Vater, der weiß, wo sich manche niederbayerische Radarfallen verbergen, vor denen immer besonders langsam fährt, damit andere ihn überholen und prompt reinrasseln. Könnte von Polt stammen.

Immer beim Vorüberfahren an den ersten Häusern eines Dorfes – man könnte sich in einem dieser Häuser nieder- und eine Geschichte beginnen lassen. Oder ein völlig neues Leben. Die Welt besteht aus Billionen von Plätzen, an denen etwas geschieht, und wir haben davon keine Ahnung. Wie viele Möglichkeiten es gibt, gemessen an der Aussicht, daß von keiner etwas bleibt. Wirklich großzügig.

—

Die Kirche der Certosa von Pavia enthält in ihren Sockeln eine kleine Weltgeschichte – runde Portraitreliefs von Nebukadnezar, Alexander Magnus, Romulus und Remus, Julius Caesar, dem Perserkönig Darius und einiger willkürlich ausgewählter römischer Kaiser – Nero, Galba, Vespasian, Domitian, Nerva – was nahelegt, daß zuerst die Kaiserreliefs vorhanden waren, das andere dazugefertigt wurde. Was sich auch in der handwerklichen Qualitätsdifferenz niederschlägt.

Sehr beeindruckende Kulisse. Das erste und dritte Kreuzgewölbe nach dem Portal ist bemalt mit blauem Grund und gelb-goldenen Sternen – wie das Mosaik in Pasqualinis Keller. Wieder ein Kreis, der sich schließt:

In Pavia traf Castiglio mit Agrippa zusammen. Ich hätte viele Stunden hier verbringen können, wir hetzten aber nur durch, gedrängt, diesmal nicht nur von der Zeit, auch von Tausendschaften Bustouristen. Der Zahl der Klausen nach müßte die Kartause für nur 32 Mönche (und ein paar Novizen) gebaut gewesen sein.

Safrangelb die Hirsefelder. Ist es Hirse?

Lange kein Hotel in Sicht, deswegen in Alessandria das erstbeste genommen (Londra), gingen essen in einem kleinen, sauberen Restaurant (Conca d'Ore) zwei Straßen weiter. Die Speisekarte war reichhaltig, aber auch hier gab es keine Bagna Cauda, angeblich das Piemonteser Nationalgericht, dazu noch in Alessandria, sagt man, erfunden.

Die Stadt bietet nicht viel, kannte, bevor wir kamen, Touristen nur vom Hörensagen. 1800 fand in der Nähe die Schlacht von Marengo statt, in der Napoleon die Österreicher besiegte.

Gingen früh schlafen, lagen wie erschossene Pferde im Bett, 12 Stunden am Stück.

9. September, Montag

Am Morgen bezahle ich das Zimmer und vergesse, mir eine Quittung geben zu lassen. Während ich die Koffer ins Auto bringe, geht Beatrice los, das Versäumnis nachzuholen. Und was probiert diese Schnepfe von Portiersfrau? Doppelt zu kassieren. Behauptete, ich hätte nicht bezahlt, aber weil ich dazukam und ihr ja erst fünf Minuten zuvor das Geld überreicht hatte, hielt sie den Schwindel nicht durch und gab auf. Wir verzichteten auf das Frühstück in diesem Hotel, tranken Kaffee bzw. Tee in einer Autobahnraststätte. Habe selten einen so guten vierfachen Espresso erwischt. Praktischer Autofahrer-Imbiß: eine *Rutola*: Pizzabrot, Kopfsalat, Schinken und Käse, kunstvoll ineinandergewickelt.

—

Unterhalb Tortona, Richtung Genua sehr toskanische Landschaft. Grenze vom Piemont zu Ligurien. Oberhalb Genua das stählerne Monster der Polcevera. Was für eine Brücke, wie aus einem Science-fiction-Film! Hier könnte man die Neufassung von Metropolis drehen.

Skurrile Fabrikanlagen, in die Berghänge hineingebaut, grün gestrichen, wie von Grünspan überzogen. Links und rechts neben der Fahrbahn höchste Stockwerke einsturzgefährdeter Hochhäuser. Die Straßen sind in einem komplizierten Röhrensystem ineinander verschlungen, oder scheinen frei zu schweben, an unsichtbaren Trägern aufgehängt. Nebeneinander von winzigen, verfallenen Häuschen und monströsen architektonischen Scheußlichkeiten. Wolkenkratzer, mit drei, vier Stockwerke hohem Durchbruch, man fährt zwischen Schlaf- und Kinderzimmern durch.

12:14 – Sicht aufs Meer.

Wenn es hier mal ein anständiges Erdbeben gibt, werde ich zum Dokumentarfilmer.

Bea: «Warum fühlt man sich so zum Meer hingezogen? Weil man selbst zu 70 % aus Wasser besteht?»

Redeten über das Reisen in hundert Jahren. Förderbänder im Untergrund, oder Magnetbahnen mit Schallgeschwindigkeit? Das einzig revolutionäre Fortbewegungsmittel wäre das Beamen. Den Körper in seine Atome zerlegen und diese per Trägerstrahl durch eine Lichtleitung schicken. Gingen beim Zerlegen und Zusammensetzen Persönlichkeit und Bewußtsein verloren? Knüpften sich die Neuronen zusammen wie zuvor?

Um die Masse des zu bewegenden Transportguts zu reduzieren, könnte man auf die Wasseratome verzichten, eine Dehydrierung vornehmen. Eine große Pfütze bliebe, der Rest ginge auf Reisen. Bea: «Außer es geht in die Wüste.» Vielleicht gibt es aber in hundert Jahren keine Wüste mehr? Mit einem rentablen Verfahren, das Salz- zu Süßwasser filtert, könnte binnen weniger Jahre ein Kontinent aus fruchtbarem Boden gewonnen werden. Vielleicht heißt es dann: ‹Die Wüste blüht. Wohl dem, der Wüsten besitzt.›

«Du meinst, wenn man seinen Enkeln was Gutes tun will, sollte man schnell noch ein paar Wüsten kaufen?»

«Genau.»

Abseitige Frage: Warum haben Cuxhaven und Coburg die deutsche c zu k-Verschiebung überlebt, Cassel aber nicht? Kamen darauf, weil es einen Wegweiser nach *Celle* gab.

Bei Imperia Wechsel auf die Küstenstraße. Die ersten Palmen. Möwenmobile über den Klippen. Blühende Agaven, fruchtende Feigenkakteen.

In San Remo Logis genommen im Hotel Milano, nah am Zentrum. Die Stadt hab ich vor sechzehn Jahren letztmals gesehen, kommt mir gewachsen vor, viel lauter und lebhafter.

Im Kabelfernsehen seltsame Senderauswahl an deutschen Programmen: BR, WDR und MDR.

Spaziergang zum Casino. Die dort in den Festsälen stattfindende Callas-Ausstellung öffnete erst um 17 Uhr, verzockten deshalb hunderttausend Lire im kleinen Spiel. Zutrittsüberwachung und Kleiderordnung wird völlig leger gehandhabt, ganz anders als letztes Jahr in Venedig.

Numinos – die Ausstellung sollte eigentlich nur bis Ende Juli laufen, wurde dann bis morgen verlängert – wie für uns.

Sehr viele Fotos, die meisten kannte ich, waren aber auch einige aufregende dabei, vor allem aus der Frühzeit von Marias Karriere, eines zeigte sie mit fettem Gesicht, noch viel fetter als auf jenem Bild, das ich für Toy ausgewählt habe. Einige von Marias Kleidern und Kostümen waren vorhanden, wirkten bizarr, weil so neu. Wie konnte deren Trägerin seit bald zwanzig Jahren tot sein? Eines der Fotos zeigte deutlich den Anflug eines Oberlippenbartes, den ich mir einmal notiert hatte, und später, weil er nie wieder zu sehen war, als Schattenspiel abtat.

Nagy erwähnt übrigens gewisse Personen, wichtig in der Callas-Biographie, kein einziges Mal, z. B. Elsa Maxwell, oder Di Stefano. Obwohl dahinter natürlich die Entscheidung stand, Nagys Nacherzählung nicht ausufern zu lassen, wirken diese Auslassungen stimmig, wie ein stur durchgehaltenes Prinzip, ja wie ein Ehrenkodex. Eine Stelle, in der er diese Eliminierungen erwähnt und begründet, habe ich gestrichen. («Ich könnte noch viel erzählen an Bitterem. Einige Personen mit Namen zu erwähnen, weigere ich mich. Existenzen gibt es, über die zu berichten jenseits der Schamgrenze liegt.») Dem Leser zu sagen, man würde etwas weglassen, ihm also verschweigen, kommt nie gut.

—

In einem ordinären Supermarkt sahen wir ein kleines Paradies: Ähnlich wie bei uns in der Obst- und Gemüseabteilung gab es dort Fisch und Meeresfrüchte aller Art, mit dem Schöpflöffel in Tüten abzufüllen. Die Meeresfrüchte waren teils vorgewürzt, der Fisch sinnvoll portioniert.

Saßen dann eine Weile am Meer. Ein riesiger Welpe kam vorbei, vermutlich Sennerhund oder ähnliches, der beschnupperte einen in Relation zu ihm winzigen Yorkshire-Terrier.

Bea – «Was für ein Getüm!» – fragte sich, ob trotz verschobener Proportionen der Terrier den Senner noch als Welpen erkennen und ihm Welpenfreiheit gewähren würde. Kam jedenfalls zu keinem Konflikt.

In San Remo sang Maria Callas nur einmal, im Jahr

53, zusammen mit Benjamino Gigli, ein Konzert diverser italienischer Arien.

Abendbrot mit Abendsalami und Abendkäse auf dem Zimmer.

Später die Via Aurelia westwärts nach Monte Carlo. In Menton hab ich vieles wiedererkannt, in Monaco kaum etwas. Glanzvoller, auch hybrider Anblick, ich wäre lieber in den Fünfzigern hier gewesen, oder vor hundert Jahren. Das Café Paris hat angebaut, ist riesig geworden und unpersönlich. Hier gibt es Black-Jack-Tische, im großen Spiel nicht. Die Decke des Casinos begeisterte mich. Sah beim Spielen ständig nach oben. Ansonsten war es todlangweilig, kein Vergleich etwa mit Velden. Eine der Slot-Machines spuckte 1000 Francs aus, das minimierte unsere Verluste beim Roulette.

Schon um 23 Uhr zurück, diesmal Autobahn. Beas neues Lieblingswort, wenn unten an der Küste eine Stadt mit Beleuchtung um sich wirft: «Sehr lichtig.» Klingt, wenn ich es aufschreibe, wie aus einem Chinesenwitz.

Sahen, noch auf französischer Seite, einen Mann, der sich, mitten in tiefdunkler Pampa, auf dem Pannenstreifen fortbewegte, schnell gehend, aber nach jedem zweiten Schritt mit beiden Händen die Leitplanke berührend. Was wollte er da oben? Die nächste Gelegenheit, die Fahrbahn zu verlassen, bot sich ihm erst nach ein paar Kilometern. Wollte er sich umbringen? Von einer der Brücken stürzen? Betrunken sah er nicht aus, um Hilfe bat er ebensowenig.

—

Von Babels Panoramaplattform
konnte man, bei klarem Wetter,
Atlantis sehn am Horizont.
Im Norden sahn wir Glanz und Rauch,
ein Abendrot aus Opferfeuern,
vom Partygrill des großen Baal.
Der Süden war uns fremd, versphinxt,
morbid, voll toter Pharaonen,
entsorgt im plumpen Tetrapack.

Morgens um halb neun geh ich Zeitungen holen, und zwei Leichenwagen biegen um die Ecke der Strada Giorgio Pallavicino, laden vor der Kirche an der Piazza zwei Särge aus.

Kurz vor zehn Aufbruch nach Frankreich. Blättere im Bildband ‹Provence›, Begleittext von Hermann Schreiber. Auf den ersten Seiten Zumutungen wie diese:

‹Die durch einen *unerforschlichen Ratschluß zum Spinnenmoloch gewordene* Stadt Nîmes› (...) oder, noch schöner: (...) ‹blieben dieser Südpforte Mitteleuropas auch treu, als sich *die Humuswoge aus Mauren und spanischen Juden* verlaufen hatte.›

oder: ‹*Die Sonne einer gewissen Zärtlichkeit liegt* selbst auf den politischen Formen› (...)

oder: (...) ‹kommt aus einem in *Jahrtausenden gespeisten Potential beträchtlicher Beharrungskräfte.*›

Aufzählung wäre beliebig fortzusetzen. Wenn Volkshochschullehrer Stilisten sein wollen ...

—

Ich werde jedenfalls nicht, wie irgendwelche bekloppten Lyriker, auf den Mont Ventoux steigen. Dieses Wallfahrtsgeschwafel kotzt mich an. Diese pseudohumanistische Schwülstigkeit, dieses innere Nachbeben, Nachbeten, Mit-fremden-Federn-Fliegen. Für Petrarca war die Besteigung des Mont Ventoux ein Abenteuer, für die andern ein Stück Erbauungstourismus. Mein verehrter Petrarca – der Titel *poeta laureatus* muß ihm wie Hohn geklungen haben – Laura in Person wär ihm sicher lieber gewesen. (Sie hieß mit Nachnamen, behauptet man, de Sade – verwandt mit dem Marquis?)

Um elf Uhr Ankunft in Nizza. Das Verkehrschaos größer als in jeder italienischen Stadt.

Den ganzen Vormittag ging mir eine Melodie im Kopf herum, erst am Mittag bekam ich heraus, was es war: Beginn des Finales *Kleine Dreigroschenmusik* von Weill. Hatte sich beim Anblick der Leichenwagen eingestellt.

Sahen uns die Altstadt an, gingen auf den Markt, es gab erstaunlich viele Milchreizker *(Lactaires)*, die bei uns gerade mal so eben als genießbar gelten. Sehr farbenüppig: Die Stände mit den kandierten Früchten. Entzükkende Gemüsezüchtungen, Kreuzungen aus Blumenkohl und Broccoli, Radieschen in Zigarilloform. Man möchte sofort eine Wohnung mieten, vielmehr: ein paar Kochplatten. Mopse scheinen die beliebteste Hunderasse. Deckten uns mit Oliven und Chorizo ein. Aßen in einer winzigen Brasserie eine superbe Pizza à *quatre fromages* sowie mit Hackfleisch und Thunfisch gefülltes Gemüse.

—

Auf der Suche nach der Autoroute Richtung Aix fahren wir eine halbe Stunde lang einen steilen Berg hinauf, eine halbe Stunde lang die andere Seite des Berges wieder herunter, um Luftlinie etwa einen Kilometer zurückgelegt zu haben.

Gen Westen viel roter Sandstein, fällt durch die Überwachsung wenig auf, nur eben an den Böschungen der Fahrbahn. Schilder dort weisen nicht etwa auf die nächste Ausfahrt, sondern auf Sehenswürdigkeiten in der Landschaft hin, so z.B. auf den Montagne St.Victoire, als der aber noch lange nicht zu sehen ist. Hmm.

In Aix einlogiert im Pierre & Vacances, danach kreuz und quer durch die Stadt spaziert, Place de la Rotonde, Boulevard Mirabeau, Cathédrale Saint Saveur, Place de la Commune – mit dem Glockenspiel. Beim rechten Maß an Spätlicht eine Delikatesse von Stadt.

Der Flair der Plätze liegt in ihrem großzügigen Ausmaß begründet, bei relativ kleinen Häusern und den Platanen mit ihren Weißflächen im Stamm. Der Rest ist Licht und eine gewisse Auswahl bei den Farben des Mauerputzes.

Muß meine Kenntnisse französischer Mittelaltergeschichte dringendst vertiefen.

Auffällig: Warum gibt es bei uns eigentlich keine Drehlitfaßsäulen? Zuviel Energiekosten?

Abendbrot im Zimmer.

Beatrice hat in San Remo eine Plastiktüte liegen lassen, mit einem ihrer Pflanzenbestimmungsbücher darin und den Steckdosenadaptern fürs Notebook. Ich sagte ihr am Morgen: Schau dich nochmal im Zimmer um! Tatsächlich blieb die Tüte neben dem Auto auf dem Hotelparkplatz stehen. Am Nachmittag, ich bin froh, fuhr sie in der engen Tiefgarage eine Schramme in den Kotflügel, die Zierleiste brach ab. Froh, weil – so lange kein Unfall – und dann so läppisch.

Das hiesige Spielcasino ist der Rede nicht wert. 500 Franc gingen drauf. Rest des Abends mit einer Literflasche *Kronenbourg* vorm Fernseher – Valencia-Bayern, 1. Runde Uefa-Cup, verschneite Zusammenfassung auf Eurosport, der Ton ist kaputt. 3:0

11. September, Mittwoch

Wollen die Reise langsamer angehen lassen.
Haben idyllisch gefrühstückt auf einer der herrlichen Autobahnraststätten, die es hier gibt, unglaublich großzügig angelegt, mit etwa sechzig Sitzgruppen, jede mindestens fünfzehn Meter von der nächsten entfernt, jeweils im Schatten eines Olivenbaumes oder einer Ölweide. Bea wirkt nicht mehr so mißmutig.

Einfaches Mahl aus Thunfisch-Ei-Oliven-Baguette, Schokocroissants, Wasser, Apfelsaft und Espresso aus dem Automaten (leidlich in Ordnung).

Richtung Avignon. In der Peripherie dieser Stadt unterbieten sich Hotels mit Billigangeboten.

Erwischten (Hotel Christol) einen Bungalow mit Bad und Kabel-TV (nur franz. Sender) für 200 Francs die Nacht, etwa 65 Mark.

Dann ins Centre de la Ville, durch die Markthallen (Les Halles), glotzten fassungslos die dargebotene Vielfalt an. Ich wußte nicht, daß Deutschland kulinarisch ein solches Entwicklungsland ist.

Komme mir steinzeitlich vor. Deprimierend das Pilzangebot. Deprimierend, weil man nichts davon probieren kann. Totentrompeten heißen hier entsprechend *‹Trompetes des morts›, an* anderen Ständen aber *Tronquettes des Maures* = ‹Maurenstämmchen›. Bei uns unbekannt sind die *Chanterelles,* vielleicht ein Baumpilz.

Die Reizker mit dem *roten* Saft, die auch in deutschen Büchern als einigermaßen schmackhaft gelten, heißen *sanguins. Pieds bleues* – ‹Blaufüße›. *Pieds des Moutons* – Semmelstoppelpilze.

In einem Plattenladen hörte ich bewegende Teile einer Aufnahme des Fauré-Requiems. Dirigent: Michel Corboz, der schon einen der besten Monteverdi-Orfei aufnahm. Schockierend die Preise der CDs: Der Fauré (1 CD) hätte (weil Neuheit) 282 Francs gekostet, etwa 85 Mark, bei uns höchstens 34, eher sogar unter 30. Es gibt wieder einen Grund, in D zu leben.

Sur le pont d'Avignon. Nirgends ist nachzulesen, wann dieses Lied entstand, aber T-Shirts mit dessen Noten drauf, die werden sorglos verkauft. Vor dem *Palais des Papes* spielt ein begabter Querflötist das Ave Maria zu Klavierbegleitung vom Band, beweist so die gute Akustik des Platzes.

B. hatte wenigstens einen Urgroßvater, der wohlhabend war, dann aber alles verlor. In meiner Ahnenreihe gibt es nur Tagelöhnerinnen, bis auf einen Professor der kath. Theologie und Philosophie, Hans Jäger, der, bzw. dessen Witwe (*im Prozeß*), meinen Großvater nicht legitimierte, obwohl der Richter sie fragte, ob sie bei der Ähnlichkeit, die er mit ihren ebenfalls anwesenden Söhnen besaß, «guten Gewissens sein könne».

Warum denke ich daran? Wohl weil ich ein schönes Haus sah, viele schöne Häuser, und dachte: Kann es so schwer sein, sich ein Haus zu erwerben? Ein Stück eigenes Land?

Avignon ist noch bezaubernder als Aix. Störend steril nur der Straßenbelag des Einkaufsviertels – geleckte Marmorböden, dazu profillose Allerweltsgeschäfte, wie Duty-free-Shops am Flughafen.

Ich hätte soviel zu schreiben. Hab aber Urlaub.

—

Fürs Abendessen eingekauft, nahe dem Hotel, im Einkaufszentrum Géant. Die Lebensmittelabteilung deprimierte uns noch viel mehr als die Markthallen am Morgen.

So müssen Fische gestaunt haben, als sie im Devon aufs Land zu kriechen begannen. Was es alles gibt! Und wie man es verpacken und / oder kombinieren kann.

Allein an Brotsorten gab es ca. 400 zur Auswahl, alles andere stand dieser Relation in kaum etwas nach, z. B. an die 100 Sorten Bier. Andererseits gab es, das fand ich äußerst arrogant, bis auf je eine Sorte Chianti und Valpolicella, nur französischen Wein, weder Rioja noch Retsina, geschweige denn Zweigelt. Auch fand sich kein Meerrettich für den Rote-Bete-Salat.

Wir nahmen etliche Forschungsobjekte auf gut Glück mit und hatten eher Pech. Die *Andouille*, eine teure, in dünnen Schichten aufgerollte (Baumkuchenprinzip) Wurst mit geräucherter Haut, sah schmackhaft und interessant aus – und schmeckte ekelhaft, roch ekelhaft, wie verwestes, an manchen Stellen angekokeltes Pferd. *Andouille* muß allerdings ein so dehnbarer Begriff sein wie etwa Salami, er kommt auch in der Cajun-Küche häufig vor. Ingredients: Chaudins de Porc, Estomàc de Porc und diverse Éspices.

Chaudins steht nicht im kleinen Lexikon, klingt nach Kaldaunen, mit der Assonanz liegt man vermutlich richtig. Den *Champignons à la Grecque* fehlte es an Würze.

In Sachen Wurstsalat kann die französische der bayrischen Küche auch nichts vormachen. Der *Cervelas Sauce Vinaigrette* schwamm in einer Art wäßrig-essigen Erbswurstbrühe mit Kräutern, die (waghalsige Idee)

Zwiebeln zu ersetzen nicht imstande war. Der *Museau de porc à la provençale* schmeckte fad. (*Museau,* schlägt Beatrice nach, bedeutet *Schnauze*. Also ein Schweinemaulsalat.)

Wirklich gut nur das Walnußbrot und die Himbeertörtchen mit einer Füllung aus Vanillepudding. Dazu ein billiger Grenache / Vin de Pays D'OC – schmeckt ordentlich und leuchtet rubinrot wie ein zum Puff umgebauter Leuchtturm.

—

Beatrice leidet seit Wochen an einer Art Schlafkrankheit. Vor allem wenn sie liest, wird sie nach einer halben Stunde müde und schläft ein, wie jetzt wieder.

Sahen im TVF1 die Vorschau zum nächsten Travolta – *Phenomenon*. Mir fiel auf, daß ein Tschortsch in der Synchronisation zu Schoorsch, ein Rotscher zu Rosché mutiert war. Bei uns käme niemand auf den Gedanken, einen Georg oder Roger draus zu machen.

Gegen sieben erneut in die Stadt. Kaufte einem Straßenhändler einen billigen Ring ab, mit Schweinsgesicht. Groß genug, Zigaretten darin auszudrücken.

Der Papstpalast wirkt in der Dämmerung noch gewaltiger. Zartes Abendrosa, durchbrochen von langgezogenen hellblauen Inseln. Die Stadtmauer von Avignon ist vollständig erhalten.

—

Später vorm Bungalow gesessen, Tagebuch geschrieben. Dank des Notebooks ist die Arbeit tatsächlich mit dem Monatsende erledigt. Man tippt auch mehr in dieses Ding, als man auf Zetteln notieren würde. Aber ein einziger Regentropfen auf die falsche Stelle in der Tastatur, und das Ding stiege aus.

—

Die Leichen der Feinde treiben vorbei –
ich wink ihnen zu, vergeb ihnen allen.
Flußabwärts hockt einer,
der wartet auf mich.

Morgens halb zehn Aufbruch nach Orange, bei wolkenfreiem Himmel.

Am Chateauneuf du Pape vorbei.

Im Text des Bildbands finden sich häufige Erwähnungen Handkes, der über hiesige Spaziergänge scheints ausgiebig salbadert hat.

Lila und minzgrün gestrichene Fensterläden bei okkerfarbenem Putz.

Orange hat uns beim Durchfahren wenig begeistert, es fand sich auch kein günstiges Hotel, also eines, das zugleich billig ist, mir aber Nachtarbeit ermöglicht, ohne daß ich Beatrice die Schlafluft vollqualme. Fuhren weiter Richtung Nîmes, verfehlten die Abzweigung, fuhren nach Arles. Nie zuvor sah ich so fette Elstern. Eine Schulklasse kreuzt die Fahrbahn, alle tragen Wurfspeere. Seltsamer Schulsport für ca. Zehnjährige.

Dabei fiel mir ein – mein letztes Auftreten als Statist am Nationaltheater fand im *Liebesverbot* (Wagner) statt, unter der Regie von Ponnelle. (War's nicht auch eine *seiner* letzten Inszenierungen?) Jedenfalls hielt Ponnelle eines Vormittags einen Vortrag, daß der Kampf eines Schwertes (oder Degens) gegen eine Lanze sinnlos sei, weil das Schwert keine Chance habe, deshalb wolle er für diese und jene Szene eine andere Lösung blabla …

Habe drüber nachgedacht und bin zu einem ganz anderen Ergebnis gekommen. Das Schwert, mit einiger Wendigkeit geführt, müßte sogar Vorteile besitzen, zumal mit Unterstützung eines Schildes. Auch spricht, wie B. richtig einwendet, gegen Ponnelles These, daß im römischen Circus der Schwertkämpfer gegen den Dreizack eine beliebte Paarung bildete, wobei der Dreizack zusätzlich noch über ein Fangnetz verfügte. Wie man durch Asterix oder Spartacus weiß. Wieviel Zeit man mit solchen Problemen vertut! (Warum nicht?)

—

Riesige Felder schwarzer Sonnenblumen. Stehen kurz vor der Ernte. Bea fragt, warum kein Vogel zu sehen ist, der sich an den reifen Körnern gütlich tut, wie's von der Natur vorgesehen ist.

Erste Camargue-Pferde.

Suchten in Arles lange nach einer geeigneten Unterkunft, mußten uns mit dem Hotel Campanile zufriedengeben. Originelle Aufmerksamkeit: eine kleine Kaffeemaschine, Tassen, Instantpackungen Bohnenkaffee sowie Teebeutel.

Arles atmet griechische Helle. Häuserputz oft cremebeige oder milchfarben, dazu hellblaue Türen und Fensterläden.

Überall Auslagen voller van-Gogh-T-Shirts. Mit dem übermäßigen Erfolg eines Künstlers, selbst eines Giganten wie van Gogh, setzt sich in der Schicht der Kunstbeflissenen ein Mechanismus in Gang, den zum Logo mutierten Künstler herabzusetzen. Auch ich fände es peinlich, ein van-Gogh-T-Shirt zu tragen, aber wieso? Die Dinger sehen auch noch nett aus. Ich hasse es, zu sein wie viele andere, obwohl ich mir bewußt bin, welche Vorteile das birgt.

—

Jeffrey Lee Pierce – mein Idol als Sänger – jetzt grad ein halbes Jahr tot.

Durch die uneinheitliche Bauweise und -höhe entstehen jede Menge Lichtflecken in den Gassen, die sich dann wie Erscheinungen gerieren, und die Mär vermären, hier gehe es heller zu als sonstwo. Die Stadt umgarnt uns.

Zum ersten Mal gesehen: knallorangefarbene Tomaten.

Essen im Le Galoubet. Unmöglich zu unterscheiden, was Qualitätslokal und was Touristenfalle ist. Wahrscheinlich liegen die meisten Restaurants hier irgendwo dazwischen, und die anderen sind gut versteckt oder unbezahlbar. Um mir einen kulinarischen Führer zu besorgen, ist die Sache nicht wichtig genug.

Das Essen war nicht aufregend. Große Küchenschabe in der Serviette. Passierte Aubergine mit Tomatensauce und grünem Salat in Essig-Senf-Sauce, Lammkoteletts mit Ratatouille und gebackener Tomate, Tarte des Pommes als Dessert. Hab alles in D oder I schon viel besser gegessen. Eine Chorizo-Pizza vom fahrenden Händler hätte mich glücklicher gemacht.

Nachts Tagebucheintrag unter abenteuerlichen Umständen auf dem Durchgangsbalkon, es ist kühl, der Wind pfeift, zum Zittern ist kaum Platz genug.

—

Wir sahn, bevor die Gattung ausstarb,
Zyklopen und Zyklopinnen
beim Paarungstanz durchs Erdreich brechen.
Schamlos in der Himmelsmitte

triebs Phönix mit dem Vogel Rock,
das Einhorn mit dem Pegasus.
Erde fraß sich Vielfalt an,
farbenschwanger, aufgebläht,
gab sie uns vom Überfluß.
Die Gärten der Semiramis
belieferten den Turm mit Blumen.
Kreta schickte weiße Stiere,
Athen in Honig eingelegte
Eulen, Sparta nichts, und Kolchis
Widderfelle für den Winter.
Vom toten Meer kam Badesalz,
von Thrakien Melancholie,
aus Rhodos ein Koloß, der liegt noch
irgendwo verstaubt herum.
Die Weine stammten aus Korinth,
die Anekdoten aus Mykene.

13. September, Freitag

Die Texte dieses Provence-Bildbands zu lesen, fällt wirklich schwer. Der Autor, scheint es, verehrt Proust, Rilke und Ernst Jünger, verwurstet diese Trias zu einem so schrecklichen Schwulst, daß man ihm jeden zweiten Satz zurück unter die Fingernägel schieben möchte. Hält sich vermutlich für einen homme des lettres erster Güte.

Aufbruch nach Nîmes. Nach nur 20 Minuten Fahrt ein abschreckendes Stadtbild aus Hochhäusern und Autobahnkreuzen. Hier will ich nicht bleiben.

Sahen uns das Maison Carré an, den Tempel des Augustus und der Livia, und, von außen, die Arena. Danach Richtung Meer, um den Tag zu verdümpeln.

Ist man italienische Fülle gewohnt, gibt es hier verdammt wenig Tankstellen.

In der SZ von gestern ein widerlich-blöder Artikel eines gewissen Richard C. Schneider, der die Gräfin Dönhoff eines latenten Antisemitismus bezichtigt. Das aufgrund folgenden Satzes: «(...) ist die Befürchtung, daß das Goldhagen-Buch den mehr oder weniger verstummten Antisemitismus wieder neu beleben könnte, leider nicht ganz von der Hand zu weisen.» Richard C. S. nennt das einen Satz aus der antijüdischen Mottenkiste. Wie groß die Neurose dieses Landes noch sein muß, damit ein solches Geschwätz gedruckt werden kann!

Ich reagiere auf dieses Thema besonders sensibel, habe mit meinen Eltern lange genug gekämpft in dieser Sache, wie viele andere junge Menschen auch.

Nicht Goldhagens Buch, solche Artikel sind es, die neuen Antisemitismus schüren. Dahinter steht offensichtlich nichts anderes als das Bestreben, sich dank spezifischer Religionszugehörigkeit zu profilieren, solange es noch möglich ist, mit absurden Anschuldigungen. Antijüdisch ist heute anscheinend vor allem das, was selbsternannten Kassandren den Arbeitsplatz untergräbt.

Fahrt durch Saint-Gilles. Hübsches Städtchen, das mehr unsrer Aufmerksamkeit verdient gehabt hätte. Sind aber in den letzten Tagen viel zuviel gelaufen.

Beeindruckend hohes Pfahlrohr, über die Straße gewölbt wie eine gemalte Woge.

Endlich eine Koppel mit schwarzen Stieren. Dazu bald darauf weiße Pferde, als hätte sie jemand für Reisende dorthin drapiert. Spießrutenfahrt durch nickenden Bambus von rechts, wehendes Schilf von links. Richtung Aigues Mortes. Ab und an Steineichen, von vorne der strenge Mistral. Zwei Kuhreiher fliegen knapp über unsre Windschutzscheibe hinweg. Schnurgerade, schmale Straße, zwischen rauschendem Grün, an glitzernden Kanälen vorbei. Überwältigender Eindruck, nichts vergleichbar, paradiesisch. Habe gestern, zu Probierzwecken, eine Flasche Vin Rouge sans alcool eingekauft. Trinken war nie trauriger.

Erhebend dagegen: die Wälle von Aigues Mortes – massiv, brachial, und so frisch, daß man sich ins Mittelalter katapultiert glaubt, zur Einweihungsfeier. Imposant bis bedrückend. Wie verträgt sich das mit der Salzluft? Hier – im Tour de Constanze, hat man die Templer eingekerkert, hier trafen sich Europas Ritter zu den späteren Kreuzzügen, hier dreht man bestimmt etliche Historienfilme pro Jahr.

Kamen günstig in einem privaten Landhaus unter (200 Fr.), wo wir eine angebaute Maisonette bewohnen.

Fuhren hinaus, durch ein Labyrinth sandiger Straßen, zur Küste. Manche Strandfliederpflanzen waren über und über mit Achatschnecken befallen. Entlegenste Fauna. Der Wind weht Salz auf die Lippen. Mancherorts Zeugen wilden Campings – hinterbliebene Gasflaschen, Plastikbecher, Federn einer gerupften Gans. Über labile Holzstege gelangten wir an den Strand, Sicht ringsum frei von irgendeiner menschlichen Bewegung. Ein Schwarm Flamingos im Binnenmeer.

Salzablagerungen glitzern weiß. Der Meeresgrund ist rostrot gefärbt von (ungiftigen) Eisenoxydablagerungen. Überall tote Möwen, eine wirkt im Sand versteinert, eines Photos wert. Der Strand ist übersät mit Knochen. Wahrscheinlich sieht das eben so aus, wenn sich morgens nicht irgendwelche Bademeister drum kümmern. Und die Möwen werden wohl vergiftet oder abgeknallt, weil sie als Schädlinge angesehen werden. (Rauben den Flamingos Eier und Küken.) Hübsch: Formationen verfestigten Sandes. Gaukeln Burgen, Zinnen, Türme vor. Fanden eine Kralle, an der ein Stück dünnes Seil hing. Anscheinend der Überrest eines Köders für – weiß nicht, Füchse?

Abgegrenzt von der Hauptgruppe: der Kindergarten der Flamingos. Sie halten, wenn wir näher kommen, Abstand, ohne Hektik, immer etwa 200 Meter, erheben sich dann aus uns unbekanntem Grund, fliegen nach Süden. Die ausgewachsenen Vögel kümmern sich nicht darum.

Irgendwann kreuzt ein Lastwagen am Horizont, ansonsten keine humanoide Einmischung ins Sichtfeld. Hier und da rote Hülsen von Schrotpatronen.

Umliefen das gesamte Binnenmeer binnen zwei Stunden. Gingen dann einen Weg zwischen Meer (links) und Fluß (rechts) entlang. Ein dicker, armlanger Fisch sprang zweimal aus dem Wasser, bis auf doppelte Körperlänge hoch. Vielleicht ein neurotischer Karpfen, der glaubte, Delphin zu sein.

Hatten vom Salzwind Riesendurst, fuhren in die Stadt (eher muß man sagen: Festung), probierten am ersten Imbißstand *Dr. Pepper* eine Art Cola mit Pistaziengeschmack.

«Mann, schmeckt das künstlich!»

B.: «Super!»

—

Bea erzählt, daß Heuschreckenkrebse (die, die vortäuschen, den Kopf auf dem Schwanz zu tragen) mit ihren Scheren eine solche Stoßkraft entwickeln können, daß sie sogar Aquarien zertrümmern, und man sie hinter besonders dickem Glas halten muß. (Sind grade mal handlang.)

Habe beschlossen mich in diesem Urlaub auf Weine der Saint-Emilion zu konzentrieren. Ich verstehe von italienischem Wein etwas, von französischem fast nichts, und irgendwo muß man mal anfangen. Heute ein Château Fleur-Musset 95. Ich mag die Dunkelheit und Erdschwere dieser Region zwischendurch ganz gern.

SZ fertiggelesen, Panorama des Feuilleton-Verfalls,

heute wieder ein Artikel dieser Christine Lübke-Maibock (seit neuestem trägt sie Doppelnamen, das paßt). Diesmal hat man ihr die Berichterstattung der Klassikkom zugetraut, raus kam ein wirrer, unlesbarer, uninformierter Artikel, der seine Teilnahmslosigkeit am Ende mit feministischem Quatsch verschleiert. Typischer Quotenjournalismus, der von Aufgeschnapptem lebt, das solange durcheinanderbringt, bis Übergeschnapptes übrigbleibt. Bloß weil der Marktanteil der klassischen Musik, also der CD-Verkauf der großen Firmen, rückläufig ist, wird eine Krise herbeigeredet, wo in Wirklichkeit ein Boom stattfindet. Der besteht aber nicht in gesteigertem Absatz, sondern in der Bereitschaft der Kids, sich überhaupt wieder mit E-Musik auseinanderzusetzen, sie als ‹nicht peinlich› gelten zu lassen. In ein paar Jahren schlägt sich das sicher auch in Verkaufszahlen nieder.

—

Lustig degoutant in *Vermischtes*: die letztjährigen Highlights der Lebensmittel-Prüfer: Ein Mann biß auf ein drei Zentimeter langes Stück Weißblech, das in einer Bratwurst steckte. In einer Leberwurst fand sich eine fünf Zentimeter lange Spritzenkanüle, in einer Thunfischdose eine tote Maus. Top of the Pops: ein Proviantfund am Frankfurter Flughafen.

Kontrolleure entdeckten dreißig getrocknete Affen in zwei Diplomatenkoffern, die sich zufällig geöffnet hatten. Wie ein Lebensmittelexperte berichtete, gab der durchreisende Diplomat aus Zaire an, die Tiere seien zum privaten Verzehr gedacht. Trotz massiver Proteste (selbst das Auswärtige Amt in

Bonn sei eingeschaltet worden), habe sich der Mann die Beschlagnahmung und schadlose Vernichtung seiner Affen gefallen lassen müssen. Er mußte ohne Proviant nach Belgien weiterreisen.

Clinton wandert vor der Wahl immer weiter nach rechts. Diesmal trifft es, in blühender Einigkeit mit den Republikanern, die Homosexuellen. Was hätte dieser Präsident alles tun können, hätte er nicht so früh an seine zweite Amtszeit gedacht. Und wirft man ihm das vor, kommt einem unausweichlich der Sieg Netanjahus in den Sinn.

—

Bossi will am 15. September den neuen Staat Norditalien (Pandania) ausrufen, der sich von Turin bis Triest, von Bologna bis Südtirol spannen würde.

Nun schafft auch Spanien die Wehrpflicht ab, den dunkelsten Schandfleck der Demokratie.

—

Abends noch einmal an die Küste. Im Westen leuchten weiß zwei Salzhügel der Salinen, dazwischen, campari-rot, die Sonne. Wir fütterten ein paar Schimmel mit jungem Gras. Ein auf dem rechten Hinterlauf lahmender Schäferhund bebettelte uns, wir hatten nichts dabei für ihn. Wohin er gehörte? Er schlich sich traurig in die Wildnis davon, mir ging es wie Johanser – ich ahnte, daß dieser Hund nicht mehr lang zu leben hätte.

—

Musik gab es, die gibt's nicht mehr.
Die Jünglinge im Feuerofen.
Die Blaskapelle Jericho.
Die Kurzkarriere Marsyas',
des ersten, heute sagt man, Popstars –
das gab auch was fürs Auge her.
Und Cerberus mit den drei Köpfen –
erst Chien d'amour bei den Gorgonen,
dann ausgesetzt als Höllenhund.
Bei schwerem Sturm hat man sein Winseln
als große Terz zum Wind gehört.
Wir johlten dann die Quint dazu.
Manche von uns liebten Orpheus,
manche die Bacchantinnen.
Als jene aufeinandertrafen,
entstand etwas ganz Unerhörtes,
noch furioser als der Chor
der Furien auf Rachefeldzug.
Erde klang. Aus Schmerz und Tollwut.
Blutmusik, Musik des Weltalls.
In epidaurischer Akustik.

14. September, Samstag

Sahen Kormorane.

Tote schwarze Katze auf dem Mittelstreifen. Spurwechsel, links dran vorbei, das bringt Glück.

—

Hatte einen üblen Traum. Fuhren zum Pont du Gard – und ausgerechnet heute hatten Christo und Jeanne-Claude ihn eingepackt. Feist grinsend saßen sie davor und verkauften Postkarten und T-Shirts. Glücklicherweise hatte ich eine Maschinenpistole bei mir, konnte beide ohne Probleme erschießen, aber wir waren noch stundenlang beschäftigt, das Klopapier vom Aquädukt zu kratzen.

—

Grau du Roi, La Grande Motte, Port Camargue – häßliche Touristenhochburgen, billig in der Massentouristenhaltung, teuer auf der windgeschützten Seite, wo es *marinas* zu mieten gibt, Appartements, vor deren Terrasse sich der eigene Bootsanlegeplatz befindet. Die drei Orte liegen, Camps Außerirdischer ähnlich, in Sichtweite von Aigues-Mortes, wo wir noch einmal spazierengingen und den Tour de Constanze besichtigten. Sehr bedrückend. Templer-, später Hugenottenkerker, noch später reines Frauengefängnis. Anhand einer Liste der letzten Gefangenen kann man feststellen, daß die weibliche Namensgebung im Frankreich des frühen

18. Jahrhunderts nicht sehr einfallsreich war. 50 % Maries, 25 % Suzannes, 15 % Annes.

Im Auto ist es heiß. Steigt man aus, bekommt man die Nachteile der Gegend um die Ohren geweht. Wollten die wunderschöne kleine Straße zwischen Aigues-Mortes (‹Tote Gewässer›) und St. Gilles (= St. Egidius) noch einmal entlangfahren, fanden sie nicht, disponierten um, gelangten dabei in ein namenloses Geisterstädtchen. Der Hauptplatz war sauber, die Tische der Cafés mit Decken und Besteck belegt, nur sah man nirgendwo einen Menschen. Alle Häuser waren grau, alle Fensterläden schwarz. Keine Verkehrsschilder. Alle Autos standen leer auf Parkplätzen. Erst am Ortsrand hatte der Spuk ein Ende, mit einem Wegweiser nach Nîmes, dann mit einem schlafenden Hund, dann mit einem entgegenkommenden Porsche.

Beatrice möchte die Ockerbrüche bei Roussillon sehen, ich morgen den Stierkampf in Saintes-Maries. Nicht einfach zu koordinieren. Bei Apt, in der Nähe Roussillons, sind auch die beiden Schlösser der Familie de Sade.

—

Auf dem Pont du Gard lacht jemand, man hört – er ist Deutscher, aber wodurch wurde das hörbar? Gibt es ein ‹nationales Lachen›? Eine unverwechselbare Regionalgutturalität?

Die Hälfte des Pont du Gard war eingerüstet, die Ehrwürdigkeit des Bauwerks verlor um einiges. Restaurationsarbeiten, wird man ihrer ansichtig, wirken immer ein wenig wie Fälschungsversuche. Merkwürdig: Die untere Ebene ist überhaupt nicht abgesichert. Wenn ein Kind sich dem Abgrund näherte, und eine Bö die Näherung vervollkommnete, niemand könnte das als allzu kuriosen Unfall beklagen. Spüre wieder Höhenangst, auch eine telepathische Verknüpfung mit Beatrice – immer wenn sie sich hinunterbeugt, wird mir schwindlig, sogar, wenn ich nicht davon weiß.

An eine Säule gelehnt, die Füße frei baumelnd in der Luft, döst ein Rucksackmensch. Angenommen, er schläft ein, träumt unruhig, wälzt sich ein bißchen herum – oder man kitzelte ihn, er schreckte hoch – und gleich darauf ganz tief herab …

—

Lieblicher Talblick zu beiden Seiten. Ein spektakulärer Selbstmord wäre, mit einem Doppeldecker gegen die Abendsonne in den Aquädukt zu fliegen.

—

Kamen auf Avignon zurück, auf das Hotel Christol, hätten es gleich zu unsrem Basislager machen sollen.

Werbeplakat für einen luxuriösen Liegesessel: «Pour les vrais amateurs de comfort.» – *Amateurs* bedeutet in diesem Fall: ‹Liebhaber› – eine Erstbedeutung, die dem deutschen Wort abhanden gekommen ist. Unsere boshafte Sprache.

In der SZ von gestern – Willi Winkler, sonst weiß Gott nicht mein Fall, demontiert recht witzig das neueste ‹Werk› des Wolf Biermann. Wenn man in hundert Jahren auf die bundesdeutschen Siebziger zurückblickt –

was da gefeiert, was ignoriert wurde – dagegen mutet Beatrices Frage, wieso van Gogh zu Lebzeiten als untalentierter Schmierer galt, recht naiv an.

Überhaupt, diese altlinken Schnauzbartträger …

Nirgends ist so wenig 21. Jahrhundert zu fühlen wie hier.

Neben dem Winkler-Artikel, sorry, ein Bild von Bazon Brock und Michael Krüger auf dem Mont Ventoux, zu ihren Füßen zwei Fotos von Petrarca und – R. D. Brinkmann. C'est ça.

Auf der nächsten Seite – war aber auch dringend nötig – eine treffende Erwiderung von Peter Bender auf das Geschmiere des R. C. Schneider.

—

Noch ein Spätspaziergang in Avignon. In einem Antiquariatsschaufenster sehe ich die belgische Erstausgabe der «Voyage au bout de la nuit» von Céline. Leider ohne Preisangabe, und leider macht der Laden erst am Montag wieder auf.

Inzwischen sollte die Übersetzung von «Pont du Londres» doch fertig sein? Muß mal nachfragen im Verlag. Eine Céline-Gesamtausgabe wäre überfällig.

J. reagierte mit beleidigtem Schweigen, als ich ihm die Céline-Jünger-Collage schickte, bestehend allein aus Stellen dieser beider Autoren, die ein provokant-amüsantes Wechselspiel bildeten. Ich weigerte mich, selbst irgendein Wort beizusteuern. Der *Spiegel* lehnte diese Collage nach langer Diskussion als nicht Spiegel-üblich ab. Ich hatte aber meine Arbeit getan, war überzeugt davon und wollte nichts anderes. Zuletzt erschien nur der Jünger-Brief an mich, mit einem Rahmentext von Hage. J. ließ über seinen Sekretär ausrichten, mit *diesem* Text sei er ganz zufrieden gewesen. Ich hatte ihm aber gar nicht ans Bein pinkeln wollen. Ihn regte vermutlich auf, daß ich Céline als einen meiner Säulenheiligen bezeichnete. Am nächsten Tag stand in der SZ eine peinliche Glosse Busches, der behauptete, in den *Strahlungen* sei schon seit der Erstausgabe der Name Céline (statt dem Pseudonym Merline) aufgetaucht, die Gleichsetzung böte von daher gar nichts Neues. Das war der Gipfel journalistischer Frechheit, denn selbstverständlich kam der Name Céline hier und da unchiffriert vor, aber nur an unverfänglichen Stellen. Warum ich damals keine Gegendarstellung drucken ließ, keine Ahnung. Wahrscheinlich, weil ich dachte, daß Busche und Konsorten keine Mark Porto wert sind, daß sich mit der Zeit alles von selber gibt. Manchmal zweifle ich daran.

Habe in der Nacht lange über Babel gebrütet, vier Stunden quasi über einer Zeile, die nicht kommen wollte wie gewünscht.

Landstraße nach Apt. Viele Säulenpappeln.

Im Ockermuseum von Roussillon liegen allerhand theurgische und alchemistische Bücher aus, darunter auch «De re metallica» von G. Agricola. Ich kaufte zwei Paletten natürlicher Farbpigmente, die man noch mit Öl anrühren muß. Der Ort sieht sehr malerisch aus. Johanser, der in seiner Landschaft den Rotstich vermißte, würde hier Purzelbäume schlagen.

Am Eingang zu den Ockerbrüchen ein Piktogramm, das bedeutet: Es ist verboten, Herzen in den Fels zu ritzen. An den Postkartenständen hängen Handtücher, um sich den Ocker von den Fingern zu wischen. Der Weg durch die Ockerbrüche ist ein ziemlich unwirklicher Trip aus gelben, roten und braunen Farben, die in der Sonne glühen, darüber ein mittelblauer Kitschhimmel, wie von hinten aufgehellt. Und ich hatte Zweifel gehabt, ob sich die Fahrt hierher lohnen würde.

Zugabe: Vor uns in der Luft steht eine Wespe, trägt unter ihrem Leib eine Beute, groß wie sie selbst, ein Käfer, denk ich, verschwindet damit in einem winzigen Erdloch.

Ein Zoo aus Farben! An einem tiefroten Felsabhang fällt mir die traurige Legende ein, die den Ort umkränzt. Sermonde, Gattin des Grafen Raymond d'Avignon, verliebte sich in den Troubadour Guillaume de Gabestaing. Ein Hofmann plauderte, so kam es zur tragischen Wendung. Als Sermonde gesagt wurde, sie habe soeben das Herz des toten Geliebten verspeist, lief sie davon und stürzte sich von den Zinnen der Burg. Und ihres und des Troubadours Blut färbte die Felsen der Gegend …

Errechnet Länge Callas etwa 178 cm.

Beim Hinausgehen en passant noch den Friedhof entdeckt. Die meisten Steine sehr pittoresk mit Flechten überzogen. Hübsche Familiengrüfte. Keine Kränze, aber auf fast jedem Grabstein bunte Porzellanrosen. Ein Grabräuber könnte hier nach wenigen Diebeszügen einen Souvenirshop eröffnen. Wobei man *Souvenir* hier, wie Bea einwirft, sehr wörtlich nehmen kann. Neben den Porzellanrosen stehen meistens kleine Tafeln aus Marmor, mit schmiedeeisernen Aufschriften: à notre mère, père, fille, amie, etc. Neben einem Grab wächst Rosmarin, daran zu reiben und zu riechen ist ein Ereignis. Gehaltvolles Bouquet, das unsere armseligen Balkonpflanzen niemals erreichen.

Keine einzige Grabstätte verwahrlost. Manche gerahmte Farbfotografien zeigen den Verblichenen in voller Jagdmontur, mit Patronengürtel und Flinte. Obwohl der Friedhof kaum fußballfeldgroß ist, besitzt er in letzter Reihe noch einige Leerstellen.

—

Irgendwo in der Nähe liegt Camus begraben.
Auf der Weiterfahrt ein wunderschönes Kürbisfeld, viele orangene Leuchtkugeln zwischen tiefbraunem Acker. Panoramablick von Gordes aus über den Naturpark Luberon.

Eine der beliebtesten Zierheckenpflanzen ist der Feuerdorn, noch orangener als die Kürbisse.

Die Sonnenuhren hier sind auf Winterzeit gestellt. Hinter Fontaine-Vaucluse das erste Hinweisschild auf Château-Saumane, den Stammsitz der Familie de Sade. Verirrten uns auf der Berganfahrt, kamen so zu einem nicht geplanten Waldspaziergang. Ich grub einen Schößling wilden Rosmarins aus, vielleicht überlebt er in der Wasserflasche. Könnten unseren Gästen dann *Pommes de Terre Romarin à la Sade* anbieten, das machte doch was her.

Das Schloß ist, wie der Name impliziert, geschlossen und betrachtet sich wohl selbst nicht ganz als Sehenswürdigkeit, scheint auch bewohnt zu sein. Vielleicht gibt es, irgendwann am Tag, eine spezielle Führung, keine Ahnung.

Isle des Sorgues ist ein entzückendes Wasserstädtchen, zwischen Tümpel, Bäche und Kanäle gebaut. Man müßte sich für den Luberon viel mehr Zeit nehmen.

Gegen 13:30 passieren wir Salon, Heimatstadt des Nostradamus, der er mit einer desinfizierenden Salbe gegen die schwarze Pest half. Ein Theaterstoff wäre die tragikomische Biographie des ältesten Nostradamus-Sohnes Michel, der unter der Last seines großen Vaters zugrunde ging. Auch er versuchte sich an Prophezeiungen, die sämtlich nicht eintrafen, und als die belagerte Stadt Pouzin, deren Brand er vorausgesagt hatte, dann doch nicht in Flammen aufging, zündete er sie selbst an und wurde dafür hingerichtet.

—

Hat man sich eine Straßenkarte kleineren Maßstabs besorgt, kommen einem die Routen gleich viel kürzer vor.

Interessante Idee für kommende Urlaube – man könnte sich mit einem anderen Paar verabreden, das, z. B. in Barcelona, unseren Wagen übernimmt, und seinerseits damit einen Autourlaub bis nach Hause macht. Jedes Paar hätte nur einen einfachen Flug zu bezahlen, und das Übersättigungsgefühl, das man bei der Rückfahrt oft bekommt, wäre aus der Welt geschafft.

Vor Saintes-Maries – überall am Wegrand gibt es Pferde zu mieten, die Flamingos stehen nah an der Straße, sind gar nichts Besonderes mehr, die Straßen voll Pferdescheiße.

Wir leisteten uns ausnahmsweise ein Drei-Sterne-Hotel (Petit Mas de Barres), drehten ein paar Runden im eiskalten Pool, machten Picknick und fuhren ins Zentrum. Die Attribute der Camargue gewinnen hier hybride Züge. Fast nur Schimmel, es fällt auf, wenn mal ein Falbe drunter ist. Die Pferdeställe in solcher Häufung, daß es einen unangenehmen Beigeschmack bekommt (was man auch von der Luft behaupten kann).

Saintes-Maries hat seinen Namen von einem ganzen Boot voller Heiliger, die hier an Land gegangen sein sollen, darunter zwei Marien und der auferstandene Lazarus (erste Christianisierungswelle, eine Art religiöser D-Day).

16:30 Corrida. Die Arena ist klein, schmucklos steinern, dreiviertelvoll, gebaut für etwa 1500 Menschen. Die achtköpfige Blaskapelle sitzt mitten im Publikum. Sehr lässige Atmosphäre, wie bei einem Feierabendvergnügen, das regelmäßig goutiert wird.

Soweit ich's beurteilen kann, wenige Touristen, viele

autochthone Aficionados. Dagegen ausnahmslos spanische Matadore. Sitzt man ganz oben und blickt sich um, gähnen einem Sandstrände und Meer entgegen. Angenehm: kein Souvenirshop, keine Fan-Artikel, nicht mal Posterverkauf. Beatrice ist nicht mitgekommen, fuhr in die Sümpfe, Flamingos zu beobachten, hatte Angst, der Stierkampf, sie hat noch keinen gesehen, könnte ihr nicht gut bekommen. War vermutlich gut so.

Hier wird nach spanischem Ritual – *jusqu'à mort* – gekämpft. Die zahme Variante hätte mich eher interessiert. Der erste Stier, sehr schlank und flink, brüllt die ganze Zeit, von Anfang an, weit vor den Banderillas, danach noch lauter. Seltener Anblick: Er windet sich durch den Spalt zwischen Bretterzaun und den Schutzbarrikaden der Matadore, rennt plötzlich durch den Innenraum, wühlt mit den Hörnern in den Uniformen und Trinkvorräten der Mannschaften, wird dann aber schnell in die Arena zurückgelockt.

Die Lanzenstiche des Picadors (zu Pferd) scheinen mir die abträglichste Einzelheit des Rituals. Dem Stier werden mehrere stark blutende Wunden zugefügt, nur mit dem Zweck, ihn für den Torero zu ermüden, während die bunten Banderillas ihn reizen sollen, Wechselbad diverser Schmerzen. Der Torero (Vasquez) trifft mit dem Degen gut, treibt ihn bis zum Heft hinein, dennoch dauert es fast drei Minuten, bis der Stier umfällt. Und immer noch muß ihn jemand mit dem Dolch abstechen. Das hätte Beatrice sicher nicht gefallen, ich war auch weit weg von der Begeisterung, die ich als Kind für Stierkämpfe aufbrachte. (Den ersten sah ich mit zehn in Barcelona.)

Der zweite Kampf bot eine Unglaublichkeit: der Stier,

größer und schwerer als sein Vorgänger, suchte nicht erst den Umweg – er *sprang* über den Bretterzaun, der immerhin einen Meter sechzig hoch war. (Ohne Folgen, auch diesem Ausreißer wurde der Weg zurück gewiesen, indem man den Zaun an einer Stelle öffnete.)

Der Rest des Kampfes war unerträglich. Der Torero (Caro) konnte viermal den Degen nicht setzen, der Stier war schon so müde, daß er zusammenbrach und abgestochen werden mußte, erbärmliches Schauspiel, das Publikum pfiff und buhte. Im Kampf darauf das Gegenteil. Manuel Arelate, ein weißhaariger Mann von ca. sechzig Jahren, bot eine Glanzvorstellung, ging dabei zweimal zu Boden, der Stier kam über ihn, stieß zu, verfehlte nur knapp, gerade noch rechtzeitig wurde er abgedrängt. Danach brachte Arelate die Sache ungerührt zu Ende, mit einem präzisen Todesstich, der so gut saß, daß der Stier praktisch sofort umfiel. Stehende Ovationen. Arelate wurden beide Ohren gewährt, er schritt eine Ehrenrunde ab, und die Leute warfen ihm Geschenke zu, die er jeweils höflich zurückwarf, Lederjacken, Hüte, Füller, sogar ein Schuh, ein lebender Hahn (den behielt er), ein BH (den behielt er auch, warf der Spenderin dafür eines der Stierohren zu), bis dato hatte der Nachmittag schon fast alles geboten, was es bei der Corrida zu erleben gibt. Der vierte Torero (Caro-Maya) ist ein kaum sechzehnjähriger Junge, bietet einen mittelmäßigen Kampf, verliert den Degen zweimal.

Dann setzt er ihn gut, bis zum Heft, der Stier taumelt, fällt aber nicht um, greift nach ÜBER DREI MINUTEN (!) noch einmal an, zwei Matadore winken ihn mit ihren Muletas müde, bis er zusammenbricht. Von hier an fand ich das Spektakel langweilig, saß ohnehin schon mit recht ambivalenten Gefühlen davor. Man hat mir immer erzählt, daß ein Stier, der einen Torero tötet, den Rest seines Lebens in Frieden auf der Weide verbringen darf. Das scheint weitenteils Legende zu sein, wäre aber genau der Punkt, der mich vom archaischen Wert des Rituals überzeugte. Und alle großen Matadore sind in der Arena gestorben. Wäre der Stierkampf, abseits der Kunstform, die er zweifellos darstellt, nur eine langgezogene Hinrichtung, mit unausweichlichem, feststehendem Ende, würde ich es vorziehen, keinen mehr zu besuchen.

—

Traf Beatrice erst nach einer halben Stunde Verspätung. Hatte mir in der Zwischenzeit gleich die schlimmsten Möglichkeiten ausgemalt. Gingen zum Strand, Muschelschalen suchen. Herausragender Fund – eine halb durchsichtige, *giftgelbe*, in Trapezform.

—

Unsre Lieblingsmythen hießen:
«Labyrinth des Minotaurus»,
«Kampf um Troja», «Herakles»
(der Superheld für unsre Kleinen)
«Salomo und seine Frauen»
(der Höhepunkt im Spätprogramm)
Zehn schöne Jahre haben wir
«Odysseus' schräge Fahrt» verfolgt
und uns beinah bepißt vor Lachen.

Beim «Brand von Sodom und Gomorrha»,
dem Machwerk eines Radikalen,
haben wir uns abgewandt.
Lots Frau, an der die Ziegen lecken –
Dreck! Sozialkritik ist Scheiße.

16. September, Montag

9:45, genug der Camargue, zurück nach Italien. Beatrice meditiert über das Seelenleben unsres Renaults. Schilfgras glänzt in der Morgensonne. Landschaft, wie aus grünem Schildpatt geschnitzt, Glanz, der betäubt. Ich gäbe was um ein Rollo am Seitenfenster.

B. über die Beinahe-Ausrottung der Seidenreiher. Die Beeinträchtigung der Fauna durch die Hutmacherei. Das neue Benetton-Werbeplakat: fickende Pferde. Fuchs auf Schimmel. Mögliches Fleisch des Anstoßes dezent vom Schweif der Stute verdeckt.

In Arles merke ich, daß der Hotelier mir meinen Personalausweis nicht wieder ausgehändigt hat. Vierzig Kilometer zurück, achtzig für die Katz.

Autobahn nach Nizza. Setze gegen das Reserveheer der Sehenswürdigkeiten Scheuklappen auf. In der SZ vom WE positive Besprechung von Meineckes neuem Roman. Wermutstropfen: Sie stammt von J. Drews. Ausgerechnet er freut sich eines unterhaltsamen deutschen Buches, hat dabei jahrelang das Gegenteil gefördert.

Wir haben zur Zeit die beste junge deutsche Literatur seit den Zwanzigern.

«Ehrlich gesagt leide ich tierisch, wenn mich jemand nicht für den weltführenden Literaten hält, ich bekomme großes Mitleid mit demjenigen und möchte ihn am liebsten von seinem schrecklichen Dasein erlösen.»

«Du bist so süß.»

Wir sind beide abgespannt und kaum aufnahmefähig. 230 Kilometer bis Nizza.

«Viaduc du Luc.»

«Klüngt nüdlüch.»

Stau an der Promenade des Anglais. Hotels, vom Zuckerbäcker entworfen.

Es ist Trödlermarkt in der Vieux Cité. Mache ein Schnäppchen, kaufe für 330 Francs (110 Mark) sieben Denare der römischen (Soldaten-)Kaiserzeit. Dafür hätte ich anderswo das Dreifache bezahlt, in München gar das Fünffache. Aus numismatischer Sicht ist M. das teuerste Pflaster der Welt. Wer dort seine Münzen kauft, dem kann nicht mehr geholfen werden.

—

Anruf bei Moritz – Donnerstag geht klar. Er hat eine traurige Nachricht: Wiesbaden, wo unsere Oper zweitaufgeführt werden sollte, ist ausgestiegen. Die haben wohl kalte Füße bekommen, als sie vom Münchner Biennale-Trauerspiel hörten. Passend dazu Blixas Stimme von Cassette: *«Zwei Dinge sind unendlich, die Dummheit und das All.»*

Habe einen solchen Haß auf die Kulturbanausen von den Münchner Grünen! Dieser Schildbürgerstreich wird sie bei den Intellektuellen einigen Bonus kosten. Die Entrüstung, selbst bei Leuten, die mit moderner Musik nichts am Hut haben, ist gewaltig. Nur M. Reißinger, als alte Henze-Feindin, hat die Schweinerei sogar noch gutgeheißen.

—

Moritz moniert zwei angeblich «schlimme Fehler» in *Toy*. Erstens: Cora fragt, als Nagy ihr den Lagavulin anbietet, nach Eis. Das ginge noch als Ignoranz durch, meint M. – aber als Whiskeykenner müsse Nagy sie doch unbedingt zurechtweisen. Moritz übersieht, daß Nagy ein ziemlich höflicher Teufel ist, deshalb genügt sein Hinweis, es sei kein Eis im Haus.

Zweitens: Nur Amis würden, vor allem, wo es sich um Malt handelt, Whiskey mit -ey schreiben. Denke an Diskussionen mit Christine, die ich, trotz aller Kämpfe, schon vermisse.

—

Nachts in San Remo, wieder im Hotel Milano, diesmal zweiter Stock und viel bessere Aussicht. Kaufte beim Straßenhändler ein mit *Rosmarin* gefülltes halbes Hähnchen, schmeckte vorzüglich.

Las vorm Zupapiergehen die SZM-Auszüge der Klemperer-Tagebücher '18 bis '32. Einschluß im Lavastrom der Zeit, wie G. sagen würde. Groß nicht durch die Vision (so groß, um vor dem Drohenden zu flüchten, war sie nicht), auch nicht durch das Panorama, das er bietet (war zwar scharfsichtig, aber von eingeengtem Blickwinkel), sondern durch unverfälschte Menschlichkeit, die sich um kein Urteil, keinen Beifall kümmerte und gerade dadurch ihre Lebendigkeit bewahrte.

Im Zusammenhang mit Goldhagen wurde des öfteren auf Jüngers *Kaukasisches Tagebuch* verwiesen, in dem nachzulesen ist, daß dessen Autor schon Ende '43 von den Vergasungen schwammige Kenntnis erhielt. Dies in die Diskussion zu werfen ist abwegig, denn Jünger hatte privaten, freundschaftlichen Umgang mit Informationsträgern aus den Führungsstäben der Wehrmacht, dies kann paradigmatisch nicht auf den Normalbürger projiziert werden. Ich glaube ebenfalls an einen damals weitverbreiteten Antisemitismus in der deutschen Bevölkerung, davon aber auf eine weitverbreitete Kenntnis vom Holocaust zu schließen, ist Unsinn. Die Frage muß heißen – hätte eine weitverbreitete Kenntnis vom Holocaust diesen aufgehalten? Wenigstens behindert? Ich *fürchte* nein, doch dieses entsetzliche ‹Nein› zu *behaupten,* darf kein Mensch sich erdreisten.

—

Uns gegenüber, im Olymp,
saß grau und fett die Konkurrenz,
althergebracht und eingesessen.
Das Gottgesindel stieg bisweilen
beifallsgeil zur Welt herab.
Desgleichen hatten wir nicht nötig.
Den Turm bewachten Tausende
von ausgesuchten Idioten,
erschütternd unerschütterlich,
treu wie Herpes, dumm wie Brot,
zufrieden mit ein wenig Abfall,
solang er von weit oben fiel.
Auch Götter überlebt man, muß nur
weghörn, wenn sie schrein und weinen.
Es wehklagt, geht in Wohlklang über,
in Verwesung, geht vorüber,
Gestank verzieht sich mit den Wolken.

Am Kiosk geblättert. Ein Spiegel-Artikel freut sich verhalten über den Kassenerfolg der neuen deutschen Filmkomödien. Ekel. Die Riemanns, Wortmanns, Garniers – leider inzwischen auch Detlev Buck –, wer von Niveau kann diese seelenlose Kommerzscheiße gutheißen? Das Grinsen von Eichinger als Münchner Variante eines späten Machiavelli. Der deutsche Film war nie schlecht. Unter den 180 Filmen seit 1964, die in meinem Privatregister 15 und mehr Punkte bekommen haben, finden sich 18 deutschsprachige – 10 %, das ist doch nicht übel. Der bewegte Mann war ganz nett, fotografierte bildgetreu den König-Comic ab, erreichte dessen künstlerische Qualität jedoch nicht im Ansatz.

—

Die Zeit von 400 bis 1400 nach Christus (und wegen ihm) ist ein Beispiel dafür, daß das Weltniveau, und zwar in jedem Bereich, rapide absinken kann, während seither der Kulturpessimismus immer ein Irrglaube war, entstanden aus der Unfähigkeit, Gegenwart vom Müll befreit zu erkennen. Von jeder Dekade bleibt nur eine Handvoll dauerhafter Werke, unsere Genußsucht verlangt nach mehr, sieht, enttäuscht, in der Massenproduktion von schwachkulturellen Vergnügungsartikeln viel zu leicht eine Degenerationsgefahr. Das zieht Lähmungserscheinungen nach sich, denen man entgehen muß, indem man sich in der Zukunft vergräbt, nicht in der Vergangenheit.

—

Richtung Genua. Gespräch über immoralistische Züge in griechischen Sagen. Über Täter, die nicht bestraft, über Menschen, die von den Göttern wie Puppen benutzt werden, oder, ohne eigene Schuld, allein widrigen Umständen zum Opfer fallen – ganz lebensnah.

Geschah ein Totschlag aus Versehen oder Verwechslung, war bei den Griechen kein sühnefordernder, von Institutionen zu verfolgender Tatbestand erfüllt.
Gestern im Fernsehen ein Dokumentarfilm über forensische Methodik. Ein Fall drehte sich um fahrlässige Körperverletzung mit Todesfolge. Ein junger Mann rempelte im Streit einen anderen, der fiel so unglücklich gegen die Zimmerwand, daß er starb. Daß der Täter hierfür drei bis vier Jahre hinter Gitter soll – schwierig –, wo beginnt denn Fahrlässigkeit? Mit einem Rempler? Mit einer Bananenschale, die man auf dem Boden liegen läßt? Mit einem Nagel, den man in Kopfhöhe in die Wand schlägt, ohne ein Bild dran aufzuhängen?

—

Beatrice erwähnt ein Parergon der Argonautensage: Iason und Gefolge landen auf einer Insel, werden gastfreundlich empfangen, speisen mit den Einheimischen, verabschieden sich wieder, geraten nachts in einen Sturm, der sie zurück auf eben jene Insel spült. Die sich am Tag geeinigt haben, erkennen sich in der Dunkelheit nicht, die Argonauten richten unter ihren gestrigen Gastgebern ein Blutbad an, vergießen danach Tränen bitterer Reue und segeln davon, bei geglättetem Meer.

B. findet das eine sinnlose Appendix-Geschichte, ‹nicht der Sage wert›.

Diskussion über den komisch wirkenden Auftritt des Riesenkrebses während Herkules' Kampf mit der Hydra und über das ethische Problem der Bestrafung Niobes.

—

Dunst über Genua. Die bizarre Konstruktion der über der Stadt gelegenen Straßenknoten gewinnt um ein Detail: Eine große, zweispurige Schleife aus Beton, die 50 Meter hoch auf dünnen Stelzen steht. Sowas befährt man wie die Schienen einer Achterbahn, immer mit der Möglichkeit spielend, es könne abrupt nach unten gehn.

Schwacher Regen in den Bergen, zum ersten Mal in diesem Urlaub. Haben der frechen Kälte in Deutschland ein Schnippchen geschlagen, besser hätten wir die Fahrt nicht legen können.

13 Uhr Ankunft in Lucca. Klassischer Zwei-Stunden-Rundgang. Beatrice kauft auf dem Markt ein Nudel*holz* aus Marmor. Angeblicher Vorteil: Der Nudelteig bleibt nicht dran kleben. Wann hätte sie je Nudelteig zubereitet? Aber bitte …

Wir haben nicht mehr viel Geld – in einem Antiquariat gab es die Erstausgabe des Goethe-Zelter-Briefwechsels, allerdings nur Band 2 von dreien. Verlockend auch die Erstausgabe des Klavierauszugs von *Manon Lescaut*. Zusammen für kaum 200 Mark.

Woher nehmen?

An Lucca sind wir bisher aus irgendwelchen Gründen

immer nur vorbeigefahren. Das war sehr ungerecht, und – in Anbetracht meiner Puccini-Verehrung, seltsam. Das Bronzedenkmal des Meisters ist recht gelungen, zeigt ihn sitzend, ein Bein übers andere geschlagen, mit Zigarette, nachdenklich halb und halb zufrieden sieht er einen an, nicht arrogant, aber selbstbewußt distanziert.

Durch das Gegeneinander von Grün- und Braunfärbung der Mauern entsteht der Stadt ein eigenes Flair. Der Torre Guinigi, Wahrzeichen Luccas, oben mit Bäumen bepflanzt, ist fest in teutonischer Hand. Lärmige Busladungen voller Shortsträger, die uns die Turmbesteigung miesmachten. Anruf bei Marcel, wie so oft befindet er sich in einer Besprechung. Möchte wissen, was die da oben treiben. Die Aushilfskraft, die an den Apparat ging, wußte nicht mal, wer ich war, mußte ihr alles ganz genau erklären, derweil lief die Telefonkarte durch.

Die Kathedrale, nicht von Sieneser oder Ferrareser Klasse, macht auf sich aufmerksam durch die eigenartige Stellung des Campaniles, der nicht frei steht, sondern das Vorderschiff durchbricht, so daß es wirkt, als habe ein Riese ihn in die Kirche hineingerammt.

Eine alte Frau auf den Stufen, mit einem Tausend-Lire-Schein, den sie monstrant zwischen ihren Fingern reibt, wie ein Kind, das Geld für den Eisladen bekommen hat. Wahrscheinlich ihre Nachmittagsbeschäftigung: für 1000 Lire eine Kerze stiften, davor knien, beten, in die Flamme sehn. Das muß toll sein.

Bea behauptet, Ving Rhames (Marcellus Wallace in *Pulp Fiction*) spielt in *Dave* mit, mit Haaren auf dem Kopf und Schnauzbart. Erschien neben Demi Moore auf einem Kinoplakat *(Striptease)*. Für Demi käm ich nicht mal am Tag der offenen Tür. In *Ghost* sah sie noch recht niedlich aus, danach fing sie mit Bodybuilding an, vermutlich kann sie jetzt vaginal Walnüsse knacken und spielt im Terminator III den Androiden.

Am Tag von Puccinis Tod wurden alle Opernvorstellungen in Italien abgesagt. Heute gäbe es niemanden mehr, dem eine solche Trauer zuteil werden würde. Was eher gegen die Gesellschaft, als gegen die Künstler spricht.

In seinem Geburtshaus. In Giacomos gemutmaßtem Geburtszimmer hängt rechts neben dem Eingang ein Foto des *fratello* – des jüngeren Bruders Domenico Michele (1864–1891), jung gestorben, sein Blick durchbohrt, virile Kraft strömt aus diesen Augen. Anziehendes Gesicht. Seine Biographie zu erfahren reizt mich ungeheuer. Wie er da im Sessel sitzt, mit der Lässigkeit des Verlorenen (drüber ein Gruß an den Bruder geschrieben), es ist die Allegorie des im Schatten Stehenden, der gedemütigt im Leben nicht Fuß fassen kann.

In der Küche Fotos der verschiedenen Häuser und Wohnungen Puccinis, insgesamt acht.

Bea: «Schreib mehr!»

In Lucca hat schon der Stagione-Betrieb begonnen, heute abend gäbe man Manon Lescaut, aber erstens kann uns niemand sagen, ob es noch Karten gibt, zweitens dirigiert Gustav Kuhn.

—

Der Flügel, auf dem *Turandot* komponiert wurde. Ich berührte die Tasten, drückte zuletzt auch eine herunter. Kein Ton kam.

Im nächsten Zimmer das prachtvolle schwarze Kostüm, das Maria Jeritza bei der Erstaufführung 1926 in New York trug. Die Schleppe ist drei Meter lang, ebenso breit, aus schwerem Samt.

In einer Wandvitrine der Corriere della Sera vom 30. November 1924: Zwei riesige Seiten berichten über ‹La Morte di Puccini a Bruxelles›. Ich war tief bewegt – und froh, daß B. es ahnte, mich nicht ansprach in diesen Minuten.

La sua memoria è sacra e immortale – steht neben dem Ausgang, in einer Gedenkschrift zum dreißigsten Todestag.

Warum es damals in kurzer Zeit so viele, heute so wenige Giganten gibt? Hängt vielleicht damit zusammen, daß große Talente damals von den Menschen mehr ermuntert, verehrt, zu Giganten *hinaufgeliebt* wurden. Während heute, im *anything goes,* nach dem Totalausfall verbindlicher Kriterien, sich viele Talente fragen, ob die Menschheit irgendeiner Mühe wert sei, und gar nicht erst das Äußerste aus sich herausholen, aus Angst, es läge, als Zumutung empfunden, unwillkommen herum.

—

Beim Bezahlen des Parkplatzes bekommen wir im Wechselgeld zum ersten Mal einen 2000-Lire-Schein zu Gesicht. Marconi darauf ähnelt James Woods.

—

Idee: die Lazarus-Geschichte an Kirchner schicken. Das Libretto würde seiner Musik, glaube ich, entgegenkommen. Was Matthus dazu meinte, war Quatsch. Bin heilfroh, daß die Unverschämtheit dieses – wie heißt er? – Kupfer, genau, mir den Cosima-Auftrag erspart hat, da wäre doch nichts Gutes draus geworden. Ohne Vertrag und Bezahlung arbeite ich nie mehr, nicht mal für Moritz.

—

Entschluß, noch ein Stück Richtung Rom zu fahren. Viele abgeerntete Äcker, kahlgefegt, Erde, so trocken, daß sie einer Kieshalde gleicht. Kamen bis nach Cecina, Gilchings Schwesterstadt, nahmen Quartier im erstbesten Hotel (Il Gabbiano). Kauften, zufällig, ein in der *Via Gilching*, meine Güte.

Um sieben Uhr schon massenhaft Fledermäuse über den Pinien, über der *Pineta*, und große Brocken darunter. In China bringt die Fledermaus Glück, Beatrice sagt oft ‹Fledermaus gehabt›, wenn sie ‹Schwein gehabt› meint. Es klingt so süß aus ihrem Mund. Und ich bin manchmal so gemein zu ihr, weiß es noch dabei, meine einzige Himmelszwiebel ist, daß ichs immer gerade noch gutzumachen weiß.

Cecina ist viel touristischer geworden, seit wir das letzte Mal hier waren – '89 –, im *Tabacchi* gibt es en masse deutsche, österreichische und schweizerische Zeitungen, darunter ganz entlegene.

Kaufte eine FAZ von heute, im Feuilleton nur dröge Artikel, der antiquierteste, als hätte es die frühen Achtziger nicht gegeben, über die Last der Nietzsche-Rezeption, die einem Leiden am Deutschsein gleichkomme. Satz: *Ihren unbestrittenen Höhepunkt findet diese komplizierte Geschichte in den Romanen und Essays Thomas Manns.* Das ist ja lachhaft! Wird, zumindest von mir, sofort bestritten. Mann besaß nur einen sehr profanen bis oberflächlichen Zugang zu Nietzsches Welt, die seiner so fremd war wie Lübeck zu Babylon. Bei aller Bescheidenheit, aber auf diesem Gebiet darf mir keiner zu nahe kommen.

Diese hündische Verehrung in der FAZ vor geblähten Namen, die der Geschichtswind längst bis auf die nackte Schale hohlgeblasen hat. Eine Rezension über Hürlimanns neuestes Stück reflektiert zeilenlang über Benns Versuche zum gleichen Thema.

Ich sitze auf der Hotelterrasse, Strandgestank weht durch die Küstenstraße. Mir fällt noch ein, im Focus gabs ein Interview mit Urs Widmer, er beantwortete die Frage, wofür er schreibe, schlicht damit, daß er Schönheit erschaffen wolle, ähnlich der Schönheit, die er empfand, wenn er selbst als Kind gewisse Bücher las. Sowas zu sagen, hätte ich mich kaum getraut, drum unterstütze ich es hiermit umso heftiger.

Auf nach Rom.

Stehen im Stau. Vor uns ein Toyota Corolla mit dem Aufkleber: *Frangn is subba*! Daneben das Erkennungszeichen der Ichthyioten.

Bei Kilometer 120 verlassen wir das kommende großpadanische Reich. Bossi amüsiert mich sehr. Daß sowas heute noch möglich ist, Mischung aus Don Quichote und Garibaldi für – Reiche.

—

Muß M. unbedingt noch mal auf das Projekt der ‹Schönen Morde› ansprechen.

—

Die Ikonisierung Thomas Manns entstand erst aus dem Zusammenspiel seiner penetranten politischen Korrektheit und einer Zeit, die nach weißen (aber nicht allzu linken) Westen gierte, um Deutschland nicht ganz so braun sehen zu müssen, wie es gewesen war.

Beatrice: «Ist das Pendant zu Bläue eigentlich die Gräue?»

Brauchen für die 250 Kilometer zur Villa Massimo sieben Stunden, vier davon Irrfahrt durchs römische Verkehrschaos bei Regen. Um den Stadtkern ein Tortursystem aus Einbahnstraßen (welche Römer ungerührt in beide Richtungen befahren).

Wir mußten, wie sich herausstellte, froh sein, um

17 Uhr überhaupt noch ein Hotel zu finden. Ein sehr freundlicher Portier half – und telefonierte für uns herum. Landen im Globus *** 220 Mille, sauteuer, aber geräumig. Wir wollten Moritz nicht auf die Nerven fallen, später, ganz beiläufig, erwähnt er, die Villa Massimo enthalte auch Gästeappartements für 25 Mark die Nacht, wir *‹hätten doch bloß was sagen müssen›*.

Wieviel Platz er hier hat! 150 m^2 für Schlafzimmer, Küche, Gästezimmer und Studio – mit riesigen Fenstern in der Dachschräge – ich würde hier jeden Abend den Himmel ansehen können beim Arbeiten, vielleicht sogar einem Sturm zusehen. Und nur Gedichte schreiben.

—

Ob ihm nicht langweilig sei? Nein, er könne den ganzen Tag ungestört arbeiten, das komme ihm wie Ferien vor. Ich verstehe, was er meint. So gut.

Die Oper ist in der Partitur auf Seite 321 angelangt. Moritz spielt uns (nach einer sehr weichen Goldbergaria) eine Passage aus dem Dieb vor, danach den Gesang der Hexen und das Schlußduett Nagels und Dagnys. Letzteres machte besonders großen Eindruck. Akkorde, die einen schier davontragen.

Hettche, M.s supersensibler Suhrkamp-Nachbar, beschwere sich dauernd über die laute Musik.

—

Gingen essen in ein kleines Kellerristorante nahe der Piazza Bologna ‹La Stiva› – der ‹Schiffsladeraum›. Gutes Essen, superb die Fettucine Porcini.

Moritz erzählt, ich würde bei den ihm bekannten Dichtern als *reich* gelten, alle wären *neidisch* auf mich. Ich war ihm dankbar, daß er die Rechnung übernahm, wären sonst in die Bredouille geraten. (Mit der Einladung ist die 50-Mark-Wette vom letzten August abgegolten.)

Gegen den Vorwurf reich zu sein, wehrt man sich am besten, indem man reich wird, bis er stimmt.

M. erzählt von der Claus-Grossner-Party, 200 Gäste, in einer engen Villa. Unglaublich: ein Mikrophon kreiste, jeder Gast mußte sich kurz vorstellen, und zwei, drei Sätze über sich sagen. Das habe zwei Stunden beansprucht. Hettche habe später seine Lesung aus *Nox* sehr witzig beendet, mit leiernder Stimme vor atemlosen älteren Damen: «... *spritzte er ihr den heißen Samen ins Gesicht, dankeschön.*»

—

Nette Geschichte über M.s Probleme mit der Schweizer Flughafenpolizei. Er war in Sachen *Hämmerklavier* von Winterthur nach Hamburg unterwegs. Führte die Sirenen mit sich, die im siebten Stück des Zyklus unter dem Flügel angebracht und dort auch gespielt werden. Für diese Sirenen hatte er letztes Jahr in Mexiko, weil es kein Klebeband gab, einen Plastikklebstoff gekauft, mit dem er nirgends auf der Welt Probleme hatte, bis auf Zürich eben. Der Beamte nahm ihn ins Verhör. Wozu er diesen Plastikklebstoff brauche? Was er von Beruf sei?

«Pianist.»

«Und wozu die Sirenen?»

«Naja, die kommen in einem Stück von mir vor.»

«Also, was spielen Sie jetzt? Klavier oder Sirenen?»
«Meistens Klavier, aber manchmal eben beides.»
«Was ist das für Musik?»
«Moderne Klaviermusik.»
«Sowas wie Clayderman?»
«Nein, moderne *klassische* Musik.»
«Also sowas wie Clayderman.»
«Nein, klassische, moderne E-Musik.»
«Wozu brauchen Sie dann Sirenen?»
«Weil die in der Partitur stehen.»
«Sirenen, hmm?»
«Schauen Sie, hier, in dieser Musikzeitschrift ist ein Foto von mir, wie ich unter dem Flügel die Sirenen bediene!»
«Warum *unter* dem Flügel?»
«Da ist mehr Platz.»
«Wissen Sie was? Ich glaub' Ihnen kein Wort.»
Und der Beamte ließ den Sprengstoffhund und einen großen Analyseapparat herbeischaffen, Sirenen und Klebstoff wurden durchleuchtet und chemisch analysiert, der Flug wurde eine Stunde lang aufgehalten, 200 Leute saßen derweil im Warteraum und stierten M. mißtrauisch an, starrten auf die ‹Bomben›-Sirenen, die aufgereiht hinter der Glaswand auf dem Tisch lagen und nur mit Spezialwerkzeug angefaßt wurden.
«Das ist die Geschichte. Hat keine Pointe, aber lustig ist sie doch.»

—

Gute Saltimbocca.
Ob Coras Sexphantasien in *Toy* nicht etwas übertrie-

ben seien? Wie bitte? Ich habe sie stark zusammengestrichen, sie sozusagen *bis zur Dezenz gezüchtigt.*

Fausto, Lebensgefährte von Henze, habe erläutert, warum Aids in Rom so weit verbreitet sei. Die Transvestiten an der Villa Borghese erfreuen sich auch bei römischen Heteros großer Beliebtheit und machen den Nutten starke Konkurrenz. Interessanterweise wollen die römischen Männer mit Vorliebe in den Arsch gefickt werden. Die meisten lehnen ein Kondom als genußschmälernd ab.

Ich erzählte ein bißchen von unserer Reise, von Arles über Roussillon bis zum Corriere-della-Sera-Artikel über Puccinis Tod.

Moritz: «Man müßte wieder ein unproblematisches Verhältnis zum Schönheitsbegriff finden.» Richtig. Es brauchte nicht religiös gefärbt zu sein, aber sinnstiftend, somit spirituell. Nichts anderes habe ich je gewollt, verweise auf den Tagebucheintrag zu Urs Widmer.

Über den Zynismus unsrer Zeit, die Unkollegialität. Naomi hätte dafür einen Namen – *Poppy-Syndrom* –, dort, wo sie herkommt, Australien, wird, ein heimliches Gesetz, alles fertiggemacht, was in irgendeiner Weise bekannt, gar berühmt geworden sei.

Kleingeisterei und Futterneid, alles wird angesprungen, was nur ein wenig über den Tellerrand hinausguckt. In kulturellen Fragen war ich schon immer konservativ.

M. erzählt von Hamburg, vom heute nur noch durch Liedtexte bekannten Dichter Dehmel, dem seine Freunde aus Verehrung in Blankenese ein Haus gebaut hätten, wo er glücklich und zufrieden starb (was nicht dasselbe ist, wie ich am besten weiß). Heute sei sowas unvorstellbar. M. schwärmt von den Künstlerfreundschaften im Paris der Zwanziger.

Halte dagegen, daß die Vergangenheit grundsätzlich verklärt werde und die Gegenwart heute (wie wohl damals auch schon) voll subventionierter Schaschas sei, zu denen man einfach nicht nett sein dürfe.

(Schaschas – schamlose Scharlatane)

—

Meine Müdigkeit wurde durch zwei Flaschen Weißwein kaum beseitigt. Auffällig oft, wenn ich mit M. rede, bin ich durch meine physische Form gehandicapt, er muß mich für einen Siebenschläfer halten.

Bei allen Divergenzen im Einzelnen (z. B. liebt er *Eins, Zwei, Drei,* Film, den ich für eine erbärmliche Klamotte halte) Gefühl der Verbundenheit.

Wir fuhren schon um halb elf ins Hotel, ich tippte keine Stunde mehr, schlief wie ein Stein.

Träumte einen sonderbaren Traum namens Gustav. Er war sehr fett und wenig lustig und hatte nichts zu bedeuten, außer irgendwas mit Tempeln. Und Finnland.

Hab eine von Moritz' Geschichten ganz vergessen, über zwei seiner Bekannten, die seit Jahren ihren eigenen Morgenurin trinken. Und über V., der, als er bei denjenigen zu Besuch war, die Urinfläschchen im Kühlschrank entdeckte. Am nächsten Tag tranken sie daraus, auf den Fläschchen stand, zur Vermeidung von Verwechslungen, M. bzw. N.

Drin war in beiden Fällen *V.*

—

10 Uhr morgens. Heimwärts. Ausblick auf römische Kleinslums, in den Grünflächen zwischen zwei Autobahnzufahrten. Wohnwagen, dürftig zusammengezimmerte Bretterbuden, Feuerstellen, ein Hauch von Mexico-City-Stadtrand. Böses Auspizium. Ähnliches in leicht gehobener Form sahen wir gestern am Lungo Tevere Aventino. Unwirklich anmutende Wellblechbauten, deren Bewohner mit jeder Art von Autoteilen handeln. An den Dachrinnen, an dünnen Schnüren, hingen Lenkräder, Auspuffrohre, Kotflügel wie Requisiten eines Voodoozaubers.

Las: *Die Erblindende* von Rilke. Mir wurden die Augen naß, dennoch, pedantisch wie ich bin, mäkelte ich an der zweiten Strophe und ihrer halben Stopfzeile herum.

Rilke ist fast nie mittelmäßig. Immer entweder göttlich – oder unsäglich. Das wundert mich vor allem beim Handwerklichen – manchmal geht ihm jedes Formempfinden verloren, das doch, in gewissem Maß wenigstens, unabhängig der Tagesform immer vorhanden sein müßte. Aber dasselbe ließe sich auch von Heine und Brecht behaupten, alle drei lieferten hin und wieder Knittelverse, daß es eine tote Sau graust. Gerade Brecht hat oft geradebrecht.

(z. B.: *Da fiel sie in die Goss', die war kalte.*
Da hatte sie keinen Hunger mehr.
Darauf schwiegen die Vöglein im Walde.

Aber im selben Gedichtband findet sich auch die *Erinnerung an die Marie A.:*

War eine Wolke, die ich lange sah
Sie war sehr weiß und ungeheuer oben
Und als ich aufsah, war sie nimmer da.)

—

Die gärende Revolte gegen unsre Belustigungskultur – ich spüre sie und wage doch noch nicht, daran zu glauben.

—

Auf der Höhe von Orvieto eine Herde weißer Kühe im Dunst. Schwer arkadisch.

Gewitter über der Toskana. Hinter Siena mächtiges Wolkenspiel, aus einem Altdorfer-Gemälde entflohen.

—

Irgendjemand sagte neulich, es gebe seit zehn Jahren auf allen Gebieten der Kunst nichts Neues. Auch das ist ein Teil der Faszination an Sprache: Ein wie großer Haufen Scheiße sich mittels eines kurzen Satzes in alle Welt transportieren läßt. Zur Zeit geht die Vorbereitung einer Ära vor sich, alles sammelt sich, lädt sich auf. Aber vielleicht sind die Zeichen dessen wirklich nur sichtbar für jene, die aktiv mitgestalten.

Siebzigjährige haben selbstverständlich jedes Recht, über die Arbeit der Jungen zu reden. Raus kommt dabei leider meist Unsinn, das muß so sein, ist Naturgesetz. Gesetzmäßig ist auch, daß man die neue Ära nur voraussagen, nicht beschreiben kann. Man ahnt, wie sie aussehen könnte, aber die Ahnung wird erst Wort im Moment, da irgendwer die Tore öffnet.

—

Spielte eine halbe Stunde lang mit einer weißen Springspinne, bis sie entkam. Zwischen Bologna und Modena gab es im Radio keinen einzigen Klassiksender. Dafür tummeln sich sechzig (!) andere auf UKW, alle bringen denselben Dreck.

—

Kurz vor dem Po rechts neben der Autobahn ein quadratischer Friedhof, der einer Stadt ähnelt. Zwei der Kapellen an der Innenmauer hätten als kleine Kirchen durchgehen können.

Einzige Cassette, die wir im Handschuhfach finden: hübsches Potpourri aus vielen Sparten. Finalterzett aus

Prosperos Books. Welche Musik! Danach *The Bells,* Lou Reed. Es beunruhigt mich, wie simpel, fast kindisch, selbst Meisterwerke des Pop inzwischen auf mich wirken. Ich habe dem Pop soviel zu verdanken, ich will ihn ja gar nicht wie Staub von meinen Schuhen schütteln! Nur – eine Ekstase kann er mir einfach nicht mehr liefern, selbst in Momenten besten Willens.

Wir sind Altöttinger – The Nuts. *Music for Evenings* und *Salad Days* – The Young Marble Giants. *Swanney* – Al Jolson.

Concerto d-moll BWV 1043 – Largo. Da möchte man zu Boden sinken und um Vergebung bitten, irgendwen für irgendwas. Musik, die im nachhinein einem ganzen Jahrhundert Berechtigung verleiht.

—

«Wie willst du begraben werden?»

Sokrates: «Ganz wie es euch beliebt – wenn ihr meiner habhaft werden könnt.»

—

Nachdenken über Freunde, die aufgehört haben, zu lernen. Man kann es ihnen zehnmal sagen, sie sehen es vielleicht sogar ein, doch es nützt nichts, sie sind zu müde.

I take the bus this time – Jonathan Richman.

Wie vielfältig die Menschen sind – klingt banal – aber: zwei, drei Bücher nicht gelesen, zwei, drei Musiken nicht gehört, und man lebte in einer völlig anderen Welt, mit anderen Gesetzen, anderer Ästhetik. Es *ist* banal, und doch unfaßbar in seiner Tragweite.

—

Eine Baustelle, gefolgt von einem Stau, einer Baustelle, einem Unfall, einer Baustelle …

—

Das Schlimmste an Techno: Nicht das Simple, Kunstlose, nicht einmal das Sektenhafte der Massenbewegung. Aber diese *lahmarschige* Musik, die sich mit schnellen Beats zu übertünchen sucht.

In den Achtzigern amüsierten wir uns über Frisuren, Glockenjeans und Koteletten der Frühsiebziger, dachten, wie konnte je etwas so Häßliches common sense werden? Wie wird man erst in zwanzig Jahren über Piercing, die zu langen Hosen der Ghetto-Rapper und ihr affiges Bewegungsrepertoire denken?

—

Ich verfluche alle Intellektuellen, die sich der Verblödung angedient, sie mit kleinmütigen Argumenten legitimiert haben, bis Scheiße den Status von Kultur verlichen bekam.

Vielleicht müßten sich diejenigen, die sich unter ihre Möglichkeiten begeben haben, im Glauben, es sei die Menschheit den Aufwand nicht wert und erträglich wäre nur, das Leben, abgelenkt vom Spaß, auszusitzen, vielleicht müßten die, um neuen Mut, neue Kraft zum Kampf zu fassen, das 20. Jahrhundert als auf gewisse Weise großartig begreifen. Dem Horror einen Sinn verleihen, den Fortschritt aufzeigen, der durch ihn (und seine Zerschlagung) erst möglich war.

Wär's nicht an der Zeit (ich spüre bei vielen eine Sehnsucht danach) – eine neue Kontinuität aufzuspüren, die sich langsam aus diesem angeblich so versprengten und ziellosen Jahrhundert herausschält?

—

Ich kannte mal jemanden, der seine Tochter *Rilke* nannte. Das Amt ließ es durchgehen, weil die Endung eindeutig auf ein weibliches Wesen hinwies. Goethe ginge dann wohl auch. Oder Fontane (verniedlicht Fontanelle).

—

Bea (deutet auf einen Falken): «Guck, Raubgeflügel!»

Wollten um vier am Brenner sein, jetzt ist es halb sechs, und 90 Kilometer fehlen. Autobahngebühr: 63 500 Lire. Wir haben noch 60 000 Lire und vier Mark. Großzügig geben wir die 50 Pfennig, die wir rausbekämen, als Trinkgeld.

Um 19 Uhr Rast unterhalb des Zirler Bergs. Lese Beatrice Rilke-Gedichte vor.

Am Himmel eine langgezogene Wolke, wie eine Gänsefeder. Leuchtet, erlischt binnen einer Minute. Der Himmel hat den Kragen hochgeklappt und schmollt.

—

An Hölderlin – unheimliche Anverwandlung, als hätte R. dem toten Idol die Haut abgezogen für einen ganz privaten Maskenball. Hommage / Imitation, die hier und da unfreiwillig ins Parodistische abgleitet, so bei der ‹*heilig erschrockenen Landschaft*›.

—

Am Grenzübergang Mittenwald bereits ein Schild, das auf padanisch die Padanier zum Oktoberfest willkommen heißt, aber vor übermäßigem Besäufnis warnt.

—

Im Radio eine ewig lange Arie aus Donizettis Lucrezia Borgia. Was für ein langweiliger Mist. Schon unglaublich, welche Opern Maria Callas (indirekt) aus der Versenkung geholt und ihrem Publikum zugemutet hat. Und das Publikum hat es noch ohne Widerspruch geschluckt!

—

21 Uhr 15. Ankunft zu Hause. Ein riesiger Berg von Post, an die 50 Briefe, einige von Lesern. Die werden sich gedulden müssen. Schöne Briefe von H. R. und einem Passauer Germanisten. Auch Kurioses: Der Cellerar von Andechs lädt mich zum monatlichen Prominentenstammtisch. Das Finanzamt gibt uns Geld zurück! Isolde schickt Super-Photos vom letzten April in Hamburg. Noch ein Schwung Thanatos-Rezensionen: Hymnen, Verrisse, kaum Neues. Dem Buch kann man

schon nichts mehr anhaben. Merkwürdig: Anika von Greve-Dierfeld (schreibt, wie sie heißt) hat ihren völlig bescheuerten Text nun schon bei der dreißigsten Kleinzeitung untergebracht. Lustig: In der Hamburger Rundschau wird die Frage gestellt, ob ich nicht nur ein «Elefanten fickender Moskito» bin. Bald haben wir die ganze Fauna durch. Hut ab! die einen, Kopf ab! die andern.

Ein Kritiker (M. Braun vom Saarländischen Rundfunk) moniert an den schönsten, perlendsten und vor allem: ironischsten Stellen, sie seien frei von jeder Ironie und nah am Kitsch. Extemporiert, daß es die reinste Gaudi ist, z. B.: *Krausser denunziert den Lokalpatriotismus der Provinzbewohner durch heimtückische Namensgebung, (...) z. B. Henlein, der Name jenes chauvinistischen Politikers also, der einst als Führer der sudetendeutschen «Heimatfront» den Vernichtungskrieg der Nazis mit provoziert hat.*

«Ich wußte gar nicht, daß du *so* raffiniert bist.»

«Kann man mal sehen ...»

(Ich dachte in meinem begrenzten Wissen nur an den Erfinder der Taschenuhr, Anspielung auf den im ‹Ei› behüteten Chronos.)

Lustig auch: Viele kapieren nicht, was *Rutaretil* ist, schreiben dann, Johanser nehme, nebst Alkohol, ‹Tabletten›, oder vorsichtiger: ‹Stimulanzien› zu sich. Die es aber kapieren, wollen alle mit ihrer Findigkeit *prahlen*. Um dieses Ziel zu erreichen, zögern sie nicht, dieses – bei aller Bescheidenheit – wunderbare Palindrom albern oder blöd zu finden.

Apropos Ironie –

«Alles hängt irgendwie mit allem zusammen.» (Hans Albert)

«Zusammenhang verbindet.» (Thanatos)

«Solche Sätze helfen da kaum weiter.» (aus einer Rezension)

Man muß die Lichtung des Schrulls nicht unbedingt als die heideggersche begreifen, als Johansers Unverborgenheit im Spiegel des ihm innewohnenden Greises, muß das Buch auch nicht als Befragung des relativistischen Trends in der Erkenntnistheorie verstehen, dazu bin ich zuwenig Philosoph, zu sehr Sklave des Bonmots – aber ...

Die es verstünden, lesen keine Romane.

Bis vier Uhr morgens Post gesichtet, dann die in Nizza gekauften Denare nach RIC bestimmt, was mühselig war. Gallienus, Probus, Gordian III., Severus Alexander, Decius, Herennius Etruscus, Valerianus I. (der sein Leben als Sklave am persischen Hof beendete. Sein Sohn und Nachfolger rührte keinen Finger, um ihn freizukaufen).

Im römischen Kaiserreich gäb es noch einiges, das abzudichten wäre, Numerianus z. B., der Kaiser und Poet, oder Elagabal, der schwule Tänzer, bringt für vier Jahre, (in denen er viermal verheiratet wurde), den schwarzen Stein des Sonnengottes aus Emesa nach Rom. Severus Alexander, sein Nachfolger, schwächt den Sonnenkult ab, verehrt neben üblichen Götzen und konsekrierten Vorgängern auch Bilder des Christus, Orpheus und Apollonius.

Aber wie wären solche Stoffe zeitgemäß zu präsentieren, wenn Pathos verboten ist, und die Dürrenmattsche Spielart mich ankotzt? Dieses Jahrhundert hat uns soviele Möglichkeiten genommen wie gegeben.

20. September, Freitag

Noch mehr Post.
Geburtsanzeige des Simon von Georg und Nina.
3340 g und 53 cm. Wurf gelang schon am 22. August.

Peter Heinemann sendet mir den *Panufnik,* (was so nach Charlie Browns Lieblingsbaseballspieler Schlabotnik klingt, daß wir den Namen nie aussprechen können, ohne lachen zu müssen). Panufnik – mir bisher unbekannter Komponist.

Heiner Meyer jagt von einer Ausstellung zur andern. Schöne Motive im Katalog. Die Zeiten, da ich mir seine Sachen leisten konnte, sind vorbei.

Kurioser Brief vom DeutschlandRadio: *Am 9.5.96 wurde Ihr Buch ‹Thanatos› in unserer Sendereihe GALERIE von unserem Rezensenten H. D. Heimendahl vorgestellt. Irrtümlicherweise haben Sie das Honorar in Höhe von DM 383 erhalten, das dem Rezensenten zusteht. Wir bitten Sie höflichst, den Betrag auf das Konto xxxxx zu überweisen.*

Mal nachsehen. Wenn's ein Verriß war, lass ich mich zweimal mahnen.

—

Hab' heute zum 50. Mal in diesem Monat bei S. J. vom Staatstheater Darmstadt angerufen und, weil sie nie da ist, zum dritten Mal um Rückruf gebeten. Nichts passiert! Theater funktioniert nicht mehr.

—

Im Club mit C. M. trainiert. Auslosung für Vereinsmeisterschaft. Passables Programm. Nachts Babel. Der Stoff enthält Sprengkraft, für den, der hinhören wird.

—

Eine alte Flamme ruft an. Ihre Stimme hat keinen Sex mehr. Oder mein Ohr?

—

Um fünf ins Bett. Gegen neun aufgestanden, zuvor stundenlang wachgelegen, voll böser Gedanken und Mordlust. Nahm zwei Aspirin, zwei Zigaretten, drei Gläser Retsina, legte mich wieder hin.

21. September, Samstag

In der SZ ein passionierter Bericht (H. Lachner) vom Wipers-Konzert, in der (laut AZ) bedrückend leeren Muffathalle. «So bleibt er (Greg Sage) der ewige Außenseiter, das ewig verkannte Genie und der erleuchtete Anatom der Melancholie.» Aber ein Genie ist nicht verkannt, sobald es nur von einem Menschen genial genannt wird.

Ein, so schließt HL, ‹von der allgemein geschätzten *Pest der Fröhlichkeit* erfrischend freier Abend›.

—

In der WEB eine schwülstig-ergriffene Rezension des Nachwuchsromanciers Ernst-W. Mercator. Dazu ein Foto des Autors – wirkt blaß und grausam, wohl weil er ein wenig an Ralph Fiennes in *Schindler's List* erinnert. Rechner- und Vollstreckergesicht, mit einer Eleganz, die nicht von innen kommt, die aufgetragen glänzt wie Creme. Isolde hatte neulich eine Fotoausstellung diverser Literatenportraits, darunter auch meines. Mercator – so erzählte sie mir in Klagenfurt – sei sauer gewesen, weil sie *ihn* nicht ausgehängt habe, er sei zu ihr gekommen, habe gemosert und auf mein Bild gedeutet: «Sie scheinen ja eine breite Auffassung von Literatur zu haben.»

Soviel zur Kleingeisterei, zum Futterneid.

—

Zu *Toy*. Es ist mysteriös genug, warum man einem Menschen verfällt. Gegenüber dem Teufel ist solches Verfallen nicht weiter erklärungsbedürftig. Sobald jemand *behauptet,* der Teufel zu sein, ist er bereits kein Mensch mehr, zehrt bereits von diabolischen Attributen.

—

Der Panufnik klingt ziemlich Schlabotnik.

—

Im Teletext Emnid-Umfrage über die beliebtesten deutschen Autoren: Grass, Simmel, Heidenreich, Konsalik, Lenz, Dörrie, etc.

Merkwürdig, was da alles unter die Sparte *Autoren* gerechnet wird, bloß weil es seine Produkte auch in Buchform verkauft.

—

Michael berichtet von deprimierender Pflichtarbeit, der Neubearbeitung einer Bestsellerlieferantin, deren Buch von hinten bis vorne aus Scheiße besteht: «Da ist dann so ein Satz wie: *Wenn die Frau ihre inneren Ströme entdeckt, wird sie zum ekstatischen Wandergesell.* Ich geh zur Verlagschefin, zeig ihr das, sage: ‹Das müssen wir irgendwie umschreiben›, und sie sagt dann: ‹Ja, da haben schon einige Frauenverbände angerufen, daß es *Wandergesellin* heißen muß.›»

—

Das Jenseits muß ein Ort sein, an dem Materie in Klang, Licht in Erinnerung verwandelt ist. Ort fernab des Chronos, irgendwo inmitten allem. Es wird Berge geben, Flüsse und Häuser – monumentgewordene Momente, in die man einkehrt wie in Stellen eines Buches.

Den Nachmittag über Briefe geschrieben. Bin so müde. Blättere in *‹Die Legende›, kulturanthropologische Annäherung an eine literarische Gattung,* von H. P. Ecker, lese vor allem Fußnoten und Kursives, darunter eine schönblasphemische Geschichte von Robert Gernhardt.

Teletext: In Australien wird Steinkunst und Werkzeug gefunden, das ca. 176000 Jahre alt sein soll. Dies würde die Erkenntnisse über die menschliche Frühgeschichte radikal verändern.

—

Biß auf ein bleiernes Schrotkorn, es verbarg sich in der Wildschweinsalami aus Arles. Das Vieh ist tatsächlich abgeknallt worden. Kann auch sein, man streut hin und wieder Schrotkugeln in die Wurstmasse, um diesen Schluß nahezulegen.

Komponierte die ersten 50 Sekunden der ‹Partenza›.

Signierte hundert Bücher ‹Juli›.

20:15 – langweiliger Tatort im Münchner Pennermilieu mit Bruno Ganz. Man merkt an einigen Details, daß der Drehbuchschreiber *Fette Welt* gelesen hat.

—

Früh ins Gartenhaus, nach Babel, wo ich mich wohler fühle als sonstwo.

23. September, Montag

Eine Leserin aus Köln schreibt, sie habe alle meine Bücher hintereinander gelesen und finde Thanatos am besten. Absolut d'accord. (Das Possessivpronomen könnte man auch weglassen.) Mir fällt auf, daß Thanatos bei Frauen besser ankommt als meine früheren Bücher. Muß an der Person Johansers liegen.

—

In der SZ ein neuer Anschlag von Christine Lübke-Maibock, diesmal übers Abschlußkonzert der ARD. *«Da lieferte Xiaoliang Li aus China (3. Preis) mit vollmundiger Baßröhre eine Art Suzuki-Verschnitt des Don Basilio ab; da gab der Armenier Arutjun Kotchinian (2. Preis) eine Registerarie des Leporello, die fast nur aus Pose bestand.»*

Wer die beiden gehört hat, weiß, daß das entweder blind getippt oder eine Frechheit ist. Warum kann man ihr nicht eine Stelle im Sportteil geben, wo sie über Stockschießen berichten kann oder über Damenhallenhandball?

—

15:45 ORF Raumpatrouille Orion, Folge (‹Die Raumfalle›), an die ich mich nicht erinnern kann. Wer je am Fortschritt zweifelt, hier wird er geheilt.

—

Arbeit an der Partenza, kam bis 1:50. Später Computerabsturz, alle Arbeit an Babel von gestern ist hin. Waren vier oder fünf neue Strophen und etliche Verbesserungen.

—

In Premiere ein ganz netter Film *(Safe Passage)* mit Susan Sarandon, die glaubhaft eine Mutter von sieben Söhnen spielt. Soviele Kinder, dauernd in Sorge zu leben, eine Art negatives Glück, das nie zur Ruhe kommt.

Glück / Angst. Gestern Gespräch mit E., deren Kinder einen eingebauten Selbstvernichtungsmechanismus in sich tragen, dauernd entweder in Teiche fallen, gegen Laster radeln oder das Haus anzünden. Wie tapfer sie ist und geduldig.

Glück ist grauenhaft, weil man weiß: es vergeht. Glücklicher ist der Unglückliche – er weiß, es geht vorüber.

Subkutane Signata, schwarze Flüssigzeichen unter der Haut, nähern sich der Oberfläche bei zu starker Sonnenbestrahlung, körpereigene Menetekel, die die Angst jedem Glück als Morgengabe schenkt. Was wäre Glück, ohne Angst, die es als Glück erst empfinden läßt, als bedrohtes Biotop der Zeit. Glück *ist* Angst.

—

Dagmar gibt ein Interview in Kulturzeit. Sieht super aus, redet allerhand schlaues Zeug und das in ganzen Sätzen. Sowas gibt es auch.

—

Das Wunder in der achten Straße: extrem niedliche Ufos, die Beatrice in Verzückung versetzen. Zwei Elternufos kriegen Kinder, die noch nicht fliegen können, deshalb laufen müssen. Tolle Idee.

In der Nacht dachte ich: Wie spät es wohl ist? Zwei Uhr achtunddreißig? Ich seh auf die Uhr, es stimmt exakt. Bei Tag liege ich nie so genau. Zufallstreffer.

—

Angst, eine Fledermaus
entreißt mit höchsten Tönen
der Nacht einen Weg
vom hungrigen ins satte Schwarz.
(Ins satte Schwarz – guter Titel?)
Weiß sie, die sich beflügelt glaubt,
daß Futter nie Ziel ist, nur Trost?
Ahnungslos und beutestolz
hängt sie jetzt, Kopf nach unten,
in einer Höhle namens Heim.

24. September, Dienstag

Wer heute Geburtstag hat, der wurde unterm Christbaum gezeugt.

—

Teletext: EU-Literaturpreis an Rushdie und Ransmayr. Letzteren müßte ich eigentlich von Herzen unterstützen, er erzählt, bemüht sich dabei um Stil und Sprache, achtet die Tradition, ohne rückständig zu sein. Aber wenn dabei so eine Krankheit entsteht, wie die Morbus Kitahara, dauernd stilistische Anfängerfehler, dazu diese Langeweile ... Ich kam nur bis Seite 100, vielleicht wird's danach besser, schon möglich.

—

Beatrice, die inzwischen sowas wie ein Archiv betreibt, bringt die Auswertung der fast 300 Thanatos-Kritiken vorbei. 57 % Hymnen, 27 % Vermischtes, nur 16 % Verrisse, weniger als erwartet. Die aber dafür haßerfüllter und unverschämter als je zuvor. Der saudumme Spiegel-Artikel war eigentlich nur deshalb ein Ärgernis, weil das Pamphlet drei (Rekord!) Wochen vor Erscheinen des Buches kam. Während dieser Zeit mußten die Luchterhand-Vertreter durchs Land reisen und den Buchhändlern erklären, warum der Roman trotzdem gut ist. Das hat uns sicher 5000 Stück gekostet. Hoffnung schöpfen ließ die enorme Solidaritätswelle, die jenem Totschlagsversuch geantwortet – widersprochen hat.

Was diesen Kulturbetrieb so unerträglich macht, sind u. a. Phänomene wie dieser S., gewissenlos, naiv, ehrgeizig und blöde, aber unendlich von sich überzeugt. Eine Art negativer Nachwuchsalchimisten, die per Maulfäule versuchen, Gold in Scheiße zu verwandeln. Menschen, die selbst Thanatos, Herr der Gleichmut, nur mit den Fingerspitzen fortträgt.

Seltsam, warum mich soviele Leute loshaben wollen, seltsam, was ich in den Jahren schon alles überlebt habe. Ich müßte längst reich oder tot sein. *Toy* ist ein Expansionsversuch auf internationales Terrain, nicht wegen Geld oder Ruhm allein, hauptsächlich deshalb, um diesem Terrorgehäuse Deutschland zu entschlüpfen. Das kulturelle Klima hier ist unerträglich, irgendwann wird einer mit dem Gewehr durchgehen, weil nichts anderes mehr hilft, und dieser Avantgardist möchte ich nicht sein.

—

Abends Gäste zum Fußballgucken: Michael, Albert, Bernhard und Peter v. B.

—

Schwere Euphorie nach dem 1:0 in der dritten Minute, dann Klinsmanns verschossener Elfmeter, man wußte bald danach: der Abend ist gelaufen. Schönes Malmot des Kommentators: «Wenn der Ball ruht, ist Bayern am gefährlichsten.» Albert und Peter, der erstaunliche Sachkenntnis bewies («Ich hab' Gerd Müller noch als Verteidiger gesehn – 1965»), gingen um elf, wir anderen diskutierten noch eine Stunde lang über alles mögliche, Ransmayr (von den Anwesenden war ausgerechnet ich ihm noch am freundlichsten gesonnen – einen echten Fan besitzt er immerhin in Christine, die heute nachmittag anrief), Grünbein, dessen Essayband ich gegen meine innerste Stimme zu verteidigen suchte, den Rechtsruck des Spiegels, über diese und jene Bizarrerie der Literaturlandschaft, mit denen ich mich nie werde abfinden können.

—

Bernhard brachte einen Artikel aus der FR mit, in dem behauptet wird, Bukowski hätte in den letzten zehn Jahren seines Lebens am Computer geschrieben. Ich glaube es zuerst nicht, die Vorstellung wirkt zu schräg, denke dann – es wäre sympathisch. Auf seinem Grabstein steht: «Don't try» – sein Standardspruch, wenn ihn junge Leute fragten, wie sie gute Schriftsteller werden sollten.

M. fragt nach meinem nächsten Großprojekt. Ich stehe völlig planlos da. Die Panoptikumsidee – 1922 in München – böte viel Stoff, die Zeit ist aber meinem Wesen so wenig verwandt.

Vielleicht eine Liebesgeschichte? Eros?

Erwähnung der Wittelsbacher Allee, Gedanken an Katrin, vor allem an ihre Stimme, die zu den lullend-loreleysten überhaupt gehört, kann mich nie satthören dran.

—

D.-Motiv wäre für Erzählung brauchbar. Wenn ich skrupelloser wäre, könnte ich soviele meiner Bekannten als Material ausschlachten. Tue es nicht, hebe sie mir vielleicht nur auf für später, wenn Zeit die Verbindungen verwischt hat.

—

Grünbein: Galilei vermißt Dantes Hölle.

Schwer erträglich. Er verfügt über enormes stilistisches Können, aber Stil ist nicht alles, kann sogar unangenehm werden, wo Sinnlichkeit fehlt und Fabulierlust. Jedes Essay ist für sich genommen schön und gut, aber sie erschlagen einander, zum Buch gebündelt. Jedes wirkt dann protzig leblos, zu elaboriert, jedes wird Manifest, *Resümee*, Schreibrechtfertigungsschreibe.

G. – Sprachbiotop, das im unglücklichen Moment nach Asservatenkammer riecht, nach Spiritus *und* Formalin. Dann gibt der Musterschüler den Zauberlehrling.

In der AZ eine Reißinger-Frechheit sondersgleichen. So dreiste Lügen! Ich faß es nicht!

Bezeichnet das Biennale-Kompromißmodell '97 (statt der vier nur zwei Opern) als «Resteverwertung» – gezielte Publikumsverarschung. Verschweigt, daß München im Wort steht, daß die ‹Einsparungen› kaum welche wären, weil alle Verträge mit den Künstlern ausgezahlt werden müßten. Das ist bodenloseste Agitation. Warum greift da kein Redakteur ein?

Ob Hummel für sein Reste-Essen morgen Zustimmung findet, scheint fraglich. In einem sind sich nämlich alle Fraktionen einig: Überflüssig ist keine Mark, und mit jährlich festzulegenden Sonderzuweisungen kann die Biennale nicht dauerhaft arbeiten. Das ist ja diabolisch! Das pure Grinsen Luzifers! Und weiter: *Aber alle glauben, daß das alte Zweijahresmodell des Musiktheaterfestivals am besten und preisgünstigsten war – nur sagen traut sich's keiner.* Natürlich, und die Erde ist eine Scheibe! Zehn Jahre hat Henze für diese beste aller Lösungen gekämpft, aber die Reißinger weiß es ja besser! *Mut, verehrte Politiker! Flickwerk motiviert das Publikum gewiß nicht zur Lust am Unbekannten.*

Gibt es soviel Gemeinheit? Das muß man sich vorstellen: Ein unverhohlener Aufruf zur Kulturvernichtung, und das aus den Reihen des Feuilletons.

Stille Verzweiflung. Anruf bei Moritz, der mich ein wenig aufbaut – diese Marianne hätte früher noch ganz andere, noch bösere Töne angeschlagen, daran sei man mittlerweile gewöhnt. Ich habe schon vor morgen abend (Kulturausschußsitzung) Angst, dabei ist das entscheidende Stadtratsplenum erst am 9. Oktober. Habe Atembeschwerden, mein Magen ist bleischwer.

Auf derselben Seite, wiederum verfaßt von Reißinger, ein ellenlanger Artikel zum neuesten Musical-Scheiß im Deutschen Theater.

—

Bea: «Man muß nur die Sommersachen in den Schrank packen, schon kommt die Sonne raus.»

—

Fußgängerzone: 17 Mark das Pfund Steinpilze. Erinnere mich nicht an eine ähnlich große Ernte. Der bayerische Wald soll von Steinpilzen strotzen, angeblich fahren sogar italienische Touristen hinauf, um sich den Kofferraum zu füllen.

—

Bin den ganzen Tag magenkrank. Hätte durchziehen sollen, was ich anfangs ins Auge faßte, einen Protestmarsch Münchner Musiker, Komponisten, Literaten, Regisseure, Bühnenbildner. Vier- bis fünfhundert Leute hätte ich zusammengekriegt, sicher die literarische Prominenz ohne arg viel Ausnahmen, das wäre ein Fressen für die Zeitungen, die Lokalsender. An den Geschäftsräumen der AZ vorbei, mit Transparenten, die gegen Reißinger und Konsorten protestieren. Die würde Augen machen, das wäre ein Spaß. Falls der Kulturausschuß morgen sich wider Erwarten gegen das Kompromißmodell sperrt, bliebe noch Zeit zur Organisation, Buchmesse käme gelegen.

—

Kurz bei der Münzauktion vorbeigesehen, aber es hat einfach keinen Sinn, hier was zu kaufen, was es in Österreich für einen Bruchteil des Preises gibt.

Im Hugendubel der gesamte Ring in einer tschechischen Aufnahme für 99 DM. Schludrigkeit:

Die Götterdämmerung wird nicht wie üblich mit *Twilight of the Gods*, sondern, ganz verkehrt, mit *Dusk of the Gods* übersetzt. Allenfalls ginge noch *Dawn*.

Bei dtv erscheint, ich hab's seit langem befürchtet, ein Taschenbuch (*Das explodierte Schwein*) nur mit gesammelten kuriosen Meldungen aus dem Vermischten, darunter auch jede Menge Todesanekdoten wie in *Toy*. Allerdings bislang nur aus dem Zeitraum 1988–92. Keine Doublette. Besorgter Anruf bei Marcel – das Ding wird sicher großen Erfolg haben, andere Verlage werden nachziehen, ist ja auch nicht so schwer, derartige Sammelsurien kann man binnen dreier Monate fabrizieren. *Toy* sähe dann aus, als hätte es das Prinzip erfolgsgeil abgekupfert.

Ich finde, wenn ein Buch fertig ist, soll es raus, nicht noch ein ganzes Jahr rumliegen.

Ein Jahr macht oft aus einer Galionsfigur einen blinden Passagier, der im Kielwasser mitgeschleift wird, nicht bemerkt, aber ersoffen.

—

Beatrice ist so schön, ganz in Schwarz.

Ich rührte die Pigmente aus Roussillon an, malte ein Bild, das erste seit fünf Jahren.

«Ginge als später Nolde durch.»

B: «Eher als zweijähriger van Gogh.»

«Umso besser.»

—

Die großen Rätsel der Menschheit: Warum hat Schubert keine Konzerte geschrieben? Und: Hatte Marilyn Monroe wirklich sechs Zehen am linken Fuß?

—

Die drei besten Anekdoten aus dem ‹Explodierten Schwein›:

MAGIER VON ZUG ÜBERFAHREN, DEN ER MIT GEDANKENKRAFT AUFHALTEN WOLLTE

Peking – Sein Hokuspokus hat versagt: Ein Magier (oder wie auch immer man diesen Vertreter der zaubernden Zunft bezeichnen mag) kam ums Leben, als er versuchte, mit paranormalen Kräften einen Eisenbahnzug zum Stehen zu bringen. Der junge Mann namens Wei, 22 Jahre alt, war überzeugt, ein Meister in der chinesischen Kunst des «Chi Gong» zu sein. Er stellte sich auf die Gleise und wartete auf den nächsten Zug – dieser sollte allein durch die Kraft von Weis Gedanken zum Stillstand kommen. Leider waren sie noch nicht stark genug, und die Lokomotive hat den Glauben des Magiers zermalmt, den Mann auf der Stelle überfahren und getötet.

Die Mutter des jungen Mannes mußte sein schreckliches Versagen mitansehen – und gerade ihr hatte er seinen Versuch zugedacht. Die Frau hatte sich nämlich gegenüber der prahlerischen Selbstsicherheit ihres Sohnes durchaus skeptisch gezeigt. *(August 1992)*

ERST IM RÜCKWÄRTSGANG DEN HUND, DANN VORWÄRTS DIE KATZE ÜBERFAHREN

London – Ein schwarzer Samstag für einen englischen Autofahrer und Tierliebhaber: Innerhalb einer Fahrt von wenigen Sekunden Dauer hat er erst seinen Hund und dann seine Katze überfahren und getötet.

George Partridge stieg nach dem Mittagessen in sein Auto, um sich ein Spiel seiner Lieblingsmannschaft – aus Sherbourne – anzusehen. Und genau in diesem Moment hat sich das doppelte Unglück zugetragen. Mister Partridge legte den Rückwärtsgang ein, ohne zu bemerken, daß sich sein Terrier Jako hinter dem Wagen ausgestreckt hatte. Er überfuhr ihn und tötete ihn dabei. Ehefrau und Sohn mußten die Szene hilflos mitansehen; ihre Rufe, mit denen sie den Mann aufhalten wollten, blieben ungehört. Doch das war noch nicht das Ende: Im ersten Gang bewegte sich das Auto einige Meter und erwischte die auf dem Asphalt schlafende Hauskatze. Auch sie starb auf der Stelle.

Trotz dieses zweifachen «Mißgeschicks» begab sich Mister Partridge ins Stadion: Natürlich erlitt seine Mannschaft eine Niederlage. *(September 1992)*

NEKROPHILER TOTENWÄCHTER VERGEWALTIGT «TOTE» UND «ERWECKT» SIE DADURCH WIEDER ZUM LEBEN

Bukarest – Eine 18jährige Rumänin war für klinisch

tot erklärt worden und ist unverhofft wieder auferstanden, als ein nekrophiler Totenwächter sich an ihrer «Leiche» zu vergehen suchte. Dieser unglaubliche Vorfall wurde von der rumänischen Presse gemeldet.

Doktor Laszlo berichtet, daß das Mädchen bewußtlos gefunden worden war, nachdem es eine Überdosis Schlaftabletten und Alkohol geschluckt hatte. Die Diagnose der Ärzte des Krankenhauses lautete Tod durch Herzstillstand. Der Körper des Mädchens wurde bis zur Autopsie in einer Kühlzelle gelagert.

Doch die «Tote» – so Laszlo – kehrte plötzlich ins Leben zurück, als Dan, der nekrophile Totenwächter, versuchte, sexuellen Kontakt mit der «Leiche» aufzunehmen. Als der Vergewaltiger bemerkte, daß der Körper sich zu rühren begann, fiel er vor Schreck prompt in Ohnmacht, was wiederum seine Festnahme erleichterte. Die Eltern des Mädchens plädierten jedoch dafür, daß er freigelassen wird, denn ihre Tochter «verdankt ihm das Leben». *(Januar 1992)*

Wann immer eine Konversation am toten Punkt angelangt ist, läßt sich diese Anekdote erzählen und eine ethische Diskussion drüber beginnen.

—

Kam in Babel an eine Stelle, von der ich vor Jahren geträumt habe. Wenigstens bilde ich es mir ein. Heute die Regieanweisungen – eigentlich ist es versandfähig.

—

Es geht etwas vorüber,
an meiner Tür vorbei,
ich kann es atmen hörn.
Etwas, das vor kurzem noch
an meiner Seite saß, unsichtbar,
doch da, und wenn mich jemand fragt:
«Wie gehts?», sag ich: «Es geht.»

—

Streichquintett in C.
Schubert als Klangzelt, in das ich mich krümme.

26. September, Donnerstag

Sehr intensiver Traum, spielte in einem alten, dämmrigen, französischen (?) Krankenhaus, ewig breite Flure (eigentlich fußballfeldgroße Plätze) mit grauen Linoleumböden, der Bau erinnerte an ein klobiges Gymnasium der Jahrhundertwende. Kleinere Operationen wurden, das sah perspektivisch sehr nach mittelalterlichen Marktbildern aus, von Schwestern in Nonnentracht auf den Fluren durchgeführt.

Später zeigte mir jemand das Totenzimmer – ein dunkler Raum mit Kuppel, deren eine Hälfte ein Glasfenster enthielt. Sternenhimmel. Im Raum sechs oder sieben Betten, riesig, jeweils zweieinhalb Meter hoch, turmähnlich. Darauf, mit viel grau-beige-dunklem Faltenwurf, in einem Wust aus Laken und Kissen, kaum sichtbar, die Leichen. Alle trugen ein graues Stirnband.

Gefühl beim Erwachen kein Entsetzen, eher angenehme Verblüffung.

—

Nachmittags gearbeitet, dann Fahrt zum Hauptbahnhof, blätterte im Jahrbuch von Theater Heute. Ein paar Kritiker monieren in der Spalte «Ärgerlichste Theatererfahrung des Jahres» die Heiligsprechung Heiner Müllers. Höbel: «Als wären Shakespeare, Brecht und Aischylos in einer Person gestorben.» Bin gespalten, fand die Feiern auch übertrieben. Daß soviel Trauer noch möglich ist – gutes Zeichen. Aber war Heiner Müller wirklich ein Großer? Nicht nur ein geschickt aufgeblähtes Produkt der Zeitumstände? Muß ihn in zehn Jahren nochmal lesen.

—

Achse Löffler / Jelinek als Geheimexperiment, was man der Welt zumuten darf?

—

Um 19 Uhr Anruf bei Beatrice, gute Nachrichten sind eingetroffen, der Kulturausschuß hat sich *für* das Biennale-Kompromißmodell ausgesprochen, *alle* Parteien haben Zustimmung signalisiert. Halleluja! Das zertrümmert in mir 13 000 Nierensteine. Jetzt muß noch die Stadtratshürde am 9. Oktober genommen werden, aber die Zeichen sagen, wir seien gerettet.

Ich tanze auf der Straße, schenke einem Berber fünf Mark, umarme fremde Frauen.

—

Die Behauptung, nach Joyce könne man nicht mehr auktorial erzählen, stammt von jenen, die weder auktorial noch sonstwie erzählen können.

Autoren, die schlecht schreiben, weil sie zuviel wissen, das gibt es nicht. Autoren, die viel wissen, nur nicht, wie man gut schreibt, das gibt es.

—

Im Hinblick auf SpätWeitWeg bin ich wirklich sehr gespannt. P. meinte, es sei ein schlechtes Wedekindimitat. F. sagte, es sei eins der besten Stücke, die er je gelesen hat. Allerdings fragte er im Satz darauf, ob ich ihm einen größeren Betrag leihen kann.

—

Ging übers Sendlinger Tor-Goethestraße zum Oktoberfest, das Schönste daran war der klare Vollmond, in einen Wolkenverbund gebettet wie in ein Schmuckkästchen aus schwarzem Samt. Traf Thomas Emmerling auf eine Maß. Er erzählte von seinem nächsten Projekt (Beethovens Fünfter in der Liszt-Transkription), von seiner Indonesien-Tour, von der Häßlichkeit Jakartas, das grau, eng und voller Lärm sei. Vom krönenden Abschlußkonzert in Bandung. Von Chören und Dirigenten, denen Allegro soviel bedeutet wie: *so schnell als möglich*. Vom dortigen sehr technischen Angehen an Musik, egal, ob es Bach oder Chopin ist, die musikalisch Welten trennen, Noten sind Noten, gelesen wird, was dasteht, Konnotation gibt es nicht.

Hart: Von Einheimischen Angeheiratete bekommen in Indonesien keine unbefristete Aufenthaltserlaubnis, müssen alle sechs Wochen mit dem Flieger nach Singapur und zurück.

Anja seien die Lieder zu hoch gewesen. Hat sie wohl auch nicht gemocht. Müssen endlich einen echten Sopran suchen, hab keine Lust, zu transponieren. Gingen ins Stadtcafé, das Bernhard gerade verließ, um sich mit einem Unsympathen im Baader zu treffen. Er verpaßte einen netten Abend, Eberhard und Beatriz kamen vorbei, es gab so vieles zu beplaudern, ich war wegen der

Kulturausschußsitzung in herrlich gelöster Stimmung und quasselte in einem fort, als seien alle Dämme gebrochen. Eberhard erzählt von Vorträgen in Bratislava mit T.K., der meinen Brief an ihn als Zumutung empfunden habe. Muß man sich vorstellen: dieser Mensch bringt ein *völlig frei erfundenes,* ehrenrühriges Interview mit mir, und wundert sich, wenn ich ihm daraufhin einen bösen Privat-Brief schreibe. Dabei hätte ich ihm mit einer lustigen Gegendarstellung richtig Ärger machen können.

Wir redeten darüber, ob und wie und wenn warum ein Treffen der führenden deutschen Literaten unter 40 unverkrampft vonstatten gehen könne – auf keinen Fall unter der Ägide eines Verlags. Kleeberg schrieb mir neulich dazu treffend: *Es wäre schon reizvoll, einmal Front zu machen, einfach durch unsere Präsenz, und zu sagen, schaut her, hier sind wir, und wo wäre denn die Literatur, die besser ist. Den Feuilleton-Trotteln, die den Ausverkauf der deutschen und europäischen Literaturidentität betreiben, einmal deutlich sagen, daß ihr verehrtes Amerika den Zenit seiner Literatur seit 1930 überschritten hat und daß der Dreck, der von dort von unseren Verlagsidioten für horrendes Geld (und auf unsere Kosten) eingekauft wird, den Besseren von uns grad bis zum Knöchel reicht. (...) Was es* (für ein Treffen) *bräuchte, wäre ein Mäzen, aber einer von der guten alten Sorte, die zahlt und das Maul hält.*

Je mehr wir drüber redeten, desto unwahrscheinlicher schien, daß da was zustandekommt.

Muß Kleeberg noch schreiben, hab es lange rausgeschoben, immer kam was dazwischen.

—

Manche gibt's, die nennen die Nudeln in meiner Suppe dicke Haare.

Verrisse, nur, um als Kritiker ins Gespräch gebracht zu werden. Schmeißfliegen im Bernsteinmantel – Geschmeiß, das sich zynisch auf seine Geworfenheit beruft. Zahme Variationen des Kultur-Attentäters. Kultivierte Herostrate.

Schmitter, Elke: «Ich hätte die 500 Seiten um 300 gekürzt, dann wärs ein präziser Krimi geworden.» Ich bin sicher, die würde auch den Tristan um vier Stunden kürzen und eine prima Fickszene mit Musik draus machen.

—

Nachts noch Babel korrigiert. Im Nachtkonzert das Requiem von Ockeghem, eine andere Welt, Musik aus dem Fundus, die anrührt, allein schon, weil sie noch existiert.

27. September, Freitag

Felicitas kriegt den Aspekte-Preis.

Teletext: *Südafrikanischen Wissenschaftlern ist es dank eines speziellen Kälteschutzmittels gelungen, ein zuvor bei 1960 tiefgefrorenes Rattenherz wiederzubeleben. Dieser Erfolg bedeute vielleicht, daß künftig menschliche Organe vor einer Transplantation eingefroren werden können. Experimentiert haben die Forscher auch mit Lebern, Nieren und Gehirnen von Ratten.*

—

Tagesschau 13 Uhr: Kabul ist gefallen, Afghanistan wird islamischer Gottesstaat. Nadschibullah und sein Bruder wurden öffentlich gehängt. (Man verschleppte ihn aus einem UNO-Gebäude.) Hinrichtung wird vom UNO-Beauftragten *bedauert*. Beim Anblick der bärtigen Mullahs in Siegesekstase Ekel und Haß. Beatrices ehemalige Lateinlehrerin Kioschus wurde von denen erschossen, weil man sie für eine Amerikanerin hielt. Das war 1979. So lange gärt das schon. Immerhin wurde ihr nicht die Haut abgezogen oder bei lebendigem Leib der Darm um einen Baum geschlungen, wie es vielen russischen Soldaten passiert ist.

Grausame Meldungen gibt es heute in viel höherem Maß als in Antike oder Mittelalter. Wenn die Nachwelt davon auf unseren Alltag schließen würde, folgerte sie wahrscheinlich einen immerwährenden Alptraum aus Blut und Gewalt. Umgekehrt läßt sich schließen, daß das Mittelalter lang nicht so schlimm war, wie in unsrer

Vorstellung, in der die Bäume mehr Gehängte trugen als Äpfel und Birnen. Man hört oft: *Damals war das Leben nicht viel wert.* Den Eindruck bekommt man heute genauso, wählt man für das Statement nur den passend-schaurigen Hintergrund. (Z. B. wurden in Südafrika allein im letzten Jahr 300 Frauen als Hexen verbrannt.)

—

Hörten, wie ein Triumphgeheul, die Vokalise der Sängerin, die Moritz aus der Goldschmied-Szene extrahiert und für Oktett gesetzt hat. Ein Wahnsinn von Musik.

Wird die ganze Oper nur halb so gut wie dieser Song, das Genre könnte sich über jedes Krisengeschwätz lustig machen.

Bruckner hat Beethovens Neunte zu Ende gedacht. Wer aber hat Ähnliches mit Bruckner getan? Mahler zu eigen. Simpson vielleicht? Glaub ich nicht. Aber das kommt schon noch. Pärts Miserere ist ein Schritt. Das hieße, es würde wieder angeknüpft am Wegkreuz vor Schönberg, alles ginge weiter. Ich trinke mir verminderte Schuldfähigkeit an, vorsichtshalber, wie jeden Tag.

Das Ende des 2. Jahrtausends – zum ersten Mal wird in der Kunst, in der Tonkunst vor allem, ein Rückgriff gefeiert – quasi ein Irrtum eingestanden. Die neue Schlichtheit, die Wiederkehr von Dur und Moll, eine gedruckste Revolution, die sich mit aller Rhetorik gegen den Verdacht wehrt, *reaktionär* zu sein. Vergebliche Müh, es gibt keinen Grund zur Rechtfertigung.

Rückgriff auf Bewährtes muß, kombiniert mit dem

Wissen um zwischenzeitlich Errungenes, nichts Restauratives an sich haben.

—

Anruf von Philipp R. von *jetzt:* Da mein Tagebuch vom 16. bis 22. September mehr Zeichen enthält als ein normales *jetzt*-Heft insgesamt, kann man höchstens ein Zwanzigstel daraus abdrucken. Bin schweren Herzens einverstanden. Erfahre nebenbei, daß mitstreitende Tage-Büchner u.a. MvU und L. sind. Bad Company.

—

Abends leichter Auftaktsieg (18 Züge) gegen Erwin Th.

Freitags, wenn ich abends aus dem Club komme, springt mich meist die Laberweichschlampe Willemsen an, diesmal allerdings mit Julia Stemberger, meiner Superlieblingsösterreicherin, oh, die ist schön ...

—

Diarien: seltsame Diskrepanz von Fanbriefen und Verkaufszahlen. Anscheinend schreibt mir jeder zehnte Leser zurück. Toll.

—

Kalt wie eine Schwertfischnase
streift sie ihre Haut an meiner ab.
Warum lädt mich niemand zu einer wilden Orgie
ein?

Der Ozean, die Fremdenlegion der Tränen. Ob das
Salz
aus Rührung stammt, Trauer, ob aus hysterischem
Gelächter,
ist ihm völlig egal.

—

Mut zur Wahrheit: Das fettige Haar der Medusa werf ich ihr noch als Kieselstein vor.

Sobald man sich des Regelwerks des großen Spiels bewußt wird, erfindet jemand eine neue Variante hinzu – Service am Lebendigen.

Das Zusammenspiel von Tabak und Wein, gegenseitige Wirkungsverzögerung. Zigarette mich, bevor mich der Alkoholt.

Ethik muß aus Simulation entstehen, ohne äußeren Zwang, sonst ist sie ein Gefängnis. Nur erfundene Richter sind wert, sich ihrem Spruch zu beugen.

Es gibt niemanden mehr, auf den ich neidisch bin. Ich hatte Vorbilder. Jetzt sind es Freunde. Kollegen, ehemals Lehrer. Hocken manchmal hier rum, sehn mir aufs Papier, sagen naja, oder soso oder aha – und wenn ich ihnen was vom Wein abgeb, werden sie zu Kindern. Bewohner der Erinnerung. Ehrengäste. Veteranentreff. Anekdotentausch.

Einige sind immer da, andere kommen, wenn man droht, sie zu vergessen, wieder andere werden mitgebracht von sturen Altruisten.

28. September, Samstag

Faustschlag ins Gesicht zum Frühstück, Brief aus Darmstadt. Das ist alles so irrwitzig und blöde, daß ich's gar nicht aufschreiben will.

—

Manchmal muß man ein bißchen winseln. Indianer zeigen keinen Schmerz, deshalb kriegen sie auch so wenig Elfer zugesprochen.

—

Ich muß arbeiten wie ein Muli, andere kriegen alles geschenkt. Und dann monieren noch ein paar Arschlöcher, ich würde zu oft veröffentlichen.

—

Anruf bei Moritz. Hettche sei inzwischen netter und duldsamer geworden, sei auch der einzig interessante Mensch hier, Maler und Fotografen seien meist so dumm, wie's dem Klischee entspricht.

Anruf bei Anna («Ich bin grade im Bad.» «Warum habt ihr kein Bildtelefon?»)

—

Partenza beendet, ganz in Ordnung, aber schwer spielbar, benötigt verteufelt gute Instrumentalisten.

—

Für *Toy* – dessen Arbeitstitel durch Disneys ‹Toy Story› angeblich unmöglich geworden ist, schweben mehrere Alternativen im Raum: «Im Innern meines Pudels», «Die Ballade von Toy und Cora», «Pixie» (der kryptischste Titel), «Musik der letzten Dinge», was mir gut gefallen hat, geht nicht wegen Paul Auster – hat im Rowohlt-Verlag «Die Musik des Zufalls» und «Im Land der letzten Dinge» veröffentlicht.

—

Kein Mensch, der auf sich hält, sagt: Die Aufnahme, die ich besitze, ist die unter XY. Nein, es muß heißen: Meine derzeitige Lieblingsaufnahme ist die unter XY, die übrigens (womit man sich jede Kritik verbittet) *stark unterschätzt wird*.

Ich glaube, zu den besten Sachen, die ich je gemacht habe, zählen die ‹Poussage Nr. 1› und der zweite Satz des Klavierquartetts, die ‹Musik für Charles›. Moritz wird hohnlachen, wenn er das liest, aber er weiß auch nicht alles über Musik, o nein.

—

Ich bin immer noch verliebt in Amanda Brown. Warum aus *Tallulah* von den Go-Betweens kein Welterfolg geworden ist? Vielleicht wuchs das Album in eine Zeit, die Schönheit nur duldete, wenn sie sich den Anstrich von Gefährlichkeit gab.

—

Letzte Verse für Babel. *Panta rhei* – der kürzeste aller gewichtigen Sätze, eine Art Liliput-Sumo-Ringer. Hab meine Deutung heute abgeschlagen, Heraklit hing wehrlos in den Zeilen.

—

In den Zwei-Uhr-Nachrichten: Olof Palme soll (wie lange ist das schon her?) vom südafrikanischen Geheimdienst ermordet worden sein. Angeblich, weil er den Boykott gegen das Apartheid-Regime noch zu verschärfen suchte. Klingt nach Unverhältnismäßigkeit der Mittel.

—

Was wirklich groß ist, geht nur unter,
um stärker, unaussprechlicher,
zurückzukehrn aus seinem Lied.
Ohne Schönheit gäb es Zeit nicht,
ohne Grauen keinen Frieden.
Aus Haß entsteht die Kunst.
Dem Ozean ist es egal,
woher das Salz stammt, das ihn würzt.
Ist Fremdenlegion der Tränen.
Ob aus Freude, Rührung, Trauer,
Wut, Gelächter – alles fließt.
Der Mensch ist Meer auf Landurlaub,
geht jagen in geborgtem Fleisch,
kehrt reich von Beute heim, dem Wasser
sein Abenteuer zu erzählen.

29. September, Sonntag

Fahrt zum Flohmarkt nach Geiselbullach. Nur ‹elends Graffl›.

Zwischen Markthalle und Amper liegt ein wunderhübsches Privatschloß mit riesigem Garten.

Geiselbullacher Klein-Versailles. Nicht begehbar, aber einzusehen, umzäunt von einer grad meterhohen Steinmauer. Wer da wohl wohnt?

Vorbeifahrt an einem späten Rapsfeld. Letztes Gelb vor dem Winter.

Schwiegermutter kommt uns auf dem Rad entgegen, bemerkt uns nicht. (Überlebte das Dresdner Fest zu Wagners 142. Geburtstag, um drei mal sieben Jahre später meine Frau zur Welt zu bringen, am 29. April.)

—

Anruf bei Peter. Hat sich vor einer halben Stunde von Janina getrennt.

(«Is nich so schlimm. Gehts der Oper gut?»)

—

Lazy Sunday bei angenehmem Fernsehprogramm.

Immer wieder nett: *The Commitments*. Joey Fagens letzte Worte: «Sicher, wir hätten Platten machen und berühmt werden können, aber das wäre normal gewesen. So ist es Poesie geworden.»

Right. In einer Band gewesen zu sein, ist eine Erfahrung, die mit nichts vergleichbar ist. Denke so oft an die

Touren mit Genie&Handwerk, die Konzerte im Alabama, im Allgäu, Mannheim, den allerersten Auftritt als Vorgruppe der Legendary Pink Dots in der Manege (die schon lange zugemacht hat). Wir waren die helle Seite des Pop. Diese Zeit: 1985–88, die wäre einen Roman wert. Als es noch Phänomene wie die Sex Trash Girls gab, die Dachauer Hallen, The Politicians, Sage & Schreibe. Spex gelesen wurde, Rainald Götz, Zeit vor den Rucksäcken, nach den Palästinenserschals. Die Bodega Bar und ihre Spaghetti Diavolo waren eher mein Ding als Baader-Café und Tanzlokal Größenwahn – von heute aus gesehen wird zur Melange, wo früher feine Unterschiede herrschten.

—

Babylon 5 – neue Folgen bei Pro 7. Juchheißa! (Schwerwiegende Divergenz zu M., der allen Ernstes *Space 2063* oder *Voyager* besser findet.) Phantasievoll, spannend, komisch, episch. Großartige Schauspieler, tolle Dialoge. Eine der besten Folgen bisher (‹Bombenterror›). Bitter nur: Anscheinend fing die neue Staffel während unsres Urlaubs an, wir haben zwei Termine verpaßt.

—

Durch den Mörder Dutroux und den Fall Natalie zieht sich eine breite Bürgerfront zusammen, um das Strafrecht für Kinderschänder zu verschärfen, dem Gefängnis künftig die Priorität vor der Therapie zu geben. Aber damit läßt sich doch erst recht nichts verhindern, und für Mörder gibt es ohnehin lebenslang. Die Hysterie wird nur zur Folge haben, daß jeder kleine Exhibitionist für Jahre hinter Gitter muß. Die Vermütterung der Gesellschaft schreitet immer schneller voran.

—

Schach-Themenabend bei arte. *Schwarz und Weiß wie Tage und Nächte*. 1978, von Wolfgang Petersen, mit Bruno Ganz. Hat mich mit 16 schwer beeindruckt. Ist immer noch gut.

Kleine Mängel wie folgender: Der arrogante Weltmeister lacht hämisch, als der von Rosenmund programmierte Computer nach 1. e4 e6 2. d4 d5 3. Sd2 a6!? zieht. Wurde laut Chess-Base '77 von Krogius zum ersten Mal gespielt, ist bald ein anerkanntes System geworden. Man hätte ja z. B. 3. ... h6 auswählen können, worauf das Lachen angebrachter gewesen wäre.

—

Denotation Babel
mündet assonant in die Detonation Babel.

Advocatus dei *und* diaboli. Mehr drauf achten: Reiz und Abscheu, Banalität und Erhabenheit, Flapsigkeit und Klassizität immer im Gleichgewicht belassen, nur so erhält sich der Text Schärfe, weil Gespaltenheit. Eine Menschheitsfeier, von der man nie genau weiß, ob sie ernst gemeint ist. Wer will, soll ruhig feiern. Ein «Alles war gut».

Beim Rundfunk selber Regie führen oder auf absoluter Oberhoheit bestehen. Keine Kompromisse.

—

Ein Fotoreporter, dem eine mystisch-morbide Aufnahme vorschwebte, fragte K., ob er zufällig einen Totenschädel im Haus habe. «Schon», sagte K. und deutete auf die eigene Stirn. «Er ist nur noch nicht ausgepackt.»

—

Trouvaille: das Harfenkonzert von Carl Reinecke.

Glenn Gould spielt die Sonate op. 1 von Berg. Ich höre die Musik zum ersten Mal. Mit dem Gefühl, sie sofort zu begreifen. Sie ist mir ähnlich.

—

Der Himmel besteht aus Vergessen,
die Hölle aus Gedächtnis.
Der Staub findet seinen akustischen Niederschlag im Hintergrundrauschen. Patina fürs Ohr.

—

Geordnet und unendlich liegt
zu unsren Füßen eine Welt,
zu unsrer Leidenschaft entworfen.
Bei Nektar und Ambrosia
zu Babel überm Wasser sitzen
wir und lachen.

30. September, Montag

Endlich einmal sieben Stunden am Stück geschlafen, fühle mich wie ein neuer Mensch. Dennoch Alptraum, in dem ich mich mit einer Regisseurin herumschlug, die *Helle Nächte* um die letzten beiden Szenen kürzen wollte. Der Traum wirkte so echt, daß ich nach dem Aufwachen gleich M. anrufen wollte, um Alarm zu schlagen.

—

Wiedergelesen und gedacht: Mit *SpätWeitWeg* könnte ich doch noch glücklich werden. Sehr lustig und lärmend. Ich will die Stuhlreihen voller Herzstillstände. Dabei hochmoralisch. Es ist ein (Zerr-)Spiegel der Gesellschaft geworden, mit lauter allegorischen Figuren, Prototypen ohne Seele. Keine psychologische Feinkörnung, wie noch zu Anfang, alle Venen sind rausgerissen, endlich! Eine Art Comic-Grosz. Plötzlich haben sich ungeahnte Dimensionen herausgeschält. Und um nichts geht es weniger in dem Stück als um ‹Kunst› und ‹Kritik›. Die Traumebene ist jetzt nichts anderes als eine Parallelwelt des vorübergegangenen Konjunktivs, im Grunde genauso real wie die angebliche Wirklichkeit. Verbale Gewaltbereitschaft steigt, jede Beleidigung ist durch einen Witz exkulpiert. Sexuelle Zoten bis zum Überdruß als Karikatur einer Zeit, die Sex redet, nicht ausübt. Im Scheinwerferlicht gibt es keine Intimität mehr. Die Talkshow als Treffpunkt der anonymen Einsamkeit. Virtuelle Schlachten, Scheingefechte, Tabubrüche, Provokationen, vorhersehbar alles. Ein großer Amüsierbetrieb mit festgelegten Ritualen. Man darf sich vieles leisten, bevor man sich zur Schlußversöhnung trifft. Ich hoffe, es ist das Gesellschaftsstück unsrer Zeit – man kann damit aber soviel verkehrt machen ... Ich fürchte, man wird dem Publikum Ithaka bis zum Abkotzen eintrichtern, bevor man irgendwelche Risiken eingeht. In Deutschland stimmt kulturell wirklich gar nichts. Überhaupt nichts.

—

AZ: Wer an die Wiedergeburt glaubt, kann sein Geld bis zur Reinkarnation auf der Bank «parken». Die Stiftung ‹Prometh› in Vaduz (Liechtenstein) machts möglich. Interessenten müssen zu Lebzeiten einen Fragebogen ausfüllen, dieser dient später als Identifikationshilfe.

—

In der SZ enervierender Artikel der Löffler über den EU-Literaturpreis. Erfahre so, sehr nebenbei, welche die diesjährigen deutschen Nominierungen waren. ‹Das Taschentuch› von Kronauer und ‹Die Ringe des Saturn› von W. G. Sebald. Wo sie dieses Zeug nur immer rausziehn?

Seltsam: *Thanatos* war nach Walser das meistbesprochene deutsche Buch des Frühjahrs, dennoch hab ich jetzt das Gefühl, es wurde erfolgreich totgeschwiegen, kaum noch was wird verkauft, fühle mich um meinen Lohn betrogen. Vom Fernsehen kam überhaupt nichts, bis auf die Anfrage eines ideenlosen Jungredakteurs vom BR, der mich die ganze Arbeit machen lassen wollte.

Habe mit 32 Jahren bereits die ersten Epigonen, und jeder einzelne von diesem Nachwuchs kann mehr Preisgeld aufweisen als ich, der, scheint's, zur Welt im Apogäum steht.

—

Waldgang mit Beatrice. Extremer Pilzreichtum. Lackbläulinge, undefinierbare Reizker, Hexenröhrlinge, Boviste. Wir haben Termine, um bestimmte Arten zu ernten. Am 25. Juli ist der Schopftintling fällig, der Parasol kam meistens sehr pünktlich zum 20. September. Wir wähnten uns zu spät, kamen aber genau rechtzeitig, wohl wegen des Kälteeinbruchs. Gute Funde: in einer Stunde fünf große, sieben kleine Parasole, drei Maronen, 12 Rotfußröhrlinge.

Dazu Ritualwerkzeug der örtlichen Wotanisten.

Bea: «Vielleicht wars nur eine Schnitzeljagd.»

«Wotanisten klingt besser.»

Warmer, sonniger Herbsttag. Gewohntestes erscheint fotografierenswert, so das im Licht schillernde Laub der Allee, unten am Steinberg. Wenige Cirruswolken, stark zerfasert. Herbstzeitlose im Gras.

Das Geschrei zweier Eichelhäher ging uns schwer auf die Nerven. So schöne Federn, so häßliche Stimmen.

Beatrice entdeckte eine Hirschlausfliege, Parasit mit sehr einseitiger Ernährung: nur Hirsche. Höchstens, wenn weit und breit kein Hirsch, ersatzweise ein Mensch.

—

Meine Lieblingsblume – gelbe Rosen und Vergißmeinnicht.

Neulich, Ende Juli, gingen wir im Kreuzlinger Forst zum Molchteich. Ein winziger kaum bleistiftbreiter Frosch saß auf Beatrices Daumen – ihm war, soweit ich das beurteilen kann, nicht unwohl dabei. Er sah in die Welt wie auf etwas zu Eroberndes, und hätte doch jederzeit zwischen zwei Fingern zerrieben werden können. Ich glaube, er spürte keine Angst, ärgerte sich nichtmal, daß Beatrice ihn nicht geküßt hat. Glückliches Leben, kleiner Frosch!

—

Die Fremde schärft den Blick für die häusliche Umgebung. Ist man gerecht, so gibt es in deutschen Supermärkten viel (z. B. Wachteleier), was einem vorher nicht ins Auge sprang, weil man es sowieso nicht kauft, und vieles, was es wiederum in Frankreich nicht gibt. Beatrice bringt vom Einkaufen ein neues Joghurt mit, Geschmacksrichtung *Mohn-Marzipan*. Schmeckt klasse.

—

Die drei Lieder für Sopran sind etwas unzweifelhaft Schönes, ich möchte sie so gerne einmal ‹naturale› hören. Überhaupt bietet das nächste Jahr viele Gründe, mit dem Leben auf Verlängerung zu spielen, das Stück, die Oper, meine Musik, Babel, Toy, vielleicht sogar die Verfilmung der *Könige*. Kein Zwang zum Großroman.

—

21:45 im Breitwand: *Geliebte Aphrodite*. Zwei starke halbe Stunden, eine schwache. Synchronisation dubios. Einmal singt der Chor (Hab ich mich verhört?): *«Solche Gedanken bleiben besser ungedenkt.»* Oder soll das witzig sein?

—

Babel beendigt um 1:30

Dichter erst schmieden Grabsteine in Talismane um, Geschichte wird alles. Vom Leiden bleibt ein sprachbegabtes Glück. Zeit ist besiegt, wo am Ende einer sagt: Es war schön, konnte anders gar nicht sein. Dann fällt der Stern ins Meer.

—

So viele Zerfleischungsgefechte mit Unwürdigen.

Morgen abend beginnt schon wieder die Buchmesse. Werde hinfahren mit gemischtem Gefühl, werde Freunde treffen, auch Feinde, die aber nicht tödlich genug. Werde, Toy, dem Teufel zuliebe, das elend-eitle Spiel mitspielen, um die Meisterschaft im Schattenvorauswurf.

3673/1